rowohlt

HEINZ STRUNK

Junge rettet Freund aus Teich

Roman

ROWOHLT

1. Auflage März 2013

Lektorat Marcus Gärtner
Satz Dolly PostScript (InDesign)
bei Pinkuin Satz und Datentechnik, Berlin
Druck und Bindung CPI – Clausen & Bosse, Leck
Printed in Germany
ISBN 978 3 498 06426 6

Für M.

1966

GEHACKTESSTIPPE

Ich wache in aller Herrgottsfrühe auf. Norbert schreit und brüllt und lacht draußen auf der Straße, dass man es bis zu mir unters Dach hört. Heute ist sein erster Schultag. Ich bin neidisch auf ihn, weil ich erst nächstes Jahr eingeschult werde. Ich stehe auf und luge durchs Bodenfenster. Norberts Schultüte ist fast so groß wie Norbert selber und bis oben hin voll mit Süßigkeiten und Spielkrams, dass er Mühe hat, das Gleichgewicht zu halten. So wird er den Schulweg nie schaffen! Irgendwann kracht er mit seiner Tüte um, und die ganzen Süßigkeiten fliegen in den Matsch. Selber schuld, wenn sie so vollgepackt ist. Ein wenig würde ich es ihm sogar gönnen, denn Norbert nimmt jetzt immer fünf Pfennig Eintritt in seinen Garten. Auf so eine Idee kann wirklich nur Norbert kommen, Eintrittsgeld für den Garten zu nehmen. Wir könnten natürlich auch zu Jens oder Heike oder anderswohin, wo es umsonst ist. Aber Norberts Garten ist der schönste und größte überhaupt, das muss man ihm schon lassen. Man kann bequem Boccia und Kricket und sogar Fußball spielen, wenn man die Bälle nicht zu doll tritt, damit sie nicht über den Zaun gehen. Und einen Geräteschuppen gibt es auch, wo man sich bei Regen unterstellen kann. Das nutzt er jetzt aus. Ich drehe mich auf die andere Seite und versuche, es mir wie in einer Höhle gemütlich zu machen. Dann klopft es, und Oma kommt rein.

«Es ist gleich neun, Mathias. Du musst bald mal aufstehen.»

Statt einer Antwort drehe ich mich so hin, dass Oma sich auf mein Bett setzen kann, um mich zu krabbeln. Sie krault erst meinen Kopf und dann den Rücken. Ich brumme wohlig, damit sie weitermacht, sie soll am besten niemals damit aufhören. Ich könnte den ganzen Tag im Bett liegen und mich krabbeln lassen! Mutter krabbelt besser, weil sie dünnere Finger hat, aber sie krabbelt nicht so gerne, und wenn, dann nur kurz. Am schlechtesten krabbelt Opa, und das auch nur einmal in der Woche, am Sonntagvormittag, wenn ich bis zum Mittagessen zu ihm ins Bett darf und er mir Geschichten aus dem Ersten Weltkrieg erzählt. Er bewegt beim Krabbeln nur seinen Daumen hoch und runter, mehr nicht. Opa war als Soldat in Frankreich und hat dort Geschichten erlebt, die er mir wieder und wieder erzählt und an denen ich mich gar nicht satthören kann. Ich weiß zum Beispiel, dass die dicke Berta die schwerste Kanone des ganzen Ersten Weltkriegs war. Und die Franzosen hatten am Anfang gar keine Tarnuniformen, sondern so rote Jacken wie anno dunnemals, dass man sie abschießen konnte wie Tontauben. Und wie die Soldaten im Steckrübenwinter 1916 nichts zu essen hatten und Opa fast verhungert wäre und Spinat aus Brennnesseln essen musste. Nur wenn ich Opa frage, ob er jemand totgeschossen hat, antwortet er nicht. Oma schimpft manchmal mit Opa und sagt, dass ich für solche Geschichten noch zu klein bin. Das finde ich aber nicht.

Im Zweiten Weltkrieg war Opa nicht, weil er als Oberingenieur in den Wilhelmsburger Zinnwerken eine wichtige Arbeit hatte. Opa hat noch mit über siebzig gearbeitet. Dann haben sie ihn vor die Tür gesetzt, weil er allen auf die Nerven gegangen ist. Hat mir meine Mutter mal erzählt. Opa ist klein wie Napoleon, nur einen Meter sechzig, darum haben sie ihn auf der Arbeit immer «den Halben» genannt. Er heißt ja auch mit Nachnamen Halfpape, deshalb. Opa trägt jeden Tag Anzug und Schlips und nachts wie Oma Nachthemd. Er hat noch nie was anderes als Nachthemd oder Anzug getragen, auch nicht Arbeitskleidung für den Keller oder Badehose im Sommer. Aber in die Sommerfrische fahren die Großeltern sowieso nicht mehr. Wenn sonst nichts Besonderes ist, geht Opa nach unten in den Keller und werkelt dort vor sich hin. Er hat sich da unten einen riesigen Werkzeugkeller eingerichtet, und es gibt wohl kein Werkzeug, das er nicht hat. Wenn Opa wollte, könnte er alles machen, es gibt wohl nichts, wofür er kein Geschick hätte. Manchmal schickt mich Oma nach unten, damit Opa mir was beibringen soll, aber es geht ihm bei mir immer zu langsam, und das macht ihn rasend. Das sind die einzigsten Male, dass er unfreundlich zu mir ist. Einmal nannte er mich einen ungeschickten Kaffeetrinker. Oma ist dann böse mit ihm geworden und hat ihn ausgeschimpft, aber Opa ist stur geblieben. Außerdem kann er kein Moll hören. Meine Mutter arbeitet als Musiklehrerin und hat auch ein paar Privatschüler, die sie am Flügel im Wohnzimmer unterrichtet. Immer wenn ein Stück in Moll gespielt wird, hält sich Opa die Ohren zu und geht in den Garten oder spazieren oder in den Keller. Dur kann er gut hören.

Um Punkt eins am Sonntag hat Oma immer das Mittagessen fertig. Mein Lieblingsgericht ist Geflügel oder Sauerbraten mit gefüllten Klößen. Zum Nachtisch Fürst-Pückler-Eis. Zum Sonntagsmahl trinken die Erwachsenen ein Glas Weißwein, sonst trinken sie höchstens mal Silvester einen Piccolo, aber da bin ich ja schon im Bett. Früher hat Mutter manchmal abends nach dem Unterricht eine Flasche Bier getrunken, aber jetzt nicht mehr, weil ihr das Bier irgendwann zu bitter wurde, sagt sie. Vor jedem Essen beten wir.

«Komm, Herr Jesus, sei du unser Gast und segne, was du uns bescheret hast, Amen.»

Wir haben noch zwei andere Tischgebete auf Lager, aber dieses nehmen wir am häufigsten. Wenn ich mal wieder krumm sitze, sagt Opa «Gerade sitzen, Kopf nicht stützen, Hände falten, Schnabel halten», aber er meint das nicht ernst, sondern lustig. Wir beten immer reihum, und ich bin genauso dran wie die Erwachsenen. Nach dem Essen schauen wir die politische Sendung «Fragen zur Zeit» im zweiten Programm, und wenn ich nur einen Pieps sage oder klappere, werden sie fünsch. Danach räumen die Frauen das Geschirr ab und machen den Abwasch, Opa geht in den Sessel zum Dösen, und ich darf «Flipper» gucken. Sonst darf ich im Fernsehen noch den «Hasen

Cäsar» gucken und «Pan Tau». Danach unternimmt die ganze Familie einen Sonntagsausflug. Meistens geht es zur Sennhütte. Die Sennhütte liegt ganz oben auf einem Berg oder Hügel, wir müssen erst dreizehn Stationen mit dem Bus fahren, dann kilometerweit geradeaus gehen und zum Schluss die Serpentinen raufkraxeln zur Sennhütte. Die Erwachsenen essen Schwarzwälder Kirschtorte und trinken ein Kännchen Kaffee. Oma sagt, dass die Schwarzwälder Kirschtorte hier so gut schmeckt wie sonst nirgendwo. Ich mag lieber Obstkuchen, am liebsten Pflaumenkuchen mit Schlagobers und zum Trinken Bluna. Weil die Bedienungen mich schon gut kennen, geben sie mir Spielzeug, damit ich mich im Kreis der Erwachsenen nicht so langweile. So kann ich spielen, und meine Familie genießt den herrlichen Rundblick.

Aber heute ist ja Montag. Oma krabbelt mich immer noch, sie hat wohl die Zeit vergessen. Dann ist doch plötzlich Schluss.

«So, Mathias, jetzt reicht's aber. Steh mal auf. Herr Marek fährt gleich.»

Mareks sind unsere Nachbarn links von uns. Herr Marek arbeitet in einem Geschäft für Herrenbekleidung und nimmt mich jeden Morgen mit seinem blauen Käfer zum Kindergarten mit. Meine Mutter sagt, dass Mareks mich gern als ihren eigenen Sohn hätten. «Den würden wir auch nehmen», hat Frau Marek früher oft gesagt. Mareks selbst haben keine eigenen Kinder. Man bekommt sehr wenig von ihnen mit, nur ganz selten ruft Frau Marek laut nach ihrem Mann, dass es einem durch Mark und Bein geht: ADOLF!

Mutter äfft Frau Marek dann immer nach, obwohl das sonst gar nicht ihre Art ist und sie viel zu höflich ist, um jemanden nachzuäffen. Sonst verbringen die Mareks ihre Zeit im Garten, wo sie vor sich hin werkeln, aber sehr leise. Außer Rasenmähen hört man nichts von der Gartenarbeit, fast als wollten sie einen Weltrekord in Leisesein aufstellen, nach dem sich alle anderen dann richten müssen. Wenn irgendjemand von den anderen Nachbarn etwas Lautes macht oder auch nur laut spricht, schauen die Mareks ganz böse rüber, bis derjenige verstummt. Am meisten kriegen natürlich *wir* ab, weil wir direkte Nachbarn sind, wir bewohnen nämlich von den drei Reihenhäusern das Mittelreihenhaus und haben auch nur einen kleinen Garten, der ruck, zuck gemacht ist. Im Vorgarten stehen ein Apfel- und ein Kirschbaum, und hinten ist nur Rasenfläche und ein Beerenstrauch und eine Kompostkuhle und eine Terrasse und eine Sandkiste, die Opa damals für mich gebaut hat. Da halte ich mich aber kaum noch auf, außerdem hat der Wind mit der Zeit den Sand weggeweht, und Opa ist schon fast achtzig und hat keine Kraft, den immer nachzuschütten.

Oma ist richtig eingeschüchtert von Frau Marek. Herr Marek ist eigentlich ganz friedlich mit seinem dicken Bauch und der Glatze, und an der linken Hand fehlt ihm ein Daumen, den er im Krieg verloren hat, aber man sieht es nur, wenn man genau hinguckt. Frau Marek geht einmal die Woche zum Friseur. Sie hat sehr drahtiges Haar, das aussieht wie angeleimt. In ihrem ganzen Leben hat sie noch keine Hose getragen, auch nicht zur Gartenarbeit, sondern immer nur schwere Röcke und Blusen wie aus Stahl. Mareks Garten ist ungefähr viermal größer als unserer, und es ist schon eine Aufgabe, den in Schuss zu halten. Früher hat Frau Marek halbtags als Verkäuferin gearbeitet, aber jetzt ist sie nur noch Hausfrau. Obwohl sie so unfreundlich ist, waren wir an ihrem letzten Geburtstag zum Geburtstagskaffee eingeladen. Es war kein Staubkörnchen zu entdecken. Sie hat uns wohl nur eingeladen, damit sich Oma schlecht fühlt, weil es bei uns zu Hause niemals so geleckt aussieht mit vier Personen. Wenn sie zum Gegenbesuch zu uns kommen, macht Oma schon im Voraus eine Woche sauber, aber so wie Frau Marek kriegt sie es einfach nicht hin. Jeden Dienstag kauft Herr Marek einen Kasten Bier. Den trinkt er alleine, denn dass seine Frau auch mal eine Flasche trinkt, kann ich mir nicht vorstellen. Ich bin jedenfalls sehr froh, dass ich nicht das Kind von Mareks geworden bin, da müsste ich bestimmt richtig kuschen und leise sein und den ganzen Tag drinbleiben.

Morgens mache ich immer nur eine Katzenwäsche. Zum Frühstück hat Oma Gerstenbrot mit Butter und Erdbeermarmelade vorbereitet und zum Trinken Milch. Das Brot kauft sie seit Jahr und Tag in unserem Kaufmannsladen bei Herrn Langwerner, aber immer nur diese eine Sorte, es gab noch nie eine andere Sorte Brot bei uns, und Brötchen gibt es natürlich nur am Wochenende oder an Feiertagen. Wenn Mutter nicht gerade Unterricht hat, ist sie meist einkaufen oder Besorgungen machen. So auch heute, und Opa ist schon im Keller. Oma steht immer als Erste auf, um sechs

Uhr, dann Opa um sieben, Mutter um acht und ich meistens um neun mittlerweile. Mutters Unterricht beginnt erst am Mittag, weil sie keine richtige Schullehrerin ist, sondern Privatlehrerin und bei der Jugendmusikschule angestellt, da beginnt der Unterricht erst nach dem richtigen Schulunterricht. So sehe ich sie meist nur abends und natürlich am Wochenende oder im Urlaub. Dieses Jahr waren wir in Südtirol, weil Mutter lieber in die Berge fährt als ans Meer. Am Meer herrscht keine Abwechslung, sagt sie. Ich glaube aber, dass Mutter nur deshalb nicht gern ans Meer fährt, weil vor zwei Jahren Tante Giselas Zwillinge Marina und Heike im Pril ertrunken sind, die damals in meinem Alter waren. Das Wasser kam rasend schnell, und plötzlich wurden die Zwillinge von den Wassermassen nach unten gezogen, und Tante Gisela war nur hundert Meter entfernt und konnte trotzdem nicht mehr helfen und musste zusehen, wie ihre Kinder ertranken.

Jedenfalls sind wir einfach so aufs Geratewohl nach Südtirol gefahren, und als wir erst in der Dämmerung angekommen sind, war jede Pension, wo wir es versucht haben, belegt, und als es dann duster wurde, ist Mutter so verzweifelt, dass sie vor mir in Tränen ausgebrochen ist. Da habe ich sie an der Hand genommen, und dann haben wir schließlich doch noch eine Pension gefunden, weit nach zehn, und Mutter hat gesagt, dass ich ganz tapfer war und sie es ohne mich niemals geschafft hätte. Am nächsten Tag sind wir gewandert, und als wir am späten Nachmittag wieder zur Pension gekommen sind, habe ich gleich Spielkameraden gefunden, Joachim und Wiebke.

Mutter hat die ganzen vierzehn Tage leider keinen Anschluss gefunden, sosehr sie sich auch bemüht hat. Eines Abends konnte sie ihre Trauer vor mir nicht mehr verbergen, und sie hat gesagt, dass die Ehefrauen alle Angst um ihre Männer hätten, weil Mutter unverheiratet ist und die Frauen glauben, sie will sich einen Mann anlachen. Auch weil Mutter eine sportliche Figur hat und viel jünger aussieht als die meisten Frauen mit vierzig. Mutter sagt über sich selber, dass sie eine Figur hat wie eine Siebzehnjährige, und das finde ich auch, und ich bin stolz deswegen. Sie hat nach dem Abendbrot immer allein auf unserem Balkon gesessen und gelesen, während ich noch spielen war, und sie war dann auch froh, als der Urlaub endlich vorbei war. Nie wieder Südtirol, hat sie während der Rückfahrt gesagt. Nächstes Jahr geht es wahrscheinlich nach Berchtesgaden.

Herr Marek wartet schon mit laufendem Motor. Ich steige vorne ein, wir sagen uns «Guten Morgen», und den Rest der Fahrt schweigen wir still. Auf dem Weg liegen die Phönix-Gummiwerke, die größer als die ganze Stadt sind. Das Werkstor sieht aus der Ferne aus wie ein riesiges Maul, und die Menschen, die dort herumstehen, wirken, als wollten sie mich heranwinken. «Kümm, kümm, kümm», scheinen sie zu rufen, ich soll angelockt werden wie Mäuse, die man mit Speck fängt. Mich überfällt ein wohliger Schauer. Ich weiß gar nicht genau, was dort gearbeitet wird, kein Mensch weiß das oder vielleicht einer. Die Arbeiter machen und feilen und schrauben in ihren Hallen oder Räumen vor sich hin, ohne zu ahnen, was am Ende dabei herauskommt. Ich würde zu gern mal die Fabrik von innen sehen, aber ich habe auch Angst.

Bald darauf lässt mich Herr Marek bei der französischen Kinderschule raus. Das ist kein normaler Kindergarten, sondern kostet Geld und hat den Sinn und Zweck, dass man hier schon vor der Schulzeit Französisch lernt. Der Leiter heißt Monsieur Durand und trägt tagaus, tagein einen blauen Kittel. Er hat einen dicken Bauch wie Herr Marek und riecht aus dem Mund. Es ist ein ganz fauliger Geruch, gegen den Zähneputzen nicht hilft, weil er aus dem Magen kommt und gegen den man deshalb nichts machen kann, sagt Mutter. Er ist sehr streng und ungerecht. Fast alle Kinder haben Angst vor ihm, bis auf Karsten Sunkel. Seine eigenen drei Kinder Mathieu und Aurélie und Simone behandelt er bevorzugt. Sie haben schon deswegen nichts auszustehen, weil sie sein eigen Fleisch und Blut sind und perfekt Französisch können. Seine Frau Madame Durand arbeitet mit, indem sie sauber macht und kocht und alles Mögliche. Sie ist das ganze Gegenteil von ihrem Mann, klein und dünn, und wird von ihrem Ehemann ebenfalls nicht gut behandelt. Aber leid tut sie mir deswegen nicht, denn sie ist zu uns Kindern genauso unfreundlich wie Monsieur Durand. Wenn der mal nicht in der Nähe ist, ist sie sogar noch unfreundlicher. Die anderen Kinder kenne ich sonst nicht weiter, weil sie in der ganzen Stadt verstreut wohnen. Ich finde auch schlimm, dass es in sämtlichen Räumen schlecht riecht. Ich war der Einzigste, der sich getraut hat, das mal zu sagen, und jetzt hat Monsieur Durand mich auf dem Kieker. «Na, Sportsfreund», sagt er zu mir, aber die anderen nennt er bei ihren Namen. Nur wenn meine Mutter mich manchmal abholt, sagt er «Mathias» und tut so, als ob er ein netter Mann wäre. Wie soll ich das noch ein geschlagenes Jahr aushalten? Wenn ich Mutter darauf anspreche, sagt sie, dass die französische Kinderschule einen sehr guten Ruf hat und ich mir mal Mühe geben soll. Ich würde mich schon daran gewöhnen, und in der richtigen Schule wäre ich den anderen Kindern dann haushoch überlegen. Ich habe schon überlegt, ob ich sage, dass Monsieur Durand mich schlägt, aber das stimmt ja nicht, und wenn rauskommt, dass ich gelogen habe, geht's mir hinterher umso schlechter. Also tu ich immer ganz niedergeschlagen, wenn ich aus der französischen Kinderschule komme, aber den Großeltern fällt das nicht auf, oder sie kommen nicht darauf, dass es wegen der Kinderschule ist. Ich halte es sowieso nicht durch, bis zum Abend traurig zu sein, außerdem denkt Mutter dann, es wäre wegen etwas anderem. Also muss ich wohl noch ein Jahr die Zähne zusammenbeißen. Um halb eins bringt uns Monsieur Durand mit seinem VW-Bus nach Hause. Ich habe das Glück, dass ich immer der Erste bin, den er abliefert, denn vom Autofahren wird mir schlecht. Wenn ich ausgestiegen bin und Richtung Haus stapfe, winkt Monsieur Durand mir freundlich hinterher, und niemand schöpft Verdacht.

Heute gibt es Gehacktes mit Gewürzgurken und Pellkartoffeln. Gehacktes ist Hackfleisch mit Zwiebeln und Mehlschwitze. Das Rezept hat Oma aus dem Harz mitgebracht.

Meine Großeltern sind nach dem Ersten Weltkrieg aus dem Harz hergezogen. Oma hängt noch sehr an ihrer alten Heimat und erzählt stundenlang Geschichten vom Brocken und von der Stadt Wernigerode und dem Dorf Ilsenburg, wo sie einst aufgewachsen ist.

Wenn wir Kinder uns nach dem Essen zum Spielen treffen, erzählen wir, was es zum Mittagessen gegeben hat. Bei allen gibt es Tag für Tag ein unterschiedliches Gericht, bis auf Thorwardts. Die kann man fragen, wann man will, es gibt bei denen immer nur Kartoffeln mit Soße. Nichts anderes, Kartoffeln mit Soße. Uwe Thorwardt ist der Größte und Kräftigste von uns allen, aber sehr gutmütig und sein Bruder Wolfgang zwei Jahre jünger und dünn. Weil er als Einzigster von uns Kindern eine Brille trägt, nennen wir ihn Professor.

Zum Nachtisch gibt es Dr.-Oetker-Vanillepudding mit selbstgemachter Kirschsoße. Fast immer ist es Oma, die kocht. Es hat sich so eingebürgert, dass Mutter dafür die Besorgungen macht. Nach dem Essen klingele ich bei Axel. Nach einer Ewigkeit öffnet seine Mutter. Sie war lange krank, aber keiner weiß genau, was sie hatte, und Axel sagt nichts.

«Darf Axel kommen?»

Die Mutter nickt und ruft nach oben: «Axel.»

Der hat schon gewartet und stratzt runter, so schnell er kann. Als Nächstes holen wir Norbert ab und dann Jens und Heike und Susanne. Manchmal kommen auch noch Bernd, Karin und Marina dazu, obwohl die oben am Walsroder Ring wohnen und meist für sich bleiben. Aber heute sind sie heruntergekommen, und wir haben zwei richtig große Mannschaften. Norbert benimmt sich hochnäsig, weil er jetzt Schulkind ist. Dabei kann er nach einem Tag auch nicht viel mehr als wir. Der wird von seinem hohen Ross schon noch wieder runtersteigen.

Heute spielen wir Völkerball. Wir malen mit Kreide die Spielfelder nach, weil es gestern geregnet hat, dann geht's los. Bevor der erste Ball geworfen wird, ruft Axel schon «Auto!». Wir rennen auf den Bürgersteig und warten, bis die Gefahr vorüber ist. Zum Glück kommen höchstens zwei, drei Autos in der Stunde vorbei. Heike spielt viel besser als Susanne und die anderen Mädchen, sie ist die Einzigste, die mit uns Jungen mithalten kann, auch in anderen Sportarten. Manchmal muss sie von ihrer Mutter gebremst werden, damit die Pferde nicht mit ihr durchgehen, sie ist eine richtig wilde Hummel. Ich freue mich immer am meisten, wenn sie zum Spielen rauskommt. Einmal habe ich das Oma gesagt, und die meinte, ich wäre wohl ein wenig verliebt. Das glaube ich aber nicht.

Nach zwei Stunden sind wir durchgeschwitzt und haben genug. Norbert schlägt vor, in seinem Garten Boccia zu spielen, aber ich bin dagegen, weil er ja nur wieder abkassieren will. Die anderen sind auch dagegen, und wir gehen zum Garagenplatz, Fußball spielen. Auf dem Garagenplatz sind auf der linken Seite drei Garagen, und geradeaus ist eine Mauer, die zu den Garagen dahinter gehört. Weil der Platz ziemlich klein ist, können wir immer nur Zweierkämpfe spielen. Einer schießt den Ball gegen die Mauer, sodass der Ball abprallt, und wenn der andere den Ball zehnmal nicht kriegt, scheidet er aus. Dann ist das nächste Paar dran, bis von allen Paaren die Sieger feststehen und in der nächsten Runde gegeneinander spielen. Die, die warten müssen, setzen sich auf den Stromkasten, oder die Mädchen spielen nebenbei Gummitwist.

Das Haus direkt hinter dem Garagenplatz gehört der alten Frau Rusche. Frau Rusche ist die komischste Bewohnerin in der ganzen Siedlung. Sie ist sehr schmutzig und trägt zerlöcherte Anziehsachen. In ihrem Haus und Garten leben ganz viele Katzen. Der Garten ist verwildert und eigentlich gar kein Garten mehr und ihr ganzes Haus von oben bis unten voller Müll. Voriges Jahr hat es bei ihr gebrannt, und die Feuerwehr ist kaum durchgekommen vor lauter Müll. Dabei ist sie steinreich! Allein in unserer Siedlung gehören ihr vier Häuser! Und wer weiß, wo noch. Ihr toter Mann war Erfinder, daher. Er hat den Apparat erfunden, der dafür da ist, dass beim Tanken kein Benzin mehr überläuft. Seitdem kassiert Frau Rusche von jedem Liter Benzin, der verkauft wird, ihren Teil. Außerdem ist sie so was wie eine gute Hexe: Sie hat ganz unwahrscheinliche Kenntnisse über Gesundheit, dass es schon an Zauberei grenzt. Manchmal sieht sie mich schon von weitem mit stechendem Blick an. Dann weiß ich, was gleich kommt: Wenn ich auf ihrer Höhe bin, fasst sie mir mit ihren Händen ins Gesicht. Sie knetet an meinen Backen herum oder zieht mir die Augenlider herunter oder schaut in meinen Mund. Dadurch kann sie feststellen, was mir fehlt. Ihre Hände sind rissig und schmutzig und riechen nach Kartoffelschalen oder Gras. So wie Frau Rusches Hände riechen sonst keine. Sie sagt dann zum Beispiel, dass mir rote Blutkörperchen fehlen und ich von diesem oder jenem mehr essen soll. Jemand anderes dürfte so was niemals machen, aber wir haben keine Angst vor ihr, und auch die Erwachsenen lassen es zu, weil Frau Rusche harmlos ist und ein guter Mensch und eben steinreich. Wer weiß, was ihr außer den vier Häusern noch alles gehört! Wenn jemand den Ball verschießt, landet der manchmal in Frau Rusches Garten, und wir müssen dann aufs Dach klettern und den Ball wiederholen, was nicht gerade einfach ist, denn Frau Rusches Garten besteht nur aus hohen Hecken und Dornen und Gestrüpp und wilden Beeren.

Der zweitreichste Mann ist Herr Hübner. Ihm gehören zwei Häuser und neben unserem noch zwei andere Garagenplätze. Er trägt wie Opa immer einen Anzug und raucht dicke Zigarren, und er hat in der Stadt ein Riesengeschäft mit Gartengeräten, er liefert seine Sachen überallhin. Meistens hören wir schon von weitem die Motorengeräusche von seinem dicken BMW und verstecken uns, aber manchmal erwischt er uns, und dann gibt's Ausmecker. Dass wir seinen Platz benutzen, hat er mit der Zeit zähneknirschend hingenommen, aber nicht, dass wir aufs Dach klettern. Er sagt, dass es vom dauernden Hochklettern kaputtgeht, und irgendwann muss es neu gemacht werden, und unsere Eltern müssten das dann bezahlen, und das geht ins Geld. Wir könnten doch genauso unten auf dem Langenbeker Feld spielen oder auf dem Fußballplatz in der nächsten Siedlung. Das ist aber nicht so einfach, wie er das denkt, denn das Langenbeker Feld ist viel zu huckelig zum

Fußballspielen, und die andere Siedlung ist so weit entfernt, dass man schon den halben Nachmittag braucht, um hin- und wieder zurückzukommen. Wir hören uns seine Standpauke an und warten einfach, bis er wieder weg ist. Dann spielen wir weiter.

Ich verschieße den Ball und muss in Frau Rusches Garten klettern. Die Katzen huschen um meine Beine herum, und ich zerkratze mir die Arme am dornigen Gestrüpp. Zum Glück ist Frau Rusche nicht da. Manchmal taucht sie auf wie ein Geist oder Gespenst, und man hat gar nicht mitgekriegt, wo sie überhaupt herkommt. Sie schimpft nicht, sondern guckt einen an, dass man ein schlechtes Gewissen kriegt. Ich verstehe nicht, was Frau Rusche mit ihrem Garten hat, denn der ist schließlich wie ein Urwald, und man kann eigentlich gar nichts kaputt machen oder zertreten. Man kann nur von Glück sagen, dass Frau Rusche keinen normalen Garten hat, in dem man wirklich etwas zertreten könnte.

Um sechs müssen alle zu Hause sein zum Abendbrot. Wir sind die Einzigsten, bei denen es erst um sieben Abendbrot gibt, weil Mutter dann vom Unterricht zurückkommt. Um sechs gibt es bei Oma Kaffee und Kuchen, sie bäckt jeden Tag einen Kuchen oder eine Torte. Ich klingele, und während sie zur Tür kommt, überlege ich schon, welche Kuchensorte sie heute wohl gebacken hat. Wenn sie endlich aufmacht, rufe ich «Apfelkuchen, Apfelkuchen» oder eine andere Kuchensorte, die sie gebacken hat. Doch heute habe ich mich getäuscht, denn als sie mich in den Arm nimmt, rieche ich es schon: Johannisbeertorte! Johannisbeertorte ist etwas Besonderes, das sie eigentlich nur sonn- oder feiertags backt. Die Johannisbeeren sind oft so sauer, dass man den Mund verziehen muss, dafür ist zum Ausgleich der Teig schön süß. Dazu hat sie eine Schüssel Schlagobers geschlagen. Das Wort Schlagobers stammt aus dem Harz, normalerweise heißt es Schlagsahne. Ich verdrücke drei Stücke, Oma eins und Opa zwei, sodass die Hälfte übrig bleibt, weil meine Mutter nichts von der Torte isst, damit sie ihre Figur behält. Morgen gibt es schon wieder eine neue Torte. Ich wüsste nur zu gern, was Oma mit dem restlichen Kuchen anstellt, denn wegschmeißen würde sie niemals auch nur einen Krumen. Die Großeltern haben zwei Weltkriege mitgemacht und würden nie im Leben Lebensmittel wegschmeißen. Wenn ich danach frage, lächelt sie nur und gibt keine richtige Antwort.

Um halb sieben lässt mir Oma Badewasser ein. Ich bade noch immer in meiner Plastikkinderwanne in der Küche. Mein Lieblingsbadewannentier ist Mecki der Igel aus der Hörzu. Heute ist große Wäsche mit Haarewaschen. Dann ab in den Schlafanzug und den Bademantel über. Schlag sieben steckt jemand den Schlüssel ins Haustürschloss. Wie von der Tarantel gestochen springe ich auf und öffne. Mutter sieht wieder mal ganz erschöpft aus, sie nimmt mich aber auf den Arm und drückt mich fest. Abendbrot essen wir im Wohnzimmer, wo Oma schon alles vorbereitet hat. Es gibt hartgekochte Eier, Gerstenbrot, Käse. Zu trinken gibt es nichts. Mutter trinkt nie was zum Essen, außer am Wochenende einen Schluck Weißwein. Sie sagt, dass man beim Essen nichts trinken soll, weil das die Magensäure verdünnt. Morgens trinkt sie Kaffee. Ohne Kaffee ist sie zu nichts zu gebrauchen, sagt sie dann immer, und dass sie Kaffeedurst hat.

Mutter arbeitet drei Nachmittage in der Woche im Musikpavillon der Schule Hanhoopsfeld. Die Privatschüler sind auf die restliche Woche verteilt, und am Wochenende ist ganz frei. Mutter verdient sehr wenig. Wenn Opa nicht seine Rente von 2700 Mark hätte, müsste sie Sozialhilfe beantragen, hat sie mal gesagt. Deshalb musste sie nach meiner Geburt auch wieder zu ihren Eltern ziehen, denn alleine hätte sie es niemals geschafft. Dabei ist sie erst mit dreißig von zu Hause ausgezogen. Und nun wohnt sie schon wieder hier. Aber es geht eben nicht anders. Für meine Mutter bin ich ihr Ein und Alles, und meine Großeltern haben mich auch lieb, auch mein Opa, der immer sehr streng war sein ganzes Leben, nur zu mir und zu Oma nicht. Er hat mich nie geschlagen, hat Oma mal gesagt. Obwohl er schon so alt ist, versucht er, mit seinem Enkel mitzuhalten, und er spielt zum Beispiel Federball mit mir, obwohl Oma das nicht gerne sieht, denn Opa hat ein schwaches Herz.

«Na, Gretchen, wie war es heute wieder?», fragt Oma immer, während meine Mutter ihr Abendbrot isst. «Deine Mutter isst wie ein Spatz», sagt meine Oma, wenn wir alleine sind. Das kommt daher, dass sie unter keinen Umständen dicker werden will, außerdem schmeckt es ihr nicht.

«Ach, Mutti, die Kinder haben in den Ferien überhaupt nicht geübt, dabei habe ich es ihnen eingebläut: ‹Wenn ihr in den Ferien nicht übt, dann müssen wir immer wieder von vorne anfangen. Und eure Eltern bezahlen den Unterricht sicher nicht, damit wir immer wieder von vorne anfangen, oder?› Da gucken die meisten Kinder beschämt zu Boden. Aber geübt haben sie trotzdem nicht.»

Mutter ist eine sehr gute Lehrerin und sehr beliebt. Sie unterrichtet Blockflöte, Klavier und musikalische Früherziehung. Einmal im Jahr ist Elternabend, da findet ein richtiges kleines Konzert im Musikpavillon statt. Abends um 18 Uhr geht's los, und es dauert dann zwei Stunden. Alle Schüler spielen etwas vor, erst die Anfänger mit kurzen Stücken, später dann kommen die Fortgeschrittenen und ganz zum Schluss Sigrun Hildebrandt. Die ist Mutters Meisterschülerin und spielt fast so gut wie Mutter selbst. Sigrun ist fünfzehn Jahre alt und möchte das später mal als Beruf ergreifen. Mutter fördert sie, so gut sie kann, und ist sehr stolz auf Sigrun. Zu jedem Schüler sagt Mutter eine Kleinigkeit, sie erklärt, was für ein Stück es ist und von welchem Komponisten, und es ist sehr unterhaltsam und lustig, wie sie das macht. Ganz am Ende verbeugt sich Mutter und erntet stürmischen Applaus. Sie bekommt so viele Blumensträuße überreicht, dass wir die mit vier Mann hoch kaum nach Hause schleppen können. Die ganze Familie ist sehr stolz auf sie, und ich kann mir gar nicht vorstellen, dass es eine bessere Musiklehrerin gibt als Mutter. Weil sie ihren Beruf so ernst nimmt, ist sie am Abend immer rechtschaffen müde.

Punkt acht Uhr schaltet Opa den Fernseher an für die Tagesschau. Nach dem Wetterbericht muss ich ins Bett.

Abends bringt mich Mutter immer, damit sie wenigstens noch ein kleines Weilchen mit ihrem Sohn hat, und liest mir noch eine Geschichte vor.

«Es war einmal ein Dorf namens Toppenhausen. Dort betrieben die drei Geschwister Gerd, Wolfgang und Inge Ott einen Mettwursthof, wo als alleiniges Produkt Mettwurst hergestellt wird. In Toppenhausen sind fast alle Mettwurstbauern, das gibt es auf der Welt wohl kein zweites Mal. Niemand weiß genau, warum die Mettwurst hier so gut schmeckt. Das Geheimnis wird so streng gehütet wie das Gold in Fort Knox. Gerd und Wolfgang sind wortkarge Männer. Alles an ihnen ist sehr groß, die Hände, die Ohren und vor allen Dingen die riesigen, klumpigen Füße. Die beiden sehen immer etwas schief aus und sehr grob. Sie haben eigentlich nur Gummistiefel an und sonst eben ihr Arbeitszeug, die Mettwurstkleidung. Nur für ganz bestimmte und seltene Anlässe ziehen sie ihre alten, braunen Anzüge an, aber sie verlassen Toppenhausen kaum. Jeden Tag kocht Inge für die riesigen, schweren Männer Essen. Sie essen alles mit, auch Haut, Knorpel und Sehnen. Im Herbst ist Mettwursternte. Die Mettwurstfelder liegen an einem geheimen Ort, den kein Fremder je zu Gesicht bekommen hat. Aber dafür durften wir uns einmal die Wurstmaschine anschauen. Dann werden die Würste zu dem geheimnisvollen Großbauern Hermann Ruschmeyer gebracht, der in Toppenhausen nur ehrfürchtig ‹Der Mettwurstpapst› genannt wird. Er weiß mehr über die Mettwurst als jeder andere Mensch auf der Welt, und er ist noch größer und schwerer als die anderen Männer im Dorf. Wer regelmäßig nach Toppenhausen fährt, der bekommt vielleicht sogar irgendwann die Mettwurstfelder gezeigt.»

Dann spricht Mutter noch ein Gutenachtgebet, und als sie nach unten gegangen ist, bete ich vorsichtshalber noch mal. Ich danke Gott für den schönen Tag und dass wir alle gesund sind und uns lieb haben und wir genug zu essen und zu trinken haben und kein Krieg herrscht, und ganz am Ende bete ich für die Menschen auf der Welt, denen es schlechter geht als uns. Es ist ganz wichtig, mindestens einmal am Tag mit Gott zu sprechen. Wenn ich etwas Schlimmes gemacht habe, dann bitte ich ihn um Verzeihung und verspreche, mich zu bessern. Es ist nämlich so, dass ich, um den Eintritt in Norberts Garten zu bezahlen oder Süßigkeiten oder Eis zu kaufen, manchmal Opa oder Mutter Geld aus dem Portemonnaie nehme, fünfzig Pfennig oder eine Mark, einmal sogar zwei Mark. Weil ich noch kein festes Taschengeld bekomme und mich nicht mit so viel Geld erwischen lassen darf, habe ich mir einen Trick ausgedacht: Ich sage, dass ich Geld suchen gehe, das andere Leute fallen gelassen oder verloren haben. Dann gehe ich den ganzen Nachmittag auf Suche, und abends komme ich mit dem Geld zurück. Anfangs waren die Erwachsenen misstrauisch, aber jetzt sind sie es nicht mehr. Sie glauben, dass ich ein besonderes Geschick im Geldfinden habe. Man darf es natürlich nicht übertreiben, also höchstens einmal die Woche oder auch nur alle zwei Wochen, je nachdem. Ein richtig schlechtes Gewissen habe ich deswegen nicht, ich finde es auch viel schlimmer, jemandem etwas Böses zu wünschen oder schlechte Gedanken zu haben. Ich freu mich schon auf später, wenn ich in der Schule bin und endlich lesen kann, dann kann ich nach Herzenslust schmökern, soviel ich will, und bin nicht mehr darauf angewiesen, dass die Erwachsenen mir abends vorlesen.

AUSSENMÜHLE

Heute macht Mutter ausnahmsweise das Mittagessen. Es gibt eine Speise, die sie selbst erfunden und «Scharfes» genannt hat. Sie besteht aus Hackfleisch, Paprika, Zwiebeln, Tomaten und jeder Menge exotischer Gewürze. Für die Großeltern ist das viel zu scharf, immer wenn Mutter Scharfes macht, essen die beiden Matjes. Ich bin eigentlich überhaupt nicht krüsch, aber mit Matjes kann man mich jagen, während sich die Großeltern schon Tage im Voraus auf den Matjes freuen, besonders Oma. Es ist das einzigste Mal überhaupt, dass die Familie unterschiedliche Sachen isst. Zum Nachtisch gibt es Pudding, diesmal wieder für alle. Es klingelt. Norbert und Axel.

«Darf Mathias kommen?»

Weil es noch mal richtig heiß geworden ist, gehen wir zum Schwimmen ins Freibad Außenmühle. Die Tasche mit den Badesachen steht fix und fertig gepackt im Flur. Der Weg zum Freibad führt uns am neuen Einkaufszentrum und den Schrebergärten vorbei. Ich freu mich so, dass ich anfange zu hüpfen. Norbert guckt mich böse an. Er hüpft selber nicht mehr, weil er jetzt ja zur Schule geht und ihm das zu albern ist. Weil Axel trödelt, schmeißt Norbert mit Steinen nach ihm. Erst nimmt er kleinere Kiesel, dann immer größere Brocken. Axel kann erst noch ausweichen, dann erwischt ihn Norbert aber voll am Bein. Axel fängt an zu weinen und lässt sich noch weiter zurückfallen. Plötzlich stratzt Norbert weg, so schnell er kann, weil er Axel abhängen will. Ich weiß nicht, was ich machen soll, eigentlich sollte ich ja Axel Gesellschaft leisten, aber dann renne ich Norbert hinterher. Als ich mich umdrehe, ist von Axel keine Spur. Jetzt kommt auch Norbert mit einem schlechten Gewissen zurückgetrottet. «Wo ist Aggu denn?», tut er unschuldig. Eigentlich müssten wir umkehren und ihn suchen, aber Norbert geht einfach weiter. Mir wird mulmig zumute. Axel ist bestimmt zu seiner Mutter zurück und sagt der alles, und wenn wir zurückkommen, gibt es Ärger.

Die Schlange vor der Kasse ist sehr lang, und als wir anstehen, tut Norbert die ganze Zeit so, als wäre nichts. Eigentlich hat er ja Schuld, aber weil ich mitgelaufen bin, hab ich genauso Schuld. Am liebsten würde ich gleich wieder nach Hause gehen, dann hab ich's hinter mir, aber ich trau mich nicht wegen Norbert. Die Kassenfrau stempelt endlich meine Zehnerkarte ab, dann geht's erst mal in die Umkleiden. Hier müffelt es so, dass ich es nur ganz kurz aushalte, sonst wird mir schlecht. Norbert ist am ganzen Körper kalkweiß. Ich bin in diesem Sommer richtig braun geworden, und mein Gesicht ist gesprenkelt von Sommersprossen. Oma sagt, dass das niedlich ist, das finde ich aber nicht. Ich wünschte, ich hätte keine Sommersprossen, und mein Grübchen gefällt mir auch nicht. Entweder man hat zwei Grübchen oder gar keins, finde ich. Aber eigentlich ist es auch egal. Norbert hat schon Fahrtenschwimmer, ich nur Freischwimmer, weil ich mich nicht vom Dreier traue. Ich hab's schon ein paarmal versucht, bin dann aber in letzter Sekunde wieder umgekehrt. Einmal hat ein Junge versucht, mich runterzustoßen. Ich konnte gerade noch das Gleichgewicht halten, aber der Bademeister hat es gesehen, und der Junge musste sofort die Badeanstalt verlassen, für immer. Bademeister müsste man sein. Den ganzen Tag in der Sonne liegen und die frechen Kinder zusammenpfeifen und ihnen alles Mögliche verbieten. Noch besser finde ich Förster. Immer in der frischen Luft mit einem Hund und einem Gewehr durch den Wald stromern.

Wir stellen uns am Kiosk an und holen uns Eis, ich Berry und Norbert Mr. Freeze. An einem Stehtisch verzehrt ein Mann eine Bockwurst mit Senf. Da hätte ich jetzt eigentlich viel mehr Hunger drauf. Eigentlich habe ich immer Hunger. Oma sagt oft, dass ich keinen Hunger habe, sondern Appetit, und nur wenn man hungrig ist, sollte man was essen. Aber den Unterschied konnte sie mir auch nicht richtig erklären. Ich hab jedenfalls Hunger auf Bockwurst oder noch besser auf Hähnchen, das esse ich am liebsten. Wenn es bei uns Hähnchen gibt, macht Oma das immer für zwei Tage und tut eine Hälfte über Nacht in den Kühlschrank. Manchmal habe ich solchen Hunger, dass ich heimlich was vom Hähnchen esse, aber so, dass es nicht auffällt, ich tu dann Haut über die Stellen und hoffe, dass es niemand merkt. Oma isst am liebsten die Flügel, obwohl da am wenigsten Fleisch dran ist, aber sie sagt, dass sie so gerne knabbert. Mutter isst Keule, und Opa und ich essen Rücken und den Rest. Oma isst wie Mutter immer nur sehr wenig. Sie ist ja auch genauso dünn. Oma behauptet steif und fest, dass sie vom Abschmecken schon pappsatt ist.

Mr.-Freeze-Eis sieht besser aus, aber Berry schmeckt besser, finde ich, und es ist auch noch billiger, 25 Pfennig statt 30. Wir legen uns auf die große Wiese, und dann gehen wir zum Schwimmerbecken. Norbert springt gleich mit Köpper von einem der Startblöcke. Mir ist das viel zu riskant, außerdem sollte man sich erst langsam an das kalte Wasser gewöhnen. Norbert krault, ich hab das auch mal probiert, aber ich war ganz langsam damit und bin dann gleich wieder auf Brust umgestiegen. Auf der Bahn neben Norbert schwimmt ein älterer Junge. Ich merke genau, wie Norbert den überholen will, aber der Junge ist viel zu schnell für ihn. Als er aus dem Wasser steigt, sehe ich, dass er das Abzeichen für Jugendschwimmer hat, mit den drei Wellen. Ist ja klar, dass Norbert keine Chance gegen den hat. Er lässt seine Wut an mir aus, indem er mich so lange unterduckert, bis ich keine Luft mehr bekomme und Chorwasser schlucke. Ich bekomme es mit der Angst zu tun und schlucke noch mehr Wasser. Beim nächsten Mal Hochkommen schreie ich, so laut ich kann: «HILFE, HILFE!» Sofort schwimmt Norbert weg, als wäre nichts gewesen, und als der Bademeister angerannt kommt, ist er schon über alle Berge. Der Bademeister fragt, was gewesen ist, und ich sage: «Nichts.» Er glaubt mir nicht und guckt mich böse an und sagt, ich soll das mal in Zukunft lassen, sonst könnte ich nächstes Mal zum Baggersee in Maschen gehen. Meine Augen sind schon ganz entzündet vom Chlorwasser. Mutter sagt, das Wasser in der Außenmühle ist so stark gechlort wie in keinem anderen Schwimmbad. Mir vergeht langsam, aber sicher die Lust, deshalb gehe ich zurück zu unseren Handtüchern. Norbert kommt und kommt nicht. Ich werde langsam unruhig und muss wieder an Axel denken. Wenn wir nach Hause kommen, gibt es auf jeden Fall Ärger. Hoffentlich erzählt Axel die Wahrheit, dass nämlich Norbert Schuld hat. Plötzlich kommt Norbert wieder. Er ist schon umgezogen und packt, ohne ein Wort zu sagen, seine Sachen und läuft davon. Jetzt muss ich allein in die Umkleiden! Zum Glück sind außer mir nur drei ältere Jungen da, der eine von ihnen ist der Jugendschwimmer. Die Abzeichen der anderen kann ich nicht sehen. Jetzt aber los!

Mit jedem Schritt wird mir schwerer ums Herz. Frau Erdmann war bestimmt schon bei uns, und ich bin gleich dran. Als Oma die Tür öffnet, rufe ich aus Angst keine Tortensorte. Oma ist enttäuscht: «Stimmt irgendwas nicht, Mathias?» Ein Stein fällt mir vom Herzen, denn jetzt weiß ich, dass Axel nicht gepetzt hat. Es gibt Windbeutel, gefüllt mit Schlagobers und selbstgemachter Kirschmarmelade. Opa sitzt in der Küche und schaut aus dem Fenster. Er hat einen dicken Kirschfleck auf seinem Jackett und Krümel am Mund.

«Aber Walter, was machst du denn da?», fragt Oma und

wischt Opa den Mund ab. Dann sieht sie auch den Marmeladenfleck und geht mit dem Lappen drüber. Wenn das unsere Nachbarn sehen würden! In der Siedlung haben alle nämlich sehr viel Respekt vor Opa. «Guten Tag, Herr Halfpape», sagen sie voller Achtung, und mein Opa lupft seinen Hut und verbeugt sich leicht. Wenn Opa aus dem Haus geht, dann nie ohne Hut.

Mutter hat am Nachmittag ihre Freundin Tante Maria in Reinbek besucht. Von der langen Fahrt ist sie ganz erschossen, sagt sie. Deshalb trinkt sie zur Feier des Tages ein Glas Rosenthaler Kadarkawein. Nach der Tagesschau gibt es heiteres Beruferaten, das darf ich ausnahmsweise gucken. Es ist ganz unwahrscheinlich, wie Guido immer die Prominenten errät. Guido kommt aus der Schweiz und ist der Jüngste im Rateteam. Der Älteste heißt Hans. Er trägt eine Fliege und ist in Wahrheit Staatsanwalt. Das macht auf Mutter immer mächtig Eindruck, dass jemand, der so einen ernsten Beruf hat, einfach so bei einem heiteren Fernsehquiz mitmacht. Heute ist Hans-Joachim Kulenkampff der Prominente, der ist einfach zu raten, und nach vier Fragen hat Guido es herausgefunden. Kuli bekommt insgesamt vier Flaschen Wein. Danach geht's ins Bett, und Mutter liest aus einem Wissensbuch für Kinder vor. In diesem Kapitel geht es um das Weltall:

«Manchmal geht es einem als Menschen ja so, dass man ganz zerknirscht ist. Doch in solchen Situationen gibt es einen Trick, um sich aus diesem schwarzen Loch selbst wieder herauszuziehen. Du musst an das Weltall denken, und deine eigenen Probleme werden auf einmal ganz klein. Beispiel: einmal um den ganzen Erdball. Ist schon fast unvorstellbar. Nächste Stufe. Wir kommen ans Eingemachte. Der Mond. Auf dem Mond ist die Luft so dünn, dass der Mensch dort nur mit Sauerstoffgerät bequem leben kann. Ein Meter Erdschritt ist auf dem Mond sieben Meter. Außerdem wird der Mensch auf dem Mond siebenmal so alt. Weiter. Nächste Station. Die Sonne. Die Sonne ist schon unvorstellbar heiß und alt. Ein Mensch oder Tier kann es da nicht mehr aushalten. Ein Mensch würde bei konstant Tempo neunzig viele Jahre brauchen, um dorthin zu gelangen, vielleicht auch nie. Weiter. Nächstes Planetensystem. Wieder Sonne, Mond, Erde. Und so weiter und so fort. Die Milchstraße: Die gesamte Milchstraße wiegt über 30 Millionen Tonnen. Nächste Stufe. Das All: Das gesamte All beinhaltet eine so große Anzahl von Milchstraßen, dass man die Zahl nicht mehr aufschreiben kann, weil sie zu viele Nullen hätte. Und das Dollste kommt erst noch: Das All dehnt sich noch weiter aus, und zwar mit der höchsten Geschwindigkeit, die es gibt, nämlich der Lichtgeschwindigkeit. So wächst das Weltall jedes Jahr noch mal um mehrere Hunderte Meter. An all diese Sachen sollte der Mensch denken, wenn er einmal ein bisschen knurrig ist. Dann wird er auf einmal ganz still und denkt nicht nur darüber nach, was es morgen wieder zum Essen gibt.»

FRAU KLIPPSTEIN

Heute fällt die französische Kinderschule zum Glück aus, weil Monsieur Durands Kinder die Masern haben. Jetzt muss ich mich alleine beschäftigen, denn die anderen Kinder sind im Kindergarten oder in der Schule, und krank ist sonst niemand. Mutter ist Besorgungen machen. Sie hat versprochen, mir etwas mitzubringen, und ich glaube, ich weiß auch schon, was: eine Puppe! Die wünsche ich mir schon seit Weihnachten, und jetzt ist es so weit, Mutter hat so Sachen gesagt und geguckt, als ob es so weit wäre. Ich kann kaum erwarten, dass sie wieder nach Hause kommt.

Bis es so weit ist, gehe ich Autos aufschreiben. Von allen Autos, die am Walsroder Ring geparkt haben, schreibe ich die Kennzeichen auf und stelle mir vor, dass die Fahrer etwas verbrochen haben, aber ihrer Strafe nicht entgehen, weil ich jetzt ja ihre Kennzeichen habe. So gut kann ich das Alphabet jetzt schon. Ich komme mir vor wie ein Gehilfe von Kommissar Keller. Einmal waren Mutter und die Großeltern drüben bei Landwedels zu Besuch, und Opa hatte vergessen, den Fernseher auszustellen, und ich habe den «Kommissar» geguckt. Der Mord kommt gleich am Anfang, und mit einem Mal erklingt die Titelmelodie, und ich hab mich verjagt wie sonst was. Ich wäre nie draufgekommen, wer der Mörder ist, und die Assistenten wussten's auch nicht, nur der Kommissar selber, der in einer Tour Zigaretten raucht und Bier trinkt, aber trotzdem einen klaren Kopf bewahrt. Kommissar Keller ist ungefähr so klein wie Opa und sieht auch fast so aus, vielleicht etwas jünger, aber nur etwas. Die Assistenten gucken in die Akten und telefonieren und besuchen Verdächtige und schreiben Autos auf und ziehen falsche Schlüsse. Am Ende ist es immer der Kommissar, der die Fäden zusammenzieht und eins und eins zusammenzählen kann. Wenn der Mörder zum Ende gefasst ist, kommt wieder schlagartig die Titelmelodie, und plötzlich habe ich es mit der Angst zu tun bekommen und bin nach oben in mein Zimmer gerannt und habe überall Licht angelassen, aber es ist trotzdem immer schlimmer geworden, und als die Erwachsenen immer noch nicht gekommen sind, habe ich das Fenster aufgemacht und geweint und geschrien. Ich konnte mich gar nicht mehr einkriegen. Landwedels wohnen schräg gegenüber, und meine Mutter hat mich schließlich gehört und ist angerannt gekommen und hat versucht, mich zu beruhigen, und gesagt, es tut ihr leid, und sie würde mich nie mehr alleine lassen, und ich soll ihr verzeihen, und sie würde immer hören, wenn ich nach ihr rufe, egal, wo sie ist und wo ich bin. Vom Kommissar habe ich nichts erzählt, in der Aufregung hat auch keiner gemerkt, dass der Fernseher lief, auch Opa nicht. Die Großeltern sind dann auch noch nach oben gekommen, und sie haben so lange bei mir gewacht, bis ich eingeschlafen bin. Das war im April, und seitdem habe ich nie wieder den «Kommissar» gesehen. Die Erwachsenen gucken keine Krimis, aber wenn ich erwachsen bin, werde ich am Freitagabend um Viertel nach acht keine Folge verpassen, so viel steht fest.

Ich bin fast einmal um den Walsroder Ring rum, und mir fehlen nur noch drei Autos, als Frau Schwerwath mit ihren Einkäufen kommt. Ich stelle mir vor, wie ich Assistent vom Kommissar bin und Frau Schwerwath es mit der Angst zu tun bekommt.

«Was machst du denn, Mathias?»

«Autos aufschreiben.»

«Und warum machst du das? Musst du gar nicht in den Kindergarten?»

«Nein, der hat heute geschlossen.»

«Ach so. Wie geht es denn deinen Großeltern?»

«Gut.»

«Und deiner Mutti?»

«Auch gut.»

«Hat der Kindergarten nur heute geschlossen?»

Ich gucke sie an, als ob ich die Frage nicht verstanden hätte. Mir wäre es lieber, wenn Frau Schwerwath endlich weitergehen würde, und das tut sie dann auch. Ich mache mit den Autos am Bispinger Weg weiter, bis Oma laut nach mir ruft.

«Mathias.»

So, wie Oma meinen Namen ruft, ruft sonst niemand.

«Maathiiiiiiaas.»

Es klingt fast so, als ob sie meinen Namen jodeln würde. Manchmal äffen die anderen Kinder das nach, aber nett, denn es gibt wohl keinen Menschen, der Oma nicht mag. Sie hat für jeden ein gutes Wort übrig und lächelt jeden an und geht schneller als manch junge Frau. Wenn sie mit ihren Einkäufen kommt, renne ich ihr manchmal entgegen, und wenn wir dann ein Stück gemeinsam gehen, komme ich kaum mit, so schnell ist sie. Ich kann mir keinen besseren Menschen als Oma vorstellen, und selbst Herr Glotz, der unter Hitler ein großer Nazi war und der den lieben langen Tag tobt, wird ganz freundlich, sobald Oma in der Nähe ist. Man kann einfach nicht unfreundlich sein, wenn Oma in der Nähe ist! Sie ist auch immer geduldig, mit uns Familienmitgliedern sowieso, aber auch mit allen anderen Menschen. Zum Beispiel mit Frau Klippstein. Frau Klippstein lebt in Wilhelmsburg, und seitdem ihr Mann gestorben ist, ist sie einsam. Sie ruft fast jeden Tag an, und Oma telefoniert dann stundenlang mit ihr. Das ist sehr anstrengend für Oma. Wenn sie an den Apparat geht und Frau Klippstein ist dran, sagt sie immer «Ach, Frau Klippstein» und bekommt ein ganz fahles Gesicht. Aber niemals würde sie auflegen. Manchmal tut mir Oma leid, und ich gehe in den Flur, wo das Telefon steht, und versuche zu stören, damit Frau Klippstein endlich auflegt, aber Oma macht geduldig weiter, bis Frau Klippstein hungrig wird oder irgendwas anderes passiert. Das höchste der Gefühle ist, dass Oma sagt:

«So, Frau Klippstein, dann wollen wir mal.»

Manchmal sagt sie das in ihrer Not mehrmals hintereinander, aber Frau Klippstein merkt nicht, dass ihr Typ nicht gefragt ist, und hört und hört nicht auf, und ich werde wütend. Meine arme Oma! Oma sagt, dass das Nächstenliebe ist und Frau Klippstein ganz arm dran ist, und das sehe ich natürlich ein. Aber ich wünsche mir trotzdem, dass Frau Klippstein mal jemand anderes anruft.

Heute gibt es zum Mittagessen Eierpfannkuchen mit Apfelmus und Zucker. Das mag ich von allen Essen am wenigsten. Außer Matjes. Oma brät einen Eierkuchen nach dem anderen, aber erst, wenn alle anderen satt sind, isst sie selber eine Kleinigkeit. Mutter kommt erst am Abend, sie muss bestimmt in vielen Geschäften nachgucken, um mir die richtige Puppe auszusuchen. Nach dem Mittagessen gehe ich raus auf die Straße. Es ist noch keiner da. Norbert hat vielleicht Stubenarrest wegen Thorsten. Als Erste kommt Sabine. Sabine ist adoptiert worden, alle wissen das, nur Sabine selbst nicht. Ich finde, es ist egal, ob jemand adoptiert ist oder nicht. Dann kommen auch Uwe und Wolfgang Thorwardt.

«Was gab's bei euch zu essen?»

«Kartoffeln mit Soße.»

Bei Sabine gab es falschen Hasen, ein Hackgericht. Wir klingeln bei Heike.

«Darf Heike kommen?»

«Nein, die kommt heute nicht.»

Heikes Bruder Jochen ist schon vierzehn und konfirmiert und hockt die ganze Zeit auf seinem Zimmer. Ich habe ihn schon seit Wochen nicht gesehen. Seitdem er aufs Gymnasium gekommen ist, ist er ganz still geworden. Ich grübele darüber nach, warum Heike nicht kommt. Vielleicht hat sie Stubenarrest. Ich hoffe nicht, dass sie es ihrem Bruder gleichtun will. Es ist sehr schade, dass Heike heute nicht kann. Uwe Thorwardt schickt Wolfgang wieder weg, weil er ihm lästig ist, dann gehen wir mit Sabine zu dritt ins Tannenwäldchen.

Das Tannenwäldchen ist ein winzig kleiner Wald direkt im Anschluss an die Siedlung, von dort an geht ein Kornfeld bis zum Bach herunter. Im Herbst, wenn es viel geregnet hat, läuft das Regenwasser vom Langenbeker Feld in den Bach, und an manchen Tagen stauen wir ihn. Einmal haben Norbert und ich das Flussbett mit einem Spaten aufgegraben, und dann gab es eine Überschwemmung. Oder wir spielen Klackermadatsch. Jetzt führt der Bach nur ein dünnes Rinnsal. Uwe hat ein Brennglas mit. Wir suchen so lange, bis wir eine Ameisenstraße finden, dann versengt Uwe die winzig kleinen schwarzen Viecher. Er sagt, dass Ameisen schädlich sind, aber Sabine sagt, dass es nicht stimmt, die würden tote Insekten vertilgen, und außerdem hat jedes Tier seinen Platz, und schädlich sind höchstens Maden oder Wespen. Bald wird es Uwe langweilig mit den Ameisen, also nimmt er sich einen Regenwurm vor. Als der Lichtstrahl den Wurm trifft, brutzelt es, und der Wurm zieht sich zusammen und stinkt. Sabine ruft, dass er aufhören soll, weil das Tierquälerei ist, aber Uwe behauptet, der Wurm wäre primitiv und würde das gar nicht merken. Das sieht aber nicht so aus, wie er sich krümmt und verzweifelt versucht, dem glühend heißen Strahl zu entkommen. Sabine schreit ihn an, er soll das endlich lassen, sonst petzt sie, dass Uwe ein Tierquäler ist. Uwe hört endlich auf, aber der Wurm ist verschmurgelt und kann auch nicht mehr wegkriechen und nichts. Dann steht Uwe auf und zertritt ihn. Sabine läuft davon. Uwe lässt sich zwar nichts anmerken, aber ich merke, dass er ein schlechtes Gewissen hat, glaube ich.

«Komm, wir gehen zu Langwerner», sagt er, um abzulenken. Herrn Langwerner gehört der Kaufmannsladen in der Siedlung. Einen Pro-Supermarkt, Bäckerei und Reinigung gibt es erst im neuen EKZ in Hanhoopsfeld. Bei Herrn Langwerner kriegt man aber sowieso fast alles, was das Herz begehrt, auch frisches Brot und Eier und Milch, und eine Wursttheke mit Wurst und Käse gibt es auch. Manchmal arbeitet Frau Daumann halbe Tage, Mittwoch und Samstagvormittag, aber sonst schmeißt Herr Langwerner den Laden alleine. Er arbeitet ununterbrochen, und wenn er nicht selber im Laden steht und verkauft und alles appetitlich anordnet, dann fährt er mit seinem Mercedes nach Hamburg zum Großmarkt. Er hat einen Sohn, der aber schon längst ausgezogen ist und in Hannover studiert. Herrn Langwerners Frau ist Hausfrau und kommt noch nach Ladenschluss zum Putzen. Uwe kauft sich ein Mr. Freeze und ich einen Riegel, einen Leckerschmecker, im Fernsehen läuft immer Werbung dafür: «Leckerschmecker hört nie auf.» Weil man denkt, dass der lange Riegel nie zu Ende geht und nie aufgebraucht ist. Ich lutsche erst ganz langsam die Vollmilchschokolade herunter und esse dann das Karamell in einem Rutsch. Eine Mark habe ich noch, aber die ist geklaut, und jetzt muss ich auf der Hut sein, dass die Erwachsenen es nicht bemerken, denn eigentlich habe ich ja nichts. Wir setzen uns auf den Mülleimerplatz vor den Laden und lassen die Beine baumeln, ich setze mich extra so hin, dass ich die Straße im Blick habe und den Leckerschmecker schnell verschwinden lassen kann, wenn's drauf ankommt. Ich weiß zufällig, dass Herr Langwerner Frank Loose zur Konfirmation zehn Mark geschenkt hat, das war sehr viel, obwohl Mutter sagt, dass der kleine Laden kaum etwas abwirft und Herr Langwerner ihn von Rechts wegen zumachen müsste. Wenn im EKZ noch ein Edeka-Supermarkt aufmacht, dann kann sich Herr Langwerner nicht mehr halten, sagt Mutter. Ich bin bei dem Gedanken ganz traurig, denn wo sollen wir dann unsere Süßigkeiten herkriegen? Jedes Mal ins EKZ zu gehen, ist viel zu weit und umständlich. Aber vor allen Dingen: Was wird aus Herrn Langwerner?

Uwe schlägt vor, zum Fußballplatz zu gehen. Ich renne erst mal schnell zu Oma und frage, ob ich darf. Sie erlaubt es mir, geht aber vorher erst einmal mit dem Lappen über meinen Mund und fragt, woher ich die Schokolade habe. Ich werde rot und sage, dass uns Frau Thorwardt Schogetten gegeben hat. Oma glaubt mir. Ich könnte ihr wohl jede Lüge auftischen, sie würde mir alles glauben. Jetzt bekomme ich ein schlechtes Gewissen, weil Oma so ein guter Mensch ist und ich das auch noch ausnutze. Ich renne schnell nach oben, um meine Fußballschuhe zu holen, und als ich wieder unten bin, gibt mir Oma einen Riegel Vollmilch-Nuss-Schokolade von Sprengel. Sprengelschokolade mag ich nicht so sehr, sie ist nicht so süß wie Schogetten, aber die beste Schokolade ist natürlich sowieso von Lindt aus der Schweiz, die ist sehr teuer.

Wir gehen hinten durch die Gärten, überqueren den Bach und laufen das Langenbeker Feld hoch bis zum großen Wald. So groß ist der Wald nun auch wieder nicht, aber viel größer als das Tannenwäldchen. Wenn man durch den Wald durch ist, kommt man an den Fußballplatz. Eigentlich ist es nur eine Wiese, auf die jemand zwei Tore gestellt hat. Er ist höchstens halb so groß wie ein normaler Fußballplatz, und pro Mannschaft dürfen höchstens sechs Spieler spielen, plus Torwart. Ein älterer Junge bestimmt, wer spielen darf und wer nicht. Die gerade nicht dran sind, müssen warten oder auf der Wiese nebenan Zweierkämpfe spielen, aber anders als die Zweierkämpfe am Garagenplatz. Mit Jacken und Taschen werden Tore markiert, und dann spielen immer zwei gegen zwei, es können insgesamt vier Mannschaften gleichzeitig spielen. Als wir ankommen, bestimmt der ältere Junge gerade die neuen Mannschaften. Der Junge heißt mit Namen Bernd Trähnert, zu Anfang dachte ich, er wäre Trainer, weil alle ihn nur mit Nachnamen ansprechen und ich das nicht verstanden habe, dass an das Trainer noch ein T mit angehängt ist. Aber jetzt weiß ich Bescheid, außerdem ist es ja Quatsch mit dem Trainer, weil es ja nur ein Bolzplatz ist und kein Verein. Nächstes Jahr gehe ich in einen richtigen Fußballverein, zum FSV Harburg, das ist mit meiner Mutter so abgesprochen. Bis es so weit ist, kann ich hier noch ordentlich trainieren. Ich wäre gerne Stürmer, aber ich kann nicht gut dribbeln und spiele deshalb Verteidiger, ich kann den anderen echt gut die Bälle abnehmen und reingrätschen. Trähnert hat mal gesagt, an mir kommt keiner vorbei, da war ich stolz wie sonst was.

Aber heute dürfen Uwe und ich nicht mitspielen, im Moment jedenfalls noch nicht, weil die anderen Jungen älter sind und besser. Also müssen wir uns Leute suchen für Zweierkämpfe. Wir tun uns mit zwei Jungen zusammen, die ich vorher noch nie gesehen habe, Martin und Jochen, die beide in Hanhoopsfeld wohnen, wo das EKZ ist. Sie sagen, dass sie den weiten Weg gekommen sind, weil es in Hanhoopsfeld nur einen Grandplatz gibt. Wir spielen «Wer zuerst zehn Tore hat, hat gewonnen». Martin und ich bilden eine Mannschaft, Uwe und Jochen die andere. Es macht voll Spaß, sich hinzupacken. Bei Zweierkämpfen ist man Torwart und Feldspieler in einem und darf auch Hand spielen. Das erste Spiel gewinnen wir zehn zu fünf, Jochen ist voll schwach und Uwe schnell durchgeschwitzt, weil er dick ist. Als wir auch das zweite Spiel fast gewonnen haben, knickt Jochen um. Anstatt gleich wieder aufzustehen, hält er sich den Knöchel und zieht ein Gesicht. Uwe ist froh über die Pause und lässt sich zu Boden fallen, man merkt, dass er schon jetzt nicht mehr kann und sehr froh ist über die Pause. Jochen tastet die ganze Zeit an seinem Knöchel herum, dann sagt er, dass er verletzt ist und nach Hause muss. Er tut so, als ob er ganz doll humpeln müsste, und verzieht sein Gesicht vor Schmerzen, aber ich glaube, er markiert, weil er keine Lust mehr hat, mit Uwe weiterzuspielen, außerdem ist er ja selber nicht gut. Wir gucken uns um, es ist kein einzelner Junge weit und breit zu sehen, und Uwe sagt, dass es keinen Zweck mehr hat und er jetzt nach Hause muss. Ich will noch hierbleiben und sage das auch. Uwe ist beleidigt und stiefelt mit hochroter Birne davon.

Auf der Suche nach neuen Mitspielern werden wir nicht fündig, und weil wir auch keine Lust haben zu warten, ob uns Trainer irgendwann auf dem großen Platz mitspielen lässt, geben wir auf. Martin sagt, er würde hinter dem Hünengrab einen guten Kletterbaum kennen. Wir gehen hin, und es ist dort der beste Kletterbaum, den ich je gesehen habe, weil der Abstand der Äste so ist, dass man ohne Probleme bis fast ganz nach oben kommt, bestimmt zehn Meter. Wir klettern hoch wie die Weltmeister, bis die Äste plötzlich so dünn werden, dass ich mich nicht mehr weitertraue. Martin stört das nicht, und er klettert noch höher. Ich bekomme es mit der Angst zu tun, dass ein Zweig bricht oder morsch ist und ich abstürze. Ich bin vor Schreck wie gelähmt und rufe Martins Namen, doch er antwortet nicht, sondern klettert einfach noch weiter. Als ich runtergucke, sehe ich, wie hoch ich schon bin, und spüre ein dolles Ziehen in den Beinen. Am liebsten würde ich mich fallen lassen, damit es endlich vorbei ist. Ich kralle mich an der Rinde fest und bewege mich keinen Millimeter. Martin klettert jetzt auch nicht mehr weiter.

«So weit oben war ich noch nie», ruft er herunter. Ich habe solche Angst, dass ich gar nichts sagen kann. Wenn ich nur ein Wort sage, verliere ich bestimmt endgültig das Gleichgewicht! Jetzt fangen auch noch meine Beine an zu schlottern! Ich werde es nie wieder bis nach unten schaffen.

«Was hast du?», ruft Martin.

«Ich komm nicht mehr runter.»

Da merkt er, dass es ernst ist, und steigt vorsichtig zu mir herab.

«Was ist denn, hast du Schiss?»

Mir ist jetzt alles egal, auch dass ich mich blamiere und

er überall erzählt, was für ein Angsthase ich bin. Jetzt muss ich auch noch weinen.

«Ich helf dir. Ich steig unter dich, und dann nehm ich dein Bein und zeig dir genau, wohin du treten musst.»

Ich sage gar nichts. Als er an mir vorbei runterklettert, zittere ich am ganzen Leib und habe Angst, dass er mich aus Versehen runterreißt. Er fasst mir an den linken Knöchel und sagt, ich soll den Fuß ganz locker lassen und keine Angst haben. Doch ich kann nicht und kralle mich nur noch fester an den Baum.

«Nein, nein, ich bleib hier oben sitzen. Du musst die Feuerwehr holen, die sollen mich runterholen.»

Doch statt zu antworten, greift er meine Wade und stellt meinen Fuß auf den nächstunteren Ast. Das war knapp. Ich zittere wie Espenlaub und rechne damit, dass ich jeden Moment abstürze, aber nach einer Ewigkeit haben wir es geschafft und endlich wieder sicheren Boden unter den Füßen. Ich bin so erleichtert wie in meinem Leben nicht und schwöre mir, nie wieder höher als einen Meter oder zwei auf einen Baum zu klettern. Plötzlich fällt mir meine Mutter ein und die Puppe! Ich sage Martin, dass ich langsam mal losmuss, und stumm trotten wir den Weg zurück. Am Garagenplatz verabschieden wir uns, er muss ja noch weiter nach Hanhoopsfeld.

«Treffen wir uns morgen wieder?», fragt er.

«Von mir aus. Holst du mich ab? Ich wohne da, Bispinger Weg 7b. Um halb zwei.»

Ich zeige auf unser Haus. Er verspricht, dass er kommt.

Mutter ist immer noch nicht da. Langsam reicht's, sie

müsste doch nun wirklich jeden Moment kommen! Ich laufe ihr entgegen, und als ich bei Langwerner bin, sehe ich sie schon. Sie hat eine große Tüte in der Hand, da muss die Puppe drin sein. Mein Herz hüpft, und die Geschichte mit dem Baum ist schon fast wieder vergessen. Als sie mich sieht, stellt sie ihre Sachen ab und breitet die Arme aus, und ich springe mit Anlauf hinein.

«Mein Goldstück», sagt sie.

«Ist das für mich?», frage ich. Sie lächelt, und ich gucke in die Tüte hinein, in der ein Karton ist. Aber es ist keine Puppe drin, sondern nur ein Paar Schuhe.

«Was ist denn, Mathias, freust du dich gar nicht?»

«Ich dachte, es wäre eine Puppe.» Ich bin schon wieder den Tränen nahe.

«Ach, Mathias, ich kann dir doch keine Puppe schenken! Wo denkst du hin?»

Sie nimmt mich bei der Hand, und wir trotten nach Hause, wo Oma auf einem Stuhl sitzt und mit Frau Klippstein telefoniert. Wenn Oma zum Telefonieren auf einem Stuhl sitzen muss, ist das ein schlechtes Zeichen. Das heißt, dass sie schon mehr als eine Stunde mit Frau Klippstein telefoniert und nicht mehr stehen kann.

«So, Frau Klippstein, Gretchen und Mathias sind gerade gekommen, wir müssen für heute mal Schluss machen.»

Doch Frau Klippstein hört einfach nicht auf zu reden.

«Ja, Frau Klippstein, das können wir doch morgen noch besprechen.»

Mutter hängt ihren Mantel an der Garderobe auf.

«Frau Klippstein, ich muss jetzt wirklich.»

Das kennt Frau Klippstein gar nicht, dass sie einfach so abgewürgt wird. Ich finde, daran muss sie sich langsam mal gewöhnen. Oma tut mir vielleicht leid!

«Ich leg jetzt auf, Frau Klippstein.»

Aber Frau Klippstein macht einfach weiter.

«So, gute Nacht, Frau Klippstein.»

Dann hängt Oma tatsächlich auf, zum ersten Mal in ihrem Leben. Das Abendbrot steht schon fix und fertig vorbereitet im Wohnzimmer.

«Walter», ruft Oma die Kellertreppe hinunter.

«Ich komme gleich, Friedel.»

«Nein, jetzt sofort.»

Oma schenkt schon mal Tee ein, und Mutter trinkt wieder ein Glas Kadarkawein. Opa kommt und kommt nicht. Ich sehe Oma an, dass sie ganz ungeduldig wird. Endlich kommt er, doch er hat noch nasse Hände vom Händewaschen. Als er einen Schluck vom Hagebuttentee kostet, verzieht er den Mund und macht «Äh, baba».

«Also, Walter, das ist nun wirklich deine eigene Schuld, wenn du dir so viel Zeit lässt, dass der Tee kalt wird.»

Opa sagt nichts mehr, sondern isst zwei Schinkenbrote und Gewürzgurken. Plötzlich merke ich, dass ich todmüde bin und mir bei Tisch die Augen zufallen.

«Na, Mathias, was ist denn mit dir los?», fragt Mutter. Sie wendet sich an Oma:

«War irgendwas heute?»

Oma schüttelt den Kopf.

«Was soll gewesen sein? Er war mit Uwe Fußball spielen.»

Na, wenn die wüssten. Ich gehe nach oben und ziehe mir meinen neuen Schlafanzug aus Frotté an, der ist viel bequemer als Stoffschlafanzüge. Als Mutter nachkommt, bin ich fast eingeschlafen. Sie gibt mir ein Küsschen und spricht das Gutenachtgebet. Dann erzählt sie noch was, aber ich weiß nicht mehr, was, und bin gleich eingeschlafen.

RAUCHER SIND ALLE SCHWEINE

Am Vormittag kommt der Klavierstimmer Herr Siegbert und stimmt unseren Steinwayflügel. Herr Siegbert kommt einmal im Jahr und hockt dann stundenlang vor dem Flügel, steckt seinen Kopf hinein und haut mit einem Klöppel auf die Saiten, und kein Mensch weiß, was er da eigentlich macht, aber hinterher klingt der Flügel immer fabelhaft. Sagt meine Mutter. Ich höre keinen Unterschied, der Flügel klang vorher auch schon gut, aber Mutter und Herr Siegbert haben viel feinere Ohren. Herr Siegbert ist groß und knochig, dafür hat er wulstige Lippen, die er bei jedem Anschlag von seinem Klöppel nach vorne stülpt. Genau wie Großvater trägt Herr Siegbert immer Anzug mit Schlips und Kragen. Bevor es losgeht, legt er sein Jackett ab. Opa macht immer einen langen Spaziergang, wenn Herr Siegbert da ist, für ihn ist das Gestimme eine einzige

Qual. Oma steht in der Küche und brüht frischen Bohnenkaffee auf, Herr Siegbert trinkt unwahrscheinliche Mengen davon. Mutter sagt immer, sie wundert sich, dass Herr Siegbert noch keinen Herzinfarkt bekommen hat von dem starken Kaffee. Außerdem raucht er wie ein Schlot, und obwohl Mutter Raucher hasst wie die Pest, stellt sie ihm einen Aschenbecher hin, denn wir sind sehr gastfreundlich, und Mutter sagt, wenn er sich freiwillig die Gesundheit ruinieren will, dann soll er es ruhig tun, sie kann ihn sowieso nicht davon abhalten. Wenn er wieder weg ist, wischt sie jede Taste gründlich ab, weil sich die Asche in jede einzelne Ritze verteilt. Mutter schüttelt sich und murmelt «ihgittigitt» vor sich hin und dass Raucher alle Schweine sind.

«Hörst du, Mathias, Raucher sind alles Schweine. Fang du bloß nie damit an!»

Dann zählt sie die Kippen im Aschenbecher und schüttelt ratlos den Kopf darüber, wie man in nur vier Stunden so viele Zigaretten rauchen kann. Ich habe Oma und Mutter mal im Gespräch belauscht und weiß seitdem, dass Herr Siegbert meine Mutter sehr gerne mag. Er hat sie sogar mal zum Abendessen in ein Restaurant eingeladen, aber Mutter wollte das nicht, auch wegen der Zigaretten, und Herr Siegbert hat manchmal außerdem noch eine Schnapsfahne. Aber auch wenn er nicht rauchen und trinken würde, würde meine Mutter sich nicht mit ihm treffen, denn für meine Mutter kommen nur Männer in Frage wie Herbert von Karajan oder ein Arzt oder Professor. Meinen Vater hätte sie auch genommen, aber der war schon verheiratet. Viel mehr weiß ich darüber nicht.

Obwohl Herr Siegbert so knochig ist, hat er eine ganz tiefe Stimme. Er brummelt so tief, dass man es kaum verstehen kann. Es bringt Mutter richtig zur Weißglut, wenn sie immerzu nachfragen muss. Aber ihn bitten, lauter zu sprechen, kommt nie und nimmer in Frage, dazu ist Mutter viel zu höflich. Wenn er weg ist, beschwert sie sich dafür lauthals: «Kruzitürken noch mal, dass der Siegbert die Zähne nicht auseinanderkriegt!» Herr Siegbert bringt Mutter Blumensträuße mit und mir Kinderschokolade. Ich glaube, dass er mich mag und Mutter auch *mit* mir zusammen nehmen würde. Aber sie würde da nie und nimmer einwilligen. Obwohl ich Herrn Siegbert ganz gut leiden mag, kann ich mir nicht vorstellen, dass er mein Vater wird. Mutter sagt manchmal, dass Opa ganz rührend den Vater für mich spielt, aber eben doch nur der Großvater ist und einen richtigen Vater nicht ersetzen kann und mir die männliche Hand fehlt. Mutter denkt, dass ich meinen Vater unbedingt kennenlernen will und dass mir auch Geschwister fehlen, aber das stimmt nicht. Ich habe mich an alles gewöhnt, so wie sie ist, und außerdem hat man als Einzelkind den Vorteil, dass man nicht teilen muss.

Wir sitzen in der Küche und hören zu, wie Herr Siegbert nebenan das Klavier stimmt, und plötzlich gibt es ein riesengroßes Geschepper. Mutter stürzt ins Wohnzimmer und ich hinterher. Herr Siegbert ist kreidebleich, weil er das Kaffeegeschirr umgeschüttet hat. Er brummelt leise «Um Gottes willen», und ich sehe, dass sich Mutter kaum noch beherrschen kann. Es ist nämlich nicht das erste Mal, dass ihm dieses Malheur passiert.

«Was haben Sie gesagt? Ich kann Sie nicht verstehen, wenn Sie immer so leise reden!»

Jetzt hat Mutter doch die Beherrschung verloren! Vielleicht lernt Herr Siegbert seine Lektion und redet in Zukunft lauter und stellt vor allem seinen Kaffee nicht immer auf dem Flügel ab, sondern auf dem Tisch, der ist schließlich dafür da.

«Das wollte ich nicht, Frau Halfpape.»

Er steht auf, als ob er helfen wollte, aber er würde natürlich alles nur noch schlimmer machen, und Mutter macht eine Handbewegung, dass er sich wieder setzen soll. Das tut er dann auch und hockt wie ein begossener Pudel auf dem Klavierbock.

«Gleich schrei ich Kakao», sagt Mutter. «Scheiße» würde sie niemals sagen und schon gar nicht vor mir. Jetzt kommt auch Oma mit Eimer und Lappen, und zusammen wischen die Frauen den Teppich, und Mutter guckt zu Herrn Siegbert, damit der ja auch sieht, was für ein Schwein er ist mit dem Kaffee und den Zigaretten. Und der will Mutter heiraten! Niemals. Jetzt bin ich auch gegen Herrn Siegbert. Was bildet der sich überhaupt ein? Das ist schon ein Schauspiel, wie die Frauen den Fleck rausmachen und Herr Siegbert aus Verlegenheit weiterstimmt. Aber einen neuen Kaffee bekommt er heute sicher nicht mehr! Er klöppelt auch nicht mehr so laut, um Mutter nicht noch mehr gegen sich aufzubringen. Schließlich ist der Fleck so gut wie raus, und wir gehen wieder nach nebenan in die Küche, und Oma fängt schon mal mit Essensvorbereitungen an. Es gibt Kasseler mit Salzkartoffeln und Blumenkohl. Ich finde, dass Blumenkohl langweilig schmeckt, außerdem stinkt die ganze Küche bis in den Abend hinein, aber Oma meint, Blumenkohl ist sehr gesund, und sie zählt auf, wie viele Vitamine drinstecken, obwohl man das von Blumenkohl gar nicht denkt, sondern in erster Linie von Obst. Es klopft an der Tür. Mutter sagt «Herein!», und Herr Siegbert kommt und stellt den vollen Aschenbecher auf den Küchentisch, auf dem Oma gerade das Essen macht. Dafür erntet er von Mutter wieder einen strafenden Blick. Herr Siegbert ist ganz durch den Wind. Dann bringt Mutter ihn noch zur Tür, wo er auch sein Geld bekommt. Ich weiß zufällig, dass es vierzig Mark sind. Ich finde das ganz schön unverschämt, Herr Siegbert nutzt aus, dass er der einzige Klavierstimmer weit und breit ist, auch wenn Mutter meint, alle Klavierstimmer nehmen so viel. Das kann ich mir kaum vorstellen. Von Rechts wegen müsste man den Teppich in die Reinigung bringen, und Herr Siegbert müsste das bezahlen von seinem königlichen Gehalt. Ich gucke aus dem Küchenfenster und sehe, wie er sich davonschleicht. «Guck mal, was für einen Buckel der macht», sagt Mutter, obwohl es gar nicht ihre Art ist, hämisch zu sein. «Der hat ja noch einen krummeren Buckel als ich», sagt Oma. Und: «Den Buckligen heilt nur der Tod.» Die beiden Frauen lachen aus allen Rohren, und ich lache mit.

Oma hat wirklich einen krummen Buckel. Opa nicht und Mutter sowieso nicht. Sie hat eine sehr gute Haltung und einen schönen Busen. Einmal hat sie sich vor mir umgezogen, und ich war ganz stolz, dass sie so ein Vertrauen zu ihrem Sohn hat, dass sie sich vor meinen Augen ausgezogen hat und sich nicht geniert. Mutter geht mit dem Lappen ins Wohnzimmer und wischt die Asche weg.

«Bevor die sich im ganzen Raum verteilt! Das kriecht sonst in alle Ritzen, und man kriegt es nie wieder sauber.»

Ich finde das übertrieben, aber sie ist nun mal allergisch gegen Raucher. Ich setze mich zu Oma und beobachte, wie sie Wasser aufsetzt und Kartoffeln schält. Meine liebe Oma. Eigentlich finde ich gar nicht, dass sie einen Buckel hat, aber wenn man genauer hinguckt, sieht man es doch. Da kommt Opa von seinem Spaziergang wieder. Er lupft den Hut und bleibt stehen. Wahrscheinlich unterhält er sich mit Frau Marek, die hat sich schon mal beschwert wegen der Klavierstimmerei, aber da kann man nichts machen, schneller geht's nun mal nicht.

«Wann gibt es denn zu essen, Friedel?»

«Aber Walter, das weißt du doch.»

«Und was gibt es?»

«Kasseler.»

Opa zieht ein wenig ein Gesicht.

«Passt dir das etwa nicht?»

«Doch, es passt alles, was du machst, Friedel.»

Dann geht er ins Wohnzimmer und setzt sich schon mal hin und liest in der Zeitung. Wir haben zwei Zeitungen bei uns zu Hause, die «Harburger Anzeigen und Nachrichten» und die «Frankfurter Allgemeine Zeitung». Mutter sagt, dass die Harburger Anzeigen und Nachrichten ein Käseblatt sind, sie selbst liest nur die FAZ. Wir sind in unserer Familie für die CDU und ich auch. Ich weiß, dass Daubers und Griesfelds für die SPD sind, und Mareks sind auch für die CDU.

Monsieur Durand ruft an und verkündet, dass die ganze nächste Woche auch noch frei ist. Ich freue mir ein Loch in den Bauch und stelle mir vor, wie nach den Masern die Windpocken ausbrechen und dann etwas anderes Ansteckendes, und zu guter Letzt bricht sich Herr Durand das Bein, und so vergeht das Jahr wie im Flug, und ich muss nie wieder hin. Mutter hilft Oma beim Essenzubereiten. Das ganze Haus riecht nach Blumenkohl. Ich gehe noch mal kurz raus. Auf der Straße ist keine Menschenseele, bis auf Herrn Schulz, der gerade von der Arbeit kommt und noch seine Arbeitskleidung anhat. Herr Schulz ist Busfahrer, und wenn er gerade Dienst hat und ich Bus fahren muss, kommt es mir immer so vor, als wenn wir Verbündete wären und mir der Bus mitgehört und ich es mir aussuchen kann, ob ich Fahrgeld bezahle oder nicht. Herr Schulz ist noch kleiner als Opa und seine Frau noch mal kleiner, wie ein Kind, aber auch mit Buckel. Ihr Sohn Tobias ist so alt wie ich und mongoloid. Manchmal kommt er zum Spielen auf die Straße, aber er kann nichts und zieht meist nach kurzer Zeit wieder ab. Er kann auch nicht richtig sprechen, trotzdem macht sich keiner über ihn lustig, nur können wir eben nichts mit ihm anfangen. Ein Grund, ihn zu besuchen, ist aber die Modelleisenbahn von Herrn Schulz, die so groß ist, dass sie über den ganzen Dachboden geht. Herr Schulz ist jede freie Minute dort und denkt sich immer neue Strecken und Schikanen und Hindernisse aus.

Er bekommt leuchtende Augen, wenn man sich für sein Hobby interessiert, und erklärt stundenlang, was er wieder alles Neues gebaut hat. Auf dem Dachboden gibt es sicher keinen freien Zentimeter mehr. Er hat vier verschiedene Trafos und kann damit die Züge steuern. Einmal wurde er von seiner Frau nach unten gerufen, und Tobias hat sofort Zusammenstoß gespielt und dabei mehrere Brücken kaputt gemacht. Als Herr Schulz wieder nach oben gekommen ist, hat er einen Schock bekommen und Tobias eine gezwiebelt, worauf der rasend wurde, weil er das nicht gewohnt ist. Wegen seiner Behinderung wird er ja sonst nie geschlagen. Wie wild hat Tobias auf die Eisenbahn eingehauen und dabei Riesenkräfte entwickelt. Herr Schulz hatte seine liebe Mühe, ihn zu bändigen. Sonst gibt es in der Siedlung keine Behinderten, außer Herrn Stöver, dem sie im Krieg ein Bein abgeschossen haben. Mutter sagt, dass Herr Stöver genau wie Herr Glotz ein schlimmer Nazi ist, obwohl er wegen Hitler das Bein verloren hat, aber das interessiert ihn nicht, er verehrt Adolf Hitler trotzdem. Oft hinkt er durch die Siedlung und schreit seine Parolen oder schimpft in seinem Garten die ganze Zeit laut vor sich hin. Manchmal ärgern wir Kinder ihn und bringen ihn zur Weißglut, bis er versucht, uns hinterherzulaufen und einen von uns zu erwischen, aber das klappt nie und nimmer mit seinem einen Bein. Nur einmal hat er Tobias erwischt, der gar nicht wusste, was los war, und einfach stehen geblieben ist. Herr Stöver hat ihn windelweich geprügelt, aber Schulzes haben ihn dafür angezeigt. Herr Stöver musste eine Strafe zahlen und ist seitdem bei allen untendurch und noch ungenießbarer. Ich glaube, wenn er jemals einen von uns in die Finger bekommen würde, würde er ihn totschlagen. Der einzige Mensch, den er nicht anbrüllt, ist wieder mal Oma. Oma ist auch die Einzige, die überhaupt noch ab und zu ein Wörtchen mit ihm spricht. Sie sagt, dass Herr Stöver gar nicht so ist, wie es scheint. Es ist jedenfalls ganz erstaunlich, wie Herr Stöver sich verwandelt, sobald Oma in der Nähe ist.

«Mathias!»

«Ja, ich komme.»

In der Blumenkohlsoße sind Mehlklümpchen. Oma sagt immer, es ist eine große Kunst, richtige Mehlschwitze zu machen, aber dann sind doch immer Klümpchen in der Schwitze. Ich krieg Schwitze mit Klumpen nicht runter und tu sie an den Rand.

Um halb zwei stehen Martin und Sigrun gleichzeitig vor unserer Tür. Martin ist ganz verlegen, und Sigrun geht gleich ins Wohnzimmer durch, sie kennt sich schon gut aus und weiß, wo alles ist. Ich stelle Martin meinen Großeltern vor. Oma bietet ihm was zu essen an, aber Martin hat keinen Hunger. Dann zeige ich ihm mein Zimmer. Er fragt mich, warum ich keine Poster an der Wand habe. Darüber habe ich noch gar nicht nachgedacht. Ich habe nur ein Bild, das Jesus mit seinen Jüngern zeigt, wie sie durch ein Kornfeld marschieren. Ganz vorne geht Jesus selber mit Johannes und erklärt ihm etwas. Johannes hört aufmerksam zu, die restlichen Jünger gehen in gehörigem Abstand hinterher. Martin sagt, dass er Poster von Rockbands hätte und eins von Frank Sinatra. Ich kenne Frank Sinatra nur vom Hörensagen. Bei uns zu Hause läuft nur klassische Musik, und eine eigene Stereoanlage bekomme ich erst in mehreren Jahren. Klassische Musik ist auch viel schöner und wertvoller, sagt meine Mutter, und ich finde es selber auch. Jetzt tue ich aber so, als würde ich Frank Sinatra auch gut finden. Nebenan erklingen die Einspielübungen von Sigrun. Es sind zwar nur Übungsstücke, die man in der Sprache der Musik Etüden nennt, aber ich finde, die hören sich fast noch schöner an als richtige Stücke. Meine Mutter hat mir erklärt, dass Etüden nur komponiert wurden, um die Finger geschmeidig zu machen, damit man später die Stücke von Bach und Beethoven und Mozart aus dem Effeff spielen kann. Sigrun spielt schon so schnell, dass sich die Töne mischen. Dann unterbricht Mutter sie und spielt ihr das noch mal vor, aber noch schneller. Ich bin stolz auf meine Mutter. Martin ist auch beeindruckt, und für Sigrun wird es bei aller Liebe echt noch ein Weilchen dauern, bis sie so schnell wie Mutter spielt.

«Was wollen wir denn jetzt machen?», fragt Martin.

«Weiß nicht. Fußi?»

«Von mir aus.»

Die Straße ist menschenleer. Ich frage mich, wo die anderen alle sind. Ich überlege, sie rauszuklingeln, aber vielleicht versteht sich jemand noch besser mit Martin, und dann wechselt Martin zu Thorsten oder Uwe oder sogar Norbert, das könnte ich mir jedenfalls gut vorstellen. Aber dann passiert etwas ganz anderes: Der Kartoffelbauer kommt!

Zweimal im Jahr kommt der Kartoffelbauer in unsere Siedlung, man kann direkt bei ihm neue Kartoffeln kaufen und sie sich in den Keller bringen lassen. Und das Beste: Er fragt uns Kinder, ob wir die Kartoffeln zu den Leuten in die Keller tragen wollen, und am Ende gibt er uns fünf Mark oder sogar zehn, je nachdem. Da wir die einzigen Kinder weit und breit sind, bleibt ihm nichts anderes übrig, als uns zu fragen. Ich erkläre Martin, worum es geht, und er hat auch Lust. Fußball spielen können wir in Zukunft noch genug. Der Kartoffelbauer klingelt mit einer Glocke, die einen Lärm macht, dass man es in der ganzen Siedlung hört. Dong, dong, dong. Die Leute kommen aus ihren Häusern und kaufen fünf oder zehn oder noch mehr Kilo Kartoffeln. Dann schleppen Martin und ich die Kartoffeln zu den Leuten in den Keller. Wenn jemand gleich einen ganzen Zentner kauft, muss der Kartoffelbauer selber schleppen, weil das für uns zu schwer ist. Mutter sagt, dass mein Rücken noch nicht ausgewachsen ist und ich bleibende Schäden davontragen kann, und bei einer ungeschickten Bewegung bricht man sich was oder fällt die Kellertreppe runter. Mir ist das egal, denn so viel Geld wie beim Kartoffelbauern kann man sonst nirgends verdienen. Er hat kaum noch Zähne und eine große rote Nase mit Knorpel, Adern und Grieben. Mutter sagt, das ist eine Säufernase. Komisch, dass sie mir die Schlepperei nicht einfach verbietet, ein Glück nicht.

Der Kartoffelbauer lässt den Trecker wieder an und fährt fünfzig Meter weiter und klingelt wieder mit seiner Glocke. Dong, dong, dong. So geht das den lieben langen

Tag. Wir schleppen und schleppen und haben bald hochrote Köppe und lahme Arme. Der Rücken tut mir weh. Wenn der Trecker sich wieder in Bewegung setzt und wir nur nebenherlaufen müssen, mache ich drei Kreuze wegen der Erholungspause. Aufgeben würde ich nie, außerdem hätte ich ein schlechtes Gewissen, den Kartoffelbauern im Stich zu lassen, und vor Martin darf ich mir auch nichts erlauben. Der sieht zwar auch aus, als ob er aus dem letzten Loch pfeifen würde, aber er gibt genauso wenig auf, er ist ein zäher Hund wie ich. Der Kartoffelbauer spricht die ganze Zeit kein Wort mit uns und wir aber auch nicht mit ihm oder untereinander, schließlich geht es um die Arbeit, und da spricht man nicht viel. Da kommen Norbert und Axel. Tja, viel zu spät! Man sieht ihnen förmlich ihre Enttäuschung an, die hätten sich auch gerne eine schöne Stange Geld verdient. Sie stehen rum wie bestellt und nicht abgeholt und warten darauf, dass sie vom Kartoffelbauern auch einen Auftrag erhalten. Aber der hat ja in uns schon zwei Arbeiter, und Norbert und Axel gehen leer aus. Wo waren die überhaupt den ganzen Nachmittag? Bei uns geklingelt haben sie jedenfalls nicht. So bleibt ihnen nicht viel anderes übrig, als mit hängenden Köpfen wieder abzuziehen. Da kommt Oma herbeigelaufen. Wahrscheinlich hat sie noch etwas vergessen, und jetzt hetzt sie los zu Langwerner, denn gleich ist es sechs, und dann macht Langwerner zu.

«Was machst du denn da, Mathias, ich dachte, ihr wolltet Fußball spielen!»

Mit diesen Worten schüttelt sie dem verdutzten Kartoffelbauern die Hand. Ihr macht es nichts aus, dass seine Hände schmutzig sind, aber dem Kartoffelbauern macht es was aus! Er schämt sich und würde sie am liebsten in seinen riesigen Taschen für immer verstecken, aber gegen Oma ist kein Kraut gewachsen.

«Und, helfen die Jungen schön mit?», fragt sie ihn.

Man sieht dem Kartoffelbauern an, dass er nicht weiß, was er antworten soll. Dann sagt er schließlich:

«Jo, gut machen die das.»

«Aber die dürfen nicht zu schwer tragen, die sind noch im Wachstum.»

«Nee, das ist doch nicht schwer!»

«Na!», sagt Oma und guckt den Kartoffelbauern forschend an.

«Nee, nee, wirklich nicht zu schwer.»

«Dann will ich auch mal weiter», sagt Oma und reicht dem Kartoffelbauern schon wieder die Hand, aber jetzt macht es ihm nichts mehr aus, und er freut sich, dass Oma so nett zu ihm ist. Und schon hetzt sie weiter zu Langwerner. Gleich sind wir fertig mit der Runde durch die Siedlung. Meine Arme zittern, jetzt reicht es wirklich. Der allerletzte Kunde bestellt einen ganzen Zentner, da muss der Kartoffelbauer selbst ran, ein Glück. Und nun kommt der große Moment, wo er jedem von uns einen Zehnmarkschein in die Hand drückt. Dann dürfen wir uns noch Kartoffeln für zu Hause nehmen, und am Ende fährt der Kartoffelbauer davon. In dem Moment kommt Oma wieder, sie hat noch einen Liter Milch gekauft.

«Hast du morgen wieder Zeit?», fragt Martin.

«Ja. Wieder um halb zwei?»

Wir schütteln uns die Hände, und er zieht davon, während ich mit Oma nach Hause gehe.

STEPPENBRAND

Jetzt kommt die Zeit der Herbststürme. Mir machen Sturm und Regen nichts aus. Im Gegenteil, es ist die schönste Zeit des Jahres. Wenn ich mich oben auf dem Dachboden in Sicherheit wiege, kann draußen passieren, was will. Manchmal stürmt es so, dass man meinen könnte, das Dach wird abgedeckt. Ich bin jetzt auch öfter bei Martin zu Hause eingeladen. Sein Vater arbeitet bei Karstadt und seine Mutter bei der Sparkasse. Außerdem hat er noch zwei ältere Brüder. Die Familie wohnt in einer Sozialwohnung, obwohl sie das gar nicht nötig haben, weil sie eigentlich zu viel verdienen, sagt Mutter.

«Ich sollte mal auch Geld vom Staat bekommen», sagt sie, aber nie im Leben würde sie zum Sozialamt rennen, außerdem bekommt Opa ja 2700 Mark Rente.

Ich liege im Bett und fühle mich ganz besonders wohl, denn draußen ist es ungemütlich, und Oma krabbelt mich und erzählt Geschichten aus dem Harz. Wenn sie aus ihrer alten Heimat erzählt, könnte man meinen, es geht dort zu wie im Märchen. Sie hat mir schon so oft von Ilsenburg und Wernigerode und dem Brocken berichtet, dass ich alles genau vor Augen habe. Ich würde mir das gerne mal von nahem anschauen. Wenn die Großeltern nächstes Jahr dorthin fahren, nehmen sie mich vielleicht mit, denn für Rentner und Kinder ist es kein Problem, in die DDR zu reisen und vor allem wieder zurück.

«Schade, dass deine Uroma schon tot ist», sagt Oma häufig.

Und dass ich meine Haare von der Urgroßmutter geerbt habe. Die war wie Oma auch eine sehr gütige Frau, aber wenn sie mal böse wurde, was ganz selten vorkam, dann richtig. Der Trick war, dass sie meine Oma nicht geschlagen hat, sondern ihr mit der Faust sacht an die Stirn geklopft und dabei «Hüte deck» gesagt hat, das ist Harzer Platt und heißt «Hüte dich». Oma fand das ganz furchtbar und hat die Urgroßmutter dann immer angefleht:

«Schlag mich windelweich, aber mach nicht ‹Hüte deck›.»

Ich kuschle mich in die Decke, und Oma krabbelt mich schon seit einer Viertelstunde, ausnahmsweise, sagt sie, obwohl ich gar nicht weiß, was heute Besonderes ist oder womit ich das sonst verdient habe. In zwei Monaten feiern die Großeltern im Hotel Lindner goldene Hochzeit! Da freu ich mich schon sehr drauf, weil es in rauen Mengen die schönsten Köstlichkeiten zu essen gibt. Oma hat mir auch schon verraten, was: Hirschbraten mit Preiselbeeren, Kartoffelkroketten und Rotkohl. Und zum Nachtisch eine Eisbombe. Kartoffelkroketten habe ich in meinem ganzen Leben erst einmal gegessen, aber sie haben so gut geschmeckt, dass ich den Geschmack nie vergessen werde.

Kroketten können nur von richtigen Köchen zubereitet werden, Oma oder gar Mutter könnten das gar nicht. Martin darf auch mit, damit ich mich nicht etwa langweile, weil sonst nur Erwachsene kommen.

«So, Mathias, ich muss mich mal ums Essen kümmern.»

«Was gibt es heute?»

«Grünkohl mit Kohlwurst und Salzkartoffeln.»

Grünkohl ist ein Herbst- und Winteressen. Wenn es den gibt, macht Oma immer Kümmel an die Kartoffeln, das schmeckt besonders gut, und wenn ich frage, warum nicht auch bei andern Gerichten, sagt sie, das passt nicht, aber das kann ich mir nicht vorstellen.

Nach dem Frühstück kommt plötzlich Opa aus dem Keller gestapft und sagt:

«Komm, Mathias, wir gehen zum Gluck-gluck-Männchen.»

Das Gluck-gluck-Männchen ist sehr weit entfernt, noch hinter dem Wald und dem Fußballplatz, und es sieht aus wie eine Straßenlaterne oder ein Strommast. Doch wenn man davorsteht, kommen aus der Erde Geräusche, als wenn ein Riese Schluckauf hätte. Gluck, gluck, gluck, gluck. Als ich noch klein war, habe ich mal gesagt, da wohnt das Gluck-gluck-Männchen, und Opa hat gelacht. Seitdem nennen es auch die Erwachsenen so. Opa hat mir erklärt, dass dort unten Öl fließt und die Geräusche von einer unterirdischen Pumpe kommen. Wir stapfen durch den Herbststurm. Unsere Haare sind schon ganz zerzaust, und als wir schließlich beim Gluck-gluck-Männchen ankommen, kann man wegen dem Wind sein eigenes Wort kaum verstehen. Mucksmäuschenstill stehen wir da, wie angewachsen, und warten auf die Geräusche.

«Da», sagt Opa plötzlich. «Hörst du es?»

Doch auch wenn ich mich noch so anstrenge, ich höre nichts, außer Wind. Opa hat es, glaube ich, auch nur so gesagt. Nach einer Weile geben wir auf und kehren zurück. Auf dem Rückweg kommen wir an einem verwilderten Garten vorbei, der niemandem mehr gehört und in dem Beeren wachsen. Opa hat extra eine Tasche mitgenommen. Wir kämpfen uns durchs Gestrüpp und sammeln Blaubeeren und Brombeeren.

«Da wird sich Oma aber freuen», sagt er.

Bald sind unsere Hände zerschunden und zerstochen, aber Spaß macht es doch sehr, die Beeren zu sammeln. Und was Oma gleich für ein Gesicht machen wird! Am Nachmittag kann sie dann gleich die Beeren einkochen, und in ein paar Wochen gibt es selbstgemachte Marmelade. Wir sind so ins Sammeln vertieft, dass wir ganz die Zeit vergessen.

«Oh, gleich halb eins», ruft Opa, «jetzt heißt es die Beine in die Hand nehmen.»

Auf dem Rückweg macht er sich so klein wie möglich, um dem Sturm zu trotzen. Von weitem sieht es bestimmt aus, als wären wir Spielkameraden. Plötzlich schießt ein Schäferhund aus dem Gestrüpp und kläfft Opa an. Der hebt seine Hand und sagt:

«Ich hau dir gleich eine.»

Der Hund jault und verschwindet ganz schnell dorthin, wo er hergekommen ist. Ich bin wieder mal stolz auf Opa, denn er ist eine Respektsperson für alle. Er sagt dann noch: «Wenn der Hund ans Bein pinkelt, stinkt das Bein und nicht der Hund.» Zu Hause wartet schon Oma mit sorgenvoller Miene.

«Na, Walter, ihr kommt aber spät.»

«Ja, tut mir leid, Friedel. Mathias, zeig Oma mal, was wir alles mitgebracht haben.»

Ich mache die Tasche auf, und Oma schlägt die Hände vors Gesicht.

«Die hat Mathias ganz allein gepflückt», sagt Opa.

Obwohl alle wissen, dass das nicht stimmt, sagen sie weiter nichts, und Oma schüttet sorgsam die Tasche in eine Keramikschüssel, damit die Beeren nicht kaputtgehen. Das ganze Haus riecht nach Grünkohl, denn Oma kocht immer gleich für mehrere Tage. Nebenan im Wohnzimmer übt Mutter eine Fuge von Johann Sebastian Bach. Das ist unser Lieblingskomponist. Mutter sagt, dass er ein Genie war, und das glaube ich gern.

«So, Gretchen, jetzt wollen wir mal zu Tisch.»

Opa und ich vertilgen das Essen mit Heißhunger, wir haben ja auch etwas geleistet. Mutter zieht einen Flunsch.

«Schmeckt's dir nicht, Gretchen?», fragt Oma.

«Doch, Mutti, es schmeckt gut. Der Grünkohl ist vielleicht noch nicht ganz durch.»

Oma ist beleidigt, lässt sich aber nichts anmerken. Oma ist sonst nie beleidigt oder eingeschnappt, nur wenn es um ihr Essen geht, versteht sie keinen Spaß.

Nach dem Essen bereitet sich Mutter sorgfältig auf den Unterricht vor. Sie sagt, Vorbereitung ist das halbe Leben. Nicht das ganze, aber das halbe. Und dann sagt sie noch oft, dass Kannichnicht gestorben ist. Erst habe ich es nicht verstanden, aber jetzt weiß ich, was sie meint. Sie hätte gerne mehr Schüler, die so begabt sind wie Sigrun, aber das ist schwer, in der Jugendmusikschule gibt es nämlich keine Aufnahmeprüfung, und jeder kann eintreten und mitmachen. Mutter schlägt manchmal die Hände über dem Kopf zusammen, weil die meisten Schüler so unbegabt sind, aber sie gibt natürlich trotzdem immer ihr Bestes, weil sie sehr gewissenhaft ist. Ich muss vom Grünkohl aufstoßen, und Opa sieht aus, als wäre er schon eingeschlafen. Sein Kopf sinkt auf die Brust, und aus seinen Mundwinkeln kommt Luft. Er hat wie immer ein Lätzchen um, damit der gute Anzug nicht schmutzig wird. Oma stößt ihn an:

«Nun komm mal, Walter, was sind denn das für Sitten? Geschlafen wird im Bett.»

Opa schreckt hoch.

«Oh, Entschuldigung, Friedel, ich glaube, ich bin eingenickt.»

Friedel heißt «die Friedliche», hat mir Oma mal erklärt. Dann geht Opa nach oben ins Schlafzimmer und hält einen Mittagsschlaf. Oma weckt ihn um Punkt drei auf, sonst würde er glatt bis zum Abendbrot oder noch länger durchschlafen. Einmal habe ich Oma am Telefon sagen hören, dass er in letzter Zeit abgebaut hat. Ich finde das nicht, denn wie Opa heute Beeren gesammelt hat, soll ihm erst einmal einer nachmachen in dem Alter, er ist schließlich im vorigen Jahrhundert geboren, 1890.

Oma macht den Abwasch allein. Mutter hat mir mal gesagt, dass sie es gar nicht mitansehen kann, wie Oma abwäscht, weil das Geschirr hinterher immer noch ganz schmuddelig ist, Oma hat ja nicht mehr so gute Augen. Manchmal spült Mutter die Sachen heimlich nach. Weil ihr schlecht wird, sagt sie, und außerdem ist es unappetitlich, aber ich soll Oma bloß nie etwas sagen, sonst denkt sie, dass sie keine gute Hausfrau mehr ist, und sie war doch ihr Leben lang eine gute Hausfrau. Ich bleibe am Küchentisch sitzen und beobachte Oma. Helfen muss ich nicht, weil ich Einzelkind bin, und die müssen nicht so ran wie Geschwisterkinder. Oma pfeift beim Abwasch immer vor sich hin, sie schürzt ihre Lippen, und heraus kommen Volkslieder und Lieder aus ihrer Kinderzeit. Ich frage mich, ab welchem Alter man wohl nicht mehr pfeifen kann. Opa pfeift nie, aber der macht sich ja auch nichts aus Musik. Mutter kommt in die Küche gehetzt. Sie hat dauernd Angst, zu spät zu kommen, dabei geht sie immer pünktlich aus dem Haus. Aber der Unterricht strengt sie sehr an, das weiß ich, weil sie immer ihr Bestes gibt. Vor meiner Geburt hat sie mal als Sekretärin in Köln gearbeitet. Das hat ihr sehr gut gefallen, jedenfalls besser als jetzt als Musiklehrerin. Oma hat ihr für heute Äpfel klein geschnitten und ein Vollkornbrot mit Scheiblettenkäse und zur Krönung einen Fruchtriegel aus dem Reformhaus, das ist Mutters absolutes Lieblingsessen. Haselmark heißt der, den isst sie schon, solange ich denken kann. Mir schmeckt er auch ganz gut, aber richtige Süßigkeiten schmecken natürlich viel besser. Mutter zählt immer auf, was im Haselmark alles Gutes drin ist, und sagt, je eher ich mich daran gewöhne, desto besser. Sie nimmt ihre Tasche mit der Sopran- und der Tenorflöte und den Noten und eilt davon. Ich winke ihr durchs Küchenfenster zu. Wenn sie an der Gartenpforte steht, dreht sie sich immer noch einmal um und winkt zurück. Oma lässt den Pfropfen aus dem Ausguss, und das schmutzige Wasser gluckert weg. Jetzt hört man in der Küche nur noch die Uhr ticken, so leise ist es. Gleich kommt Martin und holt mich ab. Ich finde es gut, dass er fast jeden Tag kommt. Als er klingelt, bin ich schon gestiefelt und gespornt. Draußen scharren Norbert und Axel mit den Hufen, Uwe und Wolfgang sind heute Nachmittag ihren Vater besuchen, der arbeitet als Hausmeister.

Norbert fragt, ob wir einen Steppenbrand machen wollen. Mir ist nicht ganz wohl bei der Sache, aber er ist der Älteste und hat die Verantwortung, und es wird schon alles gutgehen, wie im letzten Jahr, da war ich aber noch nicht dabei, Norbert hat nur davon erzählt. Mit Stöcken und einem Teppichklopfer bewaffnet, gehen wir aufs Langenbeker Feld und suchen einen Abschnitt, den man gut kontrollieren kann. Auf dem Langenbeker Feld steht mannshoch das trockene Gras, das ist jetzt reif, sagt Norbert. Er hat eine Schachtel Streichhölzer dabei und teilt uns ein. «Ein Mann da, einer da, einer da und einer da.» Ein Mann! Ich werde rot, weil ich stolz bin, dass mich Norbert so nennt. Dann zündet er das Feld ganz unten an. Es brennt ganz gut. Immer wenn der Brand zu groß wird, müssen wir ihn wieder kontrollieren. Überall Flammen! Es ist das Spannendste, was ich je erlebt habe! Wir brennen das ganze Feld ab bis oben zum Kartoffelacker, dort geht das Feuer von ganz alleine aus. Manchmal sieht man Getier flüchten oder einen Vogel auffliegen. Ich stelle mir vor, Feuerwehrmann zu sein und das Feuer zu löschen, das jemand anderes gelegt hat.

«So, Männer, kleine Pause», sagt Norbert.

Wir verschnaufen auf dem Feld nebenan. Ich schnuppere an meiner Kleidung, sie riecht jetzt schon nach Rauch. Ich weiß gar nicht, ob ich von meiner Mutter aus Steppenbrand machen darf. Wir haben aber noch nie darüber gesprochen, also ist es schon mal nicht verboten.

«So, Männer, weiter.»

Norbert bläst wieder zum Aufbruch. Ich finde, dass wir aufhören sollten, weil das nächste Feld bis zum Wald hoch geht. Wenn da der Wind wechselt, fängt der Wald vielleicht Feuer. Aber ich trau mich nichts zu sagen, wahrscheinlich geht es ja sowieso gut. Norbert steckt jedenfalls das Feld an, wieder stehen wir mit Stöcken und Teppichklopfer bereit und kontrollieren die Flammen. Dann bläst der Wind auf einmal wie verrückt, und die ganzen Flammen treffen Axel mitten im Gesicht. Der wirft seinen Stock weg und hält sich die Hände vor die Augen.

«Bist du noch ganz dicht?», ruft Norbert, aber man sieht, dass auch er es mit der Angst zu tun bekommt. Dann hören wir lautes Geschrei und Gebrüll, und als wir uns umschauen, sehen wir Bauer Rolff auf seinem Trecker heranrasen. Links und rechts hat er seine Knechte sitzen.

«Los, abhauen», ruft Norbert, und wir rennen, so schnell wir können. Wir verstecken uns in Norberts Garten, alle sind mucksmäuschenstill. Bauer Rolff und seine Knechte schlagen mit vereinten Kräften die Flammen aus. Das war echt knapp, die gingen bis kurz vor den Wald. Bauer Rolff flucht und schimpft. Wir sitzen in unserem Versteck und bewegen uns aus Angst keinen Millimeter, obwohl wir schon längst zu Hause sein könnten. Als sie endlich alle Feuer gelöscht haben, stecken Bauer Rolff und seine Knechte die Köpfe zusammen. Eigentlich müsste Norbert als unser Anführer etwas machen, aber der ist mit seinem Latein am Ende. Ein schöner Anführer ist das. Bauer Rolff und seine Mannen kommen in Richtung der Gärten gelaufen. Auweia, ich male mir aus, was gleich passieren wird.

«Los, rauskommen. Wir wissen, dass ihr da seid.»

Keiner von uns macht auch nur einen Mucks. Die Männer verteilen sich und lugen in jeden Garten hinein. Als sie bei unserem Garten angelangt sind, möchte ich am liebsten laut losschreien, damit endlich alles zu Ende ist.

«Wenn ich euch erwisch!»

Keiner traut sich, auch nur einen Atemzug zu machen.

«Ich krieg euch sowieso, sollst mal sehen, und wenn ich an jeder Haustür klingeln muss.» Jetzt ist Bauer Rolff zum Greifen nah, aber er sieht uns trotzdem nicht!

«Ich kann mir schon denken, wer das von euch Gesocks war. Wart mal ab.»

Bauer Rolff weiß genau, dass wir hier irgendwo sind. Doch dann pfeift er, und seine Knechte laufen zu ihm hin.

«Gleich komm ich mit der Polizei und klingel an jeder einzelnen Tür, wart nur mal ab.»

Nichts passiert. Sie gehen zurück zum Trecker und fahren los. Wir warten noch eine Ewigkeit und schleichen dann zur Straße zurück. Keiner sagt etwas. Dann trennen wir uns. Norbert sagt:

«Ihr wisst ja, was los ist, wenn auch nur einer quatscht.»

Ich klingele, und damit Oma nichts auffällt, rufe ich ganz laut «Apfelkuchen, Apfelkuchen». Dann versuche ich, mich schnell an ihr vorbeizudrängeln, doch Oma hat schon den Rauch gerochen. Sie hat zwar keine guten Augen, aber dafür eine sehr feine Nase.

«Du riechst ja von oben bis unten nach Rauch. Was habt ihr denn gemacht?»

«Lagerfeuer. Am Bach.»

«Das ist doch gefährlich, Mathias, ohne Erwachsenenaufsicht kommt das nicht in die Tüte.»

«Wir haben das Feuer aber ganz sorgsam gelöscht, mit Wasser.»

«Was da alles passieren kann bei dem stürmischen Wetter! Die Glut sieht man oft gar nicht. Ein Windstoß, und die ganze Siedlung steht in Flammen!»

Opa sitzt in der Küche und isst Windbeutel. Ich setze mich an den Tisch. Er kräuselt die Nase und sagt:

«Wie riecht's denn hier?»

«Reg dich nicht auf, Walter. Die haben Lagerfeuer gemacht, aber Frau Sunkel war dabei.» Oma weiß, wie ungemütlich Opa bei Feuer werden kann.

Gleich ist es sieben, und dann kommt Mutter. Ich gucke aus dem Küchenfenster, weil ich jeden Augenblick Bauer Rolff mit den Knechten und der Polizei erwarte. Der braucht nur einmal an den Sachen zu riechen oder Oma zu fragen. Oma lügt nämlich niemals und schon gar nicht Bauer Rolff ins Gesicht. Langsam dämmert's, und ich sehe etwas Helles. Das ist Mutter in ihrem Mantel. Zum Glück riecht sie nichts, oder sie macht sich nichts draus, und Oma sagt auch nichts. Als die Tagesschau anfängt, weiß ich, dass Bauer Rolff nicht mehr kommt. Ich kann trotzdem lange nicht einschlafen und bete zum lieben Gott und verspreche ihm, so etwas nicht mehr zu tun.

DAS MONDAUTO

Jetzt schneit es schon seit einer Woche. Schnee ist fast noch gemütlicher als Regen oder mindestens so gut. Wenn es schneit, ist alles so still, dass man nur noch flüstern mag, und die Erde ist zugedeckt und friedlich. Nur hört man leider nichts, wenn es schneit, da ist dann wieder Regen besser.

Von der französischen Kinderschule hat mich Mutter endgültig runtergenommen. Als sie mich einmal unangemeldet abholen wollte, hat sie schon von weitem gehört, wie Monsieur Durand uns Kinder zusammengebrüllt hat. Dann hat sie sich auf die Lauer gelegt und sich selbst ein

Bild gemacht und hat eingesehen, dass ich recht hatte und nichts erfunden habe von Monsieur Durands Missetaten. Sie hat ihn zusammengestaucht, dass er am Ende weder piep noch papp sagen konnte. Obwohl sie klein und dünn ist, hat sie Bärenkräfte, und später hat sie zu Oma gesagt, dass sie gekämpft hat wie eine Löwenmutter! Sie hat auch bei den anderen Eltern angerufen und sie informiert, und alle außer den Eltern von Karsten Sunkel haben ihre Kinder runtergenommen. Jetzt soll Monsieur Durand mal sehen, wo er bleibt. Seine Kinderschule kann er am besten gleich dichtmachen, weil er spätestens nächsten Monat pleite ist. Das gönne ich ihm, denn Monsieur Durand ist ein böser Mann, und jeder weiß es jetzt, und er bekommt seine gerechte Strafe. Ich war sehr stolz auf meine Mutter und außerdem heilfroh, dass der Spuk endlich ein Ende hat und ich das halbe Jahr bis zur Schulzeit freihabe, weil, jetzt noch in den richtigen Kindergarten zu gehen lohnt nicht mehr.

Jetzt habe ich den ganzen Tag frei und kann schon vormittags rodeln gehen. Direkt beim Wald ist ein Hügel, der von allen Willkommberg genannt wird, nach unserem Hausarzt Doktor Willkomm, der ganz in der Nähe wohnt. Von da aus geht die Abfahrt am Sägewerk vorbei bis nach unten zur Winsener Straße, das ist bestimmt ein Kilometer. Leider kommt vorher ein Kartoffelacker, und damit man da drüberrodeln kann, müsste es noch viel mehr schneien, jetzt ist es noch viel zu hubbelig. Aber wenn es weiter so schneit, dann ist es bestimmt bald so weit, und man kommt bis zur Straße runter.

Gestern war der zweite Advent, ich kann es kaum noch erwarten, bis endlich Weihnachten ist. Ich finde Weihnachten besser als Geburtstag. Wie schön der Geburtstag wird, hängt davon ab, wie weit weg der von Weihnachten ist. Ich habe Glück, weil ich im Mai Geburtstag habe und zwischen den Festen sehr viel Zeit liegt. Martin hat am 22. Dezember Geburtstag, deshalb bekommt er viel weniger Geschenke als ich. Pech gehabt. Und jetzt holt mich Martin immer schon um neun Uhr morgens zum Rodeln ab. Wir haben den Willkommberg ganz für uns alleine, und unsere Spuren sind die einzigen weit und breit im frisch gefallenen Schnee, der ohne Pause fällt. Bis zum Mittag schaffen wir zehn Abfahrten, dann müssen wir zum Mittagessen und uns erst mal wieder aufwärmen. Zweimal in der Woche darf Martin bei uns essen. Oma sagt, dass sie einen Esser mehr auch noch satt kriegt. Heute gibt es Birnen, Bohnen und Speck. Das Geheimnis vom Bohneneintopf ist das Bohnenkraut und dass die Birnen schön durch sind. Wir haben nach dem Rodeln Riesenhunger und essen wie die Weltmeister. Oma nimmt die Speckschwarte ganz in den Mund und lutscht sie aus. Das ist für sie der größte Genuss, sagt sie, genau wie sie ja auch stundenlang an den Hähnchenflügeln knabbert. Nach dem Mittagessen kommen auch Norbert, Axel, Uwe, Heike und Sabine mit zum Willkommberg. Wolfgang darf noch nicht rodeln, weil er angeblich zu klein ist. Eigentlich könnte er ja bei seinem Bruder hinten mitfahren, aber der will das nicht, weil Wolfgang ein Klotz am Bein ist und außerdem ganz empfindlich mit seiner Brille. Wir müssen uns beeilen, um vier wird es schon dunkel, und von einer Minute zur anderen sieht man die Hand vor Augen nicht mehr. Martin schafft insgesamt siebzehn Abfahrten und hat gewonnen, weil ich getrödelt und nur fünfzehn Abfahrten geschafft habe. Mir ist das egal, aber Martin ist es sehr wichtig. Er ruft die ganze Zeit «Siebzehn» und hört gar nicht mehr auf und fühlt sich dabei wie King Louie mit Schlappohren.

Auf dem Rückweg passiert ein Unglück. Norbert hat einen großen Stock vom Boden aufgelesen und wirft ihn in Axels Richtung, wie im Sommer auf dem Weg zur Außenmühle mit den Steinen, und trifft ihn volle Wucht am Kopf. Axel fällt auf den Boden wie ein Sack. Zuerst dachten alle, er wäre tot. Aber dann hat er mit einem Mal geschrien wie von der Tarantel gestochen. Er hatte ein Loch im Kopf, das mit vier Stichen genäht werden musste. Ein Loch im Kopf hatte ich auch schon mal vom Rollerfahren, als ich mich an den Lenker geduckt hatte, und dann kam ein Huckel. Da habe ich jetzt eine Narbe, und Doktor Willkomm sagt, das bleibt. Norbert hat es mit der Angst zu tun bekommen und ist abgehauen. Wahrscheinlich hat er sich gleich zu Hause verkrochen und die Decke über den Kopf gezogen. Als ob das jetzt noch was nützen würde! Der ist aus Schaden jedenfalls nicht klug geworden. Uwe und ich haben Axel bei sich zu Hause am Gartenzaun abgeliefert. Ganz reinbringen wollten wir ihn lieber nicht, weil wir Angst hatten, von seinem Vater gleich eine gewischt zu bekommen, der ist nämlich Schwerarbeiter, mit dem ist nicht gut Kirschen essen, und wenn er sieht, wie ramponiert sein Sohn ist, bekommt er sicher einen Wutanfall und haut uns windelweich.

Ich hab trotz des Unglücks einen Bärenhunger.

«Apfelkuchen, Apfelkuchen!»

Heute hat Oma tatsächlich Apfelkuchen gemacht, wie immer mit einem Gitter aus Hefeteig obendrauf. Ich schaffe vier Stücke, und Oma hält mir ihre warmen Hände ans Gesicht, bis es glüht.

Noch zwei Tage bis zum Heiligen Abend, heute ist Martins Geburtstag! Ich gucke immer, wenn Mutter von ihren Besorgungen nach Hause kommt, wie groß die Pakete sind und was da wohl für mich drin ist. Für sie und die Großeltern sind die Geschenke nicht mehr wichtig, aber irgendwas muss ich ihnen basteln oder malen, was von Herzen kommt. Noch habe ich nichts. Draußen hat es sich wieder mal eingeschneit, es wird immer doller mit dem Schnee. Die Großeltern sagen, dass es so einen Winter seit neunzehnhundertsiebenundvierzig nicht mehr gegeben hat, und Großvater kommt gar nicht nach mit dem Schneeschippen. Mareks gucken alle paar Stunden, ob die Wege auch frei sind, und wenn nur eine dünne Schicht Schnee liegt, gucken sie schon böse. Frau Marek sagt, dass jeder für seine Wege selbst verantwortlich ist, und wenn sich jemand etwas bricht, wird's teuer. Oma hat Angst vor ihr und muss sehr vorsichtig gehen. Wenn sie sich in ihrem Alter etwas bricht, kann es brenzlig werden. Opa hat schon einen ganz roten Kopf vom Schneeschippen, Schneepflüge kommen hier nicht her, weil die Straßen zu klein sind und zu wenig Verkehr herrscht. Die Autos sind alle eingeschneit und können erst wieder im Frühjahr gefahren werden. Mir gefällt es so ohne Motorenlärm gut, von mir aus könnte es noch bis in den April so bleiben, und auf Herrn Marek mit seinem Käfer bin ich ja nun Gott sei Dank nicht mehr angewiesen.

Am Nachmittag bin ich bei Martin eingeladen. Seine ganze Familie außer seinem Vater ist da und noch zwei Freunde, die ich nicht kenne, Bernd und Thomas. Bernd ist groß und dick und Thomas das genaue Gegenteil, schmal wie eine Maus mit pechschwarzen Haaren. Bernd sieht man schon von weitem an, dass er fies ist. Wenn man mit dem alleine ist, quält und foltert er einen bestimmt. Er sitzt direkt neben Thomas und kneift ihn dauernd mit voller Wucht in den Rücken. Thomas traut sich aber nicht zu mucken, denn sonst gibt es hinterher oder morgen richtig was. Frau Schipanski hat Buttercremetorte gebacken, die habe ich noch nie gegessen, und sie schmeckt mir auch nicht, weil kein Obst drin ist. Oma bereitet Kuchen und Torten immer mit Obst zu, Apfel, Johannisbeer, Kirsch, Brombeer, Birne. Ich esse mein Stück aus Höflichkeit trotzdem ganz auf. Man hört die Wohnungstür aufgehen, und Herr Schipanski kommt von der Arbeit. Gleich gibt es richtiges Abendbrot, und die Geburtstagstafel wird aufgehoben. Übermorgen ist Weihnachten, und ich kriege schon ganz feuchte Hände bei dem Gedanken daran.

Heiligabend am Mittag trudeln Onkel Otto und Tante Mariechen ein. Tante Mariechen ist Omas Schwester, Oma hätte es nur zu gern, wenn sie auch in den Westen ziehen würden, aber die fühlen sich im Harz wohl, und es stört sie auch nicht, dass es in der DDR nichts Richtiges gibt. Oma hat schon tagelang im Voraus gebacken und gekocht. Weihnachten kann ich mich nach Herzenslust satt essen, wie zuletzt auf der goldenen Hochzeit. Bei den meisten gibt es Heiligabend Kartoffelsalat mit Würstchen, aber bei uns gibt es heute schon Gans mit Rotkohl und Salzkartoffeln. Otto und Mariechen sind so alt wie die Großeltern. Tante Mariechen ist schwerhörig, und man muss sehr laut sprechen, und Onkel Otto ist schon ganz schön tatterig, er kann nur noch in kleinen Schritten tippeln. Aber sie haben riesige Pakete mit, wer weiß, wie die die überhaupt in die Eisenbahn gekriegt haben. Die sind bestimmt für mich, denn die Erwachsenen bedenken sich untereinander nur mit Kleinigkeiten. Oma und Mariechen bereiten in der Küche alles für den Abend vor, während Opa und Onkel Otto im Wohnzimmer bleiben. Ich sehe es Opa genau an, dass er lieber wieder in den Keller runter würde, aber er kann Otto ja nicht alleine sitzen lassen.

«Na, Otto, wie geht es euch denn?», fragt Opa.

Onkel Otto winkt ab und sagt: «Der Lack ist ab.»

Darauf weiß Opa nichts Rechtes zu sagen, und ich bin froh, dass Mutter reinkommt und wir langsam mal losmüssen. Vor der Bescherung fahren wir nämlich in das Altersheim Maria-Kroos-Stift, um den alten Leuten dort etwas vorzuflöten. Angelika und Ines, Mutters beste

Blockflötenschülerinnen, kommen ebenfalls mit. Wir müssen den Bus um 14 Uhr 17 bekommen, um 14 Uhr 19 steigen die beiden Mädchen eine Station weiter in Hanhoopsfeld dazu. Ich spiele erst nächstes Jahr mit, in diesem Jahr soll ich mir erst mal alles angucken.

Die alten Leute warten schon ganz gespannt, und um Punkt drei geht es los. Mutter hat mit den Mädchen Weihnachtslieder einstudiert. Mein Lieblingsweihnachtsstück heißt «Es ist ein Ros entsprungen». Die alten Menschen sind zu Tränen gerührt und wir auch, weil wir ihnen mit unserem Konzert so eine große Freude machen. Ich denke daran, dass viele von ihnen mutterseelenallein sind, sonst wären sie ja nicht hier. Ein paar von den alten Damen singen lauthals mit, und eine Frau im Rollstuhl singt schneller, als Mutter das Tempo angegeben hat, und alle müssen sich mächtig bemühen, damit sie nicht durch den Tüddel kommen. Zum Glück bemerkt eine Krankenschwester das Malheur und flüstert der alten Dame freundlich etwas ins Ohr, wahrscheinlich, dass sie etwas leiser singen soll. Am Ende des Konzerts gibt es für Mutter einen Blumenstrauß und für uns Kinder Süßigkeiten. Jetzt müssen wir uns aber beeilen, damit wir rechtzeitig in die Kirche kommen.

Daheim warten die alten Leute schon ganz ungeduldig, gestiefelt und gespornt.

«Mensch, Gretchen, wo bleibt ihr denn so lange?»

Die Sinstorfer Kirche ist proppenvoll, wir bekommen kaum noch einen Platz und müssen ganz hinten stehen. Vor zweitausend Jahren wurde Herr Jesu geboren! Das Vaterunser kann ich auswendig, und damit es jeder mitbekommt, spreche ich so laut, dass mich Mutter anstupst. Nach dem Gottesdienst wartet der Pastor am Ausgang. Er drückt allen die Hand und gibt ihnen noch ein paar gute Worte mit auf den Weg. Als der Pastor meine Oma sieht, freut er sich besonders und drückt ihr extra herzlich die Hand, Oma geht nämlich fast jeden Sonntag zum Gottesdienst, und nicht nur Weihnachten oder an anderen Feiertagen. Auf dem Nachhauseweg halte ich es vor Aufregung nicht mehr aus. Kaum haben wir es uns im Wohnzimmer gemütlich gemacht, klingelt es auch schon. Ich weiß natürlich, wer es ist, der Weihnachtsmann. Als Weihnachtsmann sieht Opa noch mal kleiner aus, er hat einen Sack und eine Rute und fragt, wer Mathias ist und ob ich auch immer schön artig war. Natürlich sage ich ja, ein Gedicht oder einen Spruch muss ich nicht aufsagen, dann stülpt Opa den Sack um, und endlich darf ich auspacken: jede Menge Anziehsachen, Spiele und eine Rakete mit Batteriebetrieb, aber das Dollste ist ein Mondauto! Es sieht genauso aus wie das Auto, mit dem die Astronauten auf dem Mond gelandet sind. Es ist das schönste Geschenk, das man sich ausmalen kann. Nach der Bescherung gibt es den Festtagsschmaus, und dann geht Mutter an den Flügel, und wir singen gemeinsam Weihnachtslieder, und ich darf bis halb zehn aufbleiben. In der Nacht kriege ich kein Auge zu. Ich kann es kaum abwarten, am nächsten Tag mit dem Mondauto weiterzuspielen.

1970

GROSSE FERIEN

Morgen beginnen endlich die großen Ferien, und danach komme ich auf die Beobachtungsstufe des Alexander-von-Humboldt-Gymnasiums. Ich bin zwar froh, dass die Grundschule vorbei ist, aber beim Gedanken an einen neuen Klassenverband ist mir doch ein wenig mulmig zumute. Außerdem habe ich jetzt schon Angst davor, Herrn Dierks in Mathe zu bekommen. Heikes Bruder Jochen hat er schon richtig in die Mangel genommen. Er war deswegen zweimal lange Zeit krank, einmal hatte er sogar eine Lungenentzündung, angeblich stand es auf Messers Schneide. Jedenfalls hat Herr Dierks sich Jochen rausgepickt, um ihn fertigzumachen, und Jochen geht ein wie eine Primel. Ich habe jetzt schon Schiss, dass ich Herrn Dierks' nächstes Opfer werde. Eigentlich würde ich lieber auf die Realschule gehen, aber als ich meiner Mutter damit gekommen bin, wurde sie wütend und meinte, das würde gar nicht in die Tüte kommen, ich soll nicht so faul sein und ohne Fleiß kein Preis, und es ist noch kein Meister vom Himmel gefallen, und Genie besteht zu 99 Prozent aus Fleiß und zu einem Prozent aus Genie und die ganzen anderen Sprüche.

In der Nacht zum Ersten Mai ist Onkel Horst an einem Gehirnschlag gestorben, mit gerade mal siebzig! Jetzt hockt Oma Emmi ganz alleine draußen in Todtglüsingen in dem großen Haus, und ihre einzige Gesellschaft ist ihr Dackel Lexi. Ihr Sohn kommt sie auch nur höchstens einmal im Monat besuchen, und er raucht dann auch noch den ganzen Nachmittag Pfeife, obwohl Oma Emmi doch keinen Rauch verträgt und hinterher immer tagelang alle Fenster und Türen sperrangelweit aufreißen muss, um das Haus auszulüften. Sie traut sich aber nichts zu sagen, sonst kann sie in Zukunft auf ihren Sohn warten, bis sie schwarz wird.

Oma Emmi ist Omas Schwester, also ist sie meine Großtante. Jetzt haben mich Oma und Mutter gefragt, ob ich diese Sommerferien aufs Land fahren will. Oma Emmi wäre dann nicht immer die ganze Zeit alleine, und mir würde es dort sicher auch gefallen. Ich habe gesagt, dass ich es erst einmal zwei Wochen versuchen will, und wenn ich Anschluss finde und es mir nicht zu langweilig wird, bleibe ich vielleicht sogar die vollen sechs Wochen.

Morgen geht's los, mit dem Nahverkehrszug. Eigentlich passt es mir ganz gut, denn Martin fährt mit seiner Familie nach Spanien und danach zu seinen Großeltern ins Ruhrgebiet, und von den Kindern in der Siedlung bleiben nur Uwe und Wolfgang komplett da.

Mutter kommt jeden Tag schlechter gelaunt vom Unterricht. Sie ist mit allem unzufrieden, weil wir immer noch bei den Großeltern wohnen, aber auch, weil ihr Leben so eintönig verläuft. Jeden Tag Unterricht, dann Abendbrot, und wenn sie meine Hausaufgaben kontrolliert hat, ist sie meist schon gegen neun im Bett. Wenn das so weitergeht, geht sie bald noch vor *mir* schlafen! Ich glaube, dass sie sich nach einem Mann sehnt, aber gesprochen wird darüber nicht. Irgendwie kann ich mir das mittlerweile auch nicht mehr vorstellen, Mutter mit einem Mann. Manchmal sagt sie, dass mir eine starke Hand fehlt, aber das ist Quatsch.

Wegen Mutters Launen ist auch Oma nicht mehr so fröhlich wie früher. Manchmal sitzt sie zusammengesunken auf ihrem Küchenstuhl und starrt ins Leere. Das geht minutenlang so, und ich werde ganz beklommen. Irgendwann merkt sie es, zuckt zusammen und setzt automatisch wieder ein heiteres Gesicht auf. Sie ist auch in Sorge um Opa, der seit seinem Herzinfarkt ganz schön abgebaut hat. Federballspielen ist jedenfalls nicht mehr drin, und zum Gluck-gluck-Männchen geht's auch nur noch selten. Allerdings bin ich dafür auch mittlerweile zu alt. Gluck-gluck-Männchen, albern. Aber ich erinnere mich trotzdem gern an die Zeiten zurück, als wir staunend davorstanden. Einmal habe ich Oma beim Telefonieren mit Frau Klippstein belauscht, sie hat gesagt, es kommt einem Wunder gleich, dass Opa den Infarkt überlebt hat. Es war wohl ein sehr schwerer Infarkt.

Zum Glück mache ich ihr nicht auch noch Sorgen, sagt sie, und ich glaube es ihr auch, ich wüsste auch nicht, womit. Ich hoffe, dass der ganze Kummer in letzter Zeit ihr nicht allzu sehr zusetzt. Wo sie sich neben den Telefonaten mit Frau Klippstein nach Onkel Horsts Tod auch noch um ihre Schwester kümmern muss. Wenn Frau Klippstein Oma wieder mal in Beschlag nimmt, möchte ich vor lauter

Wut am liebsten die Gabel runterdrücken oder Frau Klippstein durch den Hörer anbrüllen, dass sie gefälligst meine Oma in Ruhe lassen soll, die hat schon genug um die Ohren und kann sich nicht auch noch irgendwelche fremden Probleme anhören. Wobei Frau Klippstein ja überhaupt keine Probleme hat, jedenfalls keine, die man lösen könnte. Ihr Mann wird von dem Gequatsche auch nicht wieder lebendig, und wenn sie nicht mehr richtig laufen kann, soll sie eben zum Arzt gehen. Oma braucht ihre Kraft für die Probleme innerhalb der Familie!

Mutter geht heute wieder direkt nach dem Abendbrot auf ihr Zimmer und übt Flöte. Da wird sich Frau Marek aber bedanken! In anderen Bundesländern darf man bis 22 Uhr Hausmusik machen, in Hamburg aber nur bis um 20 Uhr. Das weiß Frau Marek ganz genau, und wenn Mutter auch nur um fünf Minuten überzieht, klingelt gleich das Telefon, oder Frau Marek steht persönlich vor der Haustür. Am schlimmsten ist das für Oma. Je schwächer Oma wird, desto größer wird ihre Angst vor Frau Marek: die strafenden Blicke, wenn irgendwas im Garten nicht in Ordnung ist oder der Mülleimer schief an seinem Platz steht oder es laut ist oder sonst was. Ich verstehe wirklich nicht, wie man zu meiner Oma so böse sein kann, ich wünschte, die olle Marek würde schwer krank werden, damit sie mal weiß, wie das ist. Dann kann sie sich mal nur mit sich selber beschäftigen, ohne anderen Menschen das Leben schwerzumachen. Punkt 20 Uhr verstummt Mutters Geflöte. Hoffentlich bleibt sie in ihrem Zimmer, und ich kann mich auf leisen Sohlen nach oben schleichen, ohne ihr zu begegnen. Zu früh gefreut:

«Mathias!»

Was kann sie denn jetzt noch wollen? Ich überlege krampfhaft, was ich wieder falsch gemacht haben könnte, aber es fällt mir partout nichts ein. Mir ist mehr als mulmig zumute, als ich zu ihr ins Zimmer gehe.

Doch es kommt ganz anders: Sie entschuldigt sich bei mir, dass sie in letzter Zeit oft ungerecht zu mir war. Sie würde es nicht so meinen, sie wäre bloß in dauernder Sorge um mich. Auf der einen Seite bin ich erleichtert, dass nichts Schlimmes ist, aber andererseits fühle ich mich schon wieder schlecht, weil *ich* der Grund für ihren Kummer bin. Dann meint sie, dass ich für mein Alter schon sehr erwachsen wäre und sie mich zukünftig auch so behandeln wollte und wir ab jetzt *Bundesgenossen* sind.

Ich traue dem Braten nicht. Hoffentlich hält die gute Stimmung nicht nur von zwölf bis Mittag. Ich würde jetzt gerne auf mein Zimmer gehen, aber stattdessen sitzen wir einfach nur da und schweigen gemeinsam. Und dann geht es auch schon wieder los: Ich soll ihr bei Oma Emmi bloß keinen Kummer bereiten! Als ich frage, wie in drei Teufels Namen ich ihr auf dem platten Land Kummer bereiten soll, antwortet sie mit Grabesstimme, dass ich schon ganz genau wüsste, was gemeint ist. Nein, weiß ich nicht! Ich weiß es wirklich nicht. Bundesgenosse, von wegen. Da kann ich warten, bis ich schwarz werde, Bundesgenosse bin ich, wenn es ihr passt, ansonsten ist es wie immer. Als ich ihr gute Nacht wünsche, guckt sie, als ob jemand gestorben wäre. Mein Gott, was soll denn das, es ist doch gar nichts passiert! Jetzt kann ich wieder nicht einschlafen. Irgendwas ist immer, und wenn nichts ist, dann wird so lange gesucht, bis wirklich etwas ist. Als ich noch mal zu ihr schaue, hat sie sich weggedreht und starrt an die Wand.

Ich lege mich ins Bett und bete zum lieben Gott, bitte darum, dass es mit meiner Mutter bald wieder aufwärtsgeht und dass meine Großeltern gesund bleiben und so weiter, für die Leute in der Dritten Welt natürlich und alle anderen, denen es schlechter geht als mir. Dann lese ich noch in den japanischen Märchen, und kurz vor dem Einschlafen werde ich aufgeregt wegen morgen! Ein wenig mulmig ist mir schon bei dem Gedanken, so lange mit Oma Emmi allein zu sein. Bisher war ich immer in Begleitung von Erwachsenen in Todtglüsingen, so drei-, viermal im Jahr. Draußen fängt es leise an zu pladdern, bald wird es stärker. Ach, ist das gemütlich. Es geht doch nichts über einen Guss! Als dann der Wind den Regen in Böen gegen das Fenster drückt, schlafe ich ein.

Oma weckt mich um neun. Mutter ist schon zum Einkaufen aus dem Haus. Ich habe den alten Lederkoffer von Opa gepackt, der ist ganz abgewetzt, und man sieht damit aus wie jemand, der schon jede Menge Reisen hinter sich hat und ein alter Hase ist. Woher sollen die Leute auch wissen, dass dem nicht so ist? Vielleicht sind meine Eltern ja Weltenbummler oder Diplomaten oder sonst was und schleppen mich seit frühester Kindheit überall mit hin. Ich spreche verschiedene Sprachen, und mich kann nichts so schnell aus der Ruhe bringen. So stelle ich mir das jedenfalls vor, und wenn man sich Dinge lange genug vorstellt, werden sie irgendwann wahr. Außerdem kommt es einzig und allein drauf an, ob *ich* es glaube, und das ist nicht die Schwierigkeit, ganz und gar nicht. Ich gehe in den Keller, um mich von Opa zu verabschieden. Mit seinem dunkelblauen Anzug sieht er noch mal kleiner aus als sonst, es ist, als wäre er geschrumpft seit seinem Infarkt. Er verbringt zwar immer noch seine ganze Zeit im Keller, aber gezeigt hat er uns schon lange nichts mehr. Ich stelle mir vor, wie er den lieben langen Tag an der Werkbank steht, sich am Kopf kratzt und sich fragt, was er als Nächstes *machen* soll, und über der Grübelei ist es plötzlich Abend geworden.

«Wo willst du denn hin, mein Junge?», fragt er und macht ein ganz trauriges Gesicht.

«Zu Oma Emmi, das weißt du doch.»

Er guckt erstaunt.

«Ganz alleine, Mathias?»

«Ja, ich fahre mit dem Zug, den Weg vom Bahnhof zu Oma Emmi kenne ich, du brauchst dir keine Sorgen zu machen.»

Opa guckt noch mal eine Spur trauriger.

«Dann mach's mal gut, mein Junge. Komm gut hin und komm gut wieder.»

«Ja, Opa, wünsch ich dir auch.» Ich gebe ihm zum Abschied noch einen Kuss auf die Backe, es fühlt sich stoppelig an, das hätte es früher auch nicht gegeben.

Oma ist ganz verdattert, dass ich schon loswill.

«Willst du nicht auf Mutti warten?»

«Ach nee, ich weiß gar nicht, wann die genau wiederkommt, und nachher ist der halbe Tag schon vorüber, und ich will doch den Zug um vierzehn erwischen.»

Das sagt meine Oma auch immer, dass der halbe Tag schon vorbei ist, und wenn ich jetzt ihre Bemerkung übernehme, kann sie nichts dagegen haben.

«Na gut, dann grüße ich Mutti schön von dir.»

«Ja, Omi, ich hab dich lieb.»

«Ich dich auch, Mathias. Und tu nichts, was ich nicht lassen würde.»

Das sagt sie bei jedem Abschied, und sei er noch so kurz. Als ich sie umarme, merke ich, wie krumm ihr Buckel ist, und sie selbst ist so zart und zerbrechlich wie Porzellan. Wenn ich nicht genau wüsste, wie zäh sie in Wirklichkeit ist, hätte ich Angst, so dünn und klein wirkt sie gerade. Am Gartenzaun drehe ich mich noch einmal um und winke. Oma steht am Fenster und winkt zurück. Frau Marek steht im Garten und lauert schon. Oma ist bestimmt nur wegen *ihr* drinnen geblieben, so weit ist es schon gekommen, dass sie sich wegen der ollen Marek nicht aus dem Haus traut, die Pest wünsche ich der an den Hals. Plötzlich bekomme ich ein schlechtes Gewissen, sie so alleine zu lassen. Opa ist keine große Hilfe mehr und Mutter mit sich selbst so beschäftigt, dass sie nicht merkt, wie Frau Marek Oma das Leben zur Hölle macht. Meine arme Oma.

Nach dem Dauerregen gestern herrscht jetzt herrlichstes Sommerwetter, das uns noch lange erhalten bleiben soll. Als Reiseproviant hat mir Oma ein Gerstenbrot mit Schweizer Käse gemacht, dazu Sunkist und als Süßigkeit eine Leckmuschel. Der Nahverkehrszug nach Bremen geht von Gleis vier. Mit quietschenden Rädern fährt der Zug ein. Niemand steigt aus und niemand ein. Ich versuche, den Türknauf runterzudrücken, aber er bewegt sich nicht einen Millimeter. Und kein Schaffner weit und breit! Ich bekomme es mit der Angst zu tun, dass der Zug plötzlich wieder abfährt und ich dastehe wie ein begossener Pudel, und dann nützt mir mein dusseliger Koffer auch nichts. Plötzlich schiebt mich ein dicker Mann beiseite und drückt mühelos den Griff herunter. Als er eingestiegen ist, dreht er sich um, schaut mich verächtlich an und sagt: «Mehr Speck essen.» Sofort stelle ich mir vor, dass so einer mein Vater ist. Schrecklich.

Das Abteil ist gähnend leer, ich schätze, weil Wochenende ist und niemand zur Arbeit fahren muss. Zwei Viererbänke weiter sitzt der Mann und beobachtet mich. Ich öffne das Fenster und strecke meinen Kopf hinaus. Es fühlt sich gut an, wie der Fahrtwind meine Haare zerzaust. Mutter hat mir verboten, während der Fahrt den Kopf hinauszustrecken, angeblich würden einem fortwährend Dinge ins Auge fliegen, wer's glaubt, wird selig. Unser erster Halt ist Hittfeld. Der Bahnsteig ist menschenleer, und niemand steigt ein oder aus. Die nächsten Stationen heißen Klecken und Buchholz. Mein Gesicht ist vom Fahrtwind ganz taub, und ich setze mich wieder und widme mich der Leckmuschel. Plötzlich steht der Mann auf, setzt sich mir gegenüber und fragt, wie ich heiße.

«Mathias.»

«Aha. Hör mal, Mathias, es ist ziemlich gefährlich, während der Fahrt den Kopf aus dem Fenster zu halten.»

Der Mann riecht nach Braten.

«Finde ich nicht.»

«Und wie du aussiehst. Kämm dich mal.»

Ich bin starr vor Schreck. Er wiederholt seinen Befehl: «Los, kämm dir mal die Haare, du wirst in deinem Koffer ja wohl 'ne Läuseharke haben.»

So was habe ich noch nie erlebt! Der hat mir doch gar nichts zu sagen! Wenn der Koffer nicht wäre, würde ich einfach wegstratzen, aber so muss ich mich wohl oder übel fügen. Es ist auch kein anderer Fahrgast weit und breit, der mir helfen könnte. Und der Mann sieht aus, als würde er mir eine knallen, wenn ich widerspreche. Ich öffne den Koffer, was mir sehr peinlich ist, denn jetzt kann er sehen, was ich alles mithabe. Ich krame aus der Kulturtasche meinen Kamm und gehe mir damit durch die Haare. «Du kannst dich doch nicht blind frisieren! Da machst du doch alles nur noch schlimmer. Bei so was geht man auf die Toilette, wo ein Spiegel ist.» Er nimmt meine Hand und zerrt mich durch den Wagen, bis wir an die Zugtoilette gelangen. Er reißt die Türe auf und bedeutet mir mit einer Handbewegung, dass ich dort hineingehen soll. Eine Sekunde denke ich, dass er mitkommen will, aber dann begibt er sich zum Glück zurück an seinen Platz. Der Spiegel ist halb blind und hat mehrere Sprünge. Was soll ich nur machen? Der Zug wird langsamer und hält in Sprötze, der vorletzten Station. Ich beschließe, bis Tostedt auf der

Toilette zu bleiben, und dann schnell zum Koffer hin und weg. Der kann mich schließlich nicht festhalten, denn das wäre Freiheitsberaubung. Aber wenn ihn das alles nicht interessiert? Sprötze ist der kleinste Bahnhof von allen, da steigt bestimmt *auch* wieder keiner zu. Ich lausche, ob eine Tür aufgeht, nichts. Der Zug fährt an, gleich wird er bestimmt an die Tür wummern, um mich rauszuholen. Zufällig weiß ich, dass der Zug von Sprötze bis Tostedt genau vier Minuten braucht, ich habe aus Langeweile mal die Sekunden mitgezählt. ... Achtundfünfzig, neunundfünfzig, sechzig. Dann noch mal. Und noch mal. Ich lasse weitere 30 Sekunden verstreichen und öffne vorsichtig die Tür. Das Abteil ist leer. Der Mann ist wohl in Sprötze ausgestiegen. Ich kann mich nicht daran erinnern, wann ich zum letzten Mal so erleichtert war. In meinem Koffer hat er zum Glück nicht rumgewühlt. Ich packe die Kulturtasche wieder ein und gehe schon mal Richtung Ausgang. Gerade fährt der Zug in den Bahnhof ein. Das ist Timing! Plötzlich bekomme ich Panik, dass die Tür wieder nicht aufgeht. Was mache ich dann nur? Weiterfahren. Scheeßel. Rotenburg. Endstation Bremen. Ich drücke probeweise den Knauf nach unten, zum Glück geht sie von innen mühelos auf, und der Albtraum hat ein Ende.

OMA EMMI

Auf dem Weg zu Oma Emmi benutze ich eine Abkürzung, die mich statt durch den Ortskern von Todtglüsingen über einen staubigen Trampelpfad an den Bahngeleisen und der abgebrannten Munitionsfabrik entlang bis zur Eisenbahnbrücke führt. Die Schienen leuchten in der Sonne, herrlich ist das. Dann geht's links die Schulstraße hinunter zu Oma Emmis Haus. Bis vor ein paar Jahren standen hier nur die Bauernhöfe von Holzapfels und Ristoffs, in der Zwischenzeit sind noch vier Fertighäuser dazugekommen, allesamt von Städtern, die es aufs Land gezogen hat. Als ich am Holzapfelhof vorbeilaufe, sehe ich durch die mächtigen Eichen hindurch die beiden Holzapfelsöhne, wie sie mit dem Luftgewehr auf eine Scheibe schießen. Ich weiß zufällig, dass sie Manfred und Wilfried junior heißen. Manfred ist etwa in meinem Alter und Wilfried junior ein paar Jahre älter. Oma Emmi hat mal gesagt, dass er schon ein Teenager wäre. Luftgewehrschießen ist das Allergrößte! Bei mir zu Hause dürfte ich das nie im Leben, aber hier auf dem Land ist eben alles anders, man darf viel mehr als in der Stadt. Zum Glück bemerken mich die beiden nicht, es wäre mir peinlich mit dem Koffer, ich weiß auch nicht, wieso.

Oma Emmis Haus liegt etwas versteckt hinter einer langen Auffahrt. Sie steht an der Haustür und wartet schon. Als sie mich sieht, lässt sie Lexi von der Leine, der völlig außer Rand und Band an mir hochspringt, er kann sich gar nicht wieder einkriegen. Von nahem kann ich riechen, was es zum Mittagessen gibt: Kotelett. Oma Emmi bekommt nur eine ganz kleine Rente, weil sie aus der DDR geflohen ist, eigentlich kann sie sich kein Fleisch leisten, aber wahrscheinlich hat meine richtige Oma ihr Geld dazugegeben, schließlich muss Emmi nun zwei Mäuler stopfen. Sie schließt mich in ihre fleischigen Arme und drückt mich so fest an sich, wie ich es ihr mit ihren sechsundsiebzig Jahren im Leben nicht zugetraut hätte. Lexi springt fortwährend an uns hoch und jault, weil er eifersüchtig ist. Er bellt so gut wie nie, er wirkt immer zittrig und verängstigt und würde sich auch niemals mit einem anderen Hund anlegen, und sei der noch so klein und harmlos.

«Eine Freude, eine Freude», ruft Oma Emmi fortwährend. Damit meint sie den Hund, wie der sich freut.

«Eine Freude, eine Freude», so geht das minutenlang. Umarmungen, der jaulende Lexi, Kotelettduft.

Oma Emmis Kotelett ist höchstens halb so groß wie meins. Während des Essens beobachtet sie mich, ob es mir auch schmeckt, oder weist den Hund zurecht, obwohl das weniger als gar nichts bringt. Lexi ist zwar verschüchtert, aber gleichzeitig auch schlecht erzogen, obwohl Oma Emmi ständig von allen möglichen Leuten ins Gebet genommen wird. «Ein Hund muss richtig erzogen werden, das ist auch besser für den Hund», «Ein Hund darf einem Menschen nicht auf der Nase herumtanzen» und so weiter.

Alles Quatsch, wie soll Oma Emmi in ihrem Alter denn noch einen Hund erziehen! Außerdem ist Lexi alles, was sie hat nach Onkel Horsts Tod. Unauffällig spuckt sie halbzerkautes Fleisch in ihre Hand und reicht es dem Dackel runter. Sie glaubt wohl, ich sehe das nicht! Am Ende läuft es darauf hinaus, dass der Hund das winzige Kotelett verspeist hat und Oma Emmi mit Salzkartoffeln und Gemüse vorliebnehmen musste. Sosehr Lexi einen gut bei mir hat, weil er sich so gefreut hat über mein Kommen, es geht nicht an, dass er der armen Oma Emmi das bisschen Fleisch wegfrisst. Ich versuche, ihn unter dem Tisch zu treten. Schließlich erwische ich ihn am Kopf, es gibt ein holziges Geräusch, der Köter rennt winselnd in die hinterste Ecke des Wohnzimmers und zittert dort vor sich hin. Oma Emmi versteht den Zusammenhang nicht.

«Was zappelst du denn so, Mathias?»

Auf die Idee, dass ich ihren Hund getreten haben könnte, kommt sie nicht. Zur Abwechslung könnte *ich* mich ja an die Erziehung des Tieres machen.

Obwohl ich die doppelte Portion hatte, bin ich noch vor Oma Emmi mit dem Essen fertig. Jetzt lutscht sie den Kotelettknochen ab, wahrscheinlich, weil sie noch so hungrig ist. Das sieht eklig aus, richtig gierig, als würde sie sich am liebsten den ganzen Knochen in den Mund schieben. Ich stelle mir vor, wie er festsitzt und sie ihn nie wieder herausbekommt. Als sie endlich fertig ist, leckt sie genießerisch den Teller ab. Ich kann gar nicht hinschauen. Im hintersten Winkel kauert der zitternde Kurzhaardackel, und Oma Emmi leckt kreuz und quer den Teller ab.

Nachtisch gibt's nur sonn- und feiertags, also tragen wir die Teller in die winzige Küche, und Oma Emmi tut sie in das schmutzige Geschirrspülwasser, auf dem Kartoffelschalen und alles Mögliche schwimmen. Weil sie so sparsam ist, wechselt sie nur selten das Geschirrspülwasser, und damit es nicht ganz eisekalt ist, gießt sie ab und an kochend heißes Wasser nach. Ich stelle mir vor, wie im Geschirrspülbecken irgendwann praktisch kein Wasser mehr ist, sondern nur noch Abfälle, und Oma Emmi merkt es nicht mehr und wäscht trotzdem unverdrossen weiter ab. Wenn ich mir das noch länger angucke, kann ich von den Tellern und Gläsern nichts mehr essen und trinken. Jetzt lässt sie das Wasser doch ab, der Abfluss gluckst und rülpst von den ganzen Speiseresten. Ich gehe in die gute Stube zurück, wo mich Lexi schwanzwedelnd empfängt, wahrscheinlich hat er den Vorfall schon längst wieder vergessen. Ich habe nichts gegen ihn, ganz im Gegenteil. Als ich mich in den hellbraunen Fernsehsessel setze und er gleich auf meinen Schoß springt, gefällt mir das sehr, und ich streichle ihn.

«So, wenn du willst, kannst du spielen gehen, deinen Koffer packe ich schon aus. Aber spätestens um sechs bist du wieder hier.»

Während ich mir die Jacke überziehe, winselt und jault Lexi, als ob gleich etwas Entsetzliches passieren würde. Oma Emmi versucht, das Tier zu beruhigen, aber Lexi verdreht die Augen und ist kaum noch zu bändigen, er weiß ja nicht, dass ich schon bald wiederkomme. Oma Emmi hat ihren Hund einfach nicht im Griff. Unschlüssig gehe ich die Schulstraße dorfauswärts Richtung Eisenbahnbrücke, und als ich auf der Höhe vom Holzapfelhof bin, schießt vor mir ein Trecker aus der Einfahrt. Der Fahrer ist bestimmt Wilfried senior, Herr Holzapfel. Wilfried junior sitzt auf dem Seitensitzer, wird ordentlich durchgerüttelt und muss sich an der Eisenstange festklammern, damit er nicht den Halt verliert. Wenn ich nicht mit einem mächtigen Satz zur Seite gesprungen wäre, hätten die mich glatt über den Haufen gefahren! Ein Menschenleben zählt auf dem Land viel weniger. Der Trecker fährt in einem Affenzahn die Schulstraße hoch und verschwindet schließlich hinter der Eisenbahnbrücke.

«EY, Aldda.»

Manfred! Er hat mich gesehen und kommt angelaufen. Die Art, wie er geht, das sieht gar nicht gut aus.

«Was willst du auf unserem Hoff?» Er sagt nicht Hof, sondern Hoff.

«Gar nichts, ich bin doch gar nicht auf dem Hof, ich steh auf der Straße.»

«Aber du hast gespannt, ich hab's genau gesehen.»

Er ballt die Fäuste, ich hätte nie im Leben eine Chance gegen ihn.

«Nein, echt nicht, ich schwör. Ich komm von Oma Emmi. Frau Beuger.»

Er macht ein Gesicht, als wäre er enttäuscht darüber, keinen Grund zu haben, mir eine reinzuhauen.

«Wie das denn?» Er lässt nicht locker.

«Oma Emmi ist die Schwester meiner Oma, und meine Eltern haben mich für zwei Wochen hierhergeschickt.»

Wenn ich das mit der Großtante gesagt hätte, hätte er es sicher nicht verstanden, aber so kann es ja wohl jeder Dummkopf begreifen.

«Und wieso habe ich dich noch nie gesehen hier?»

Ich erkläre ihm alles haarklein, bis sich sein Misstrauen endlich legt. Plötzlich scheint er froh darüber zu sein, Gesellschaft zu haben, und er bietet an, mit mir einen Rundgang über den Hof zu unternehmen: Holzapfels wohnen sieben Mann hoch hier, Herr und Frau Holzapfel, die beiden Söhne, die große Schwester Sonja, die zur Landfrauenschule geht und schon verlobt ist, und die zweijährige Schwester Silke, die wie Tobias Schulz mongoloid ist. Dann gibt es noch Frau Schlummbohm, Herrn Holzapfels Mutter, alle nennen sie nur Frau Schlummbohm, auch Herr Holzapfel selbst, wie Manfred hinzufügt. Vervollständigt wird die Sippe von Hummel, einer Rottweilerhündin, die, kaum dass ihr Name fällt, prompt aus dem Bauernhaus stürmt und begeistert mit ihrem Stummelschwanz wedelt. Obwohl Rottweiler normalerweise noch gefährlicher als Schäferhunde und sogar Doggen sind, ist Hummel harmlos, das hört man ja schon am Namen. Weiter geht's: Der Holzapfelhof beherbergt alles, was die Landwirtschaft an Tieren zu bieten hat: Rinder, Schweine, Hühner und das große Steckenpferd von Herrn Holzapfel, Pferde, gleich vier an der Zahl. Dann zeigt mir Manfred noch einen Schatz: Hinter dem Schweinestall in einem Schuppen sind zwei pechschwarze Motorräder untergestellt. Die wären noch aus dem Zweiten Weltkrieg, behauptet er, mit Automatik und daher kinderleicht zu bedienen. Ehrfürchtig bestaune ich die Maschinen und stelle mir vor, wie die Soldaten im Feindeinsatz auf ihnen gesessen haben. Manfred schlägt vor, eine Runde zu drehen. Als ich frage, ob das nicht verboten ist, sagt er, dass man auf Privatgelände keinen Führerschein braucht und rumpesen kann, so viel und so lange man will. Das lass ich mir natürlich nicht zweimal sagen. Manfred zeigt mir, wie man die Maschine anlässt, und wir drehen hintereinander auf dem Acker unsere Runden. Ich glaube, mir hat noch nie etwas so viel Spaß gebracht. Manfred packt sich voll Karacho auf die Seite, es sieht so aus, als würde er sich jeden Moment hinlegen, aber dann behält er doch das Gleichgewicht. Die Motorräder haben keinen Tacho, ich schätze, dass wir mindestens Tempo hundert draufhaben.

Und dann passiert's: Wie aus dem Nichts kommt mit einem Affenzahn der Trecker angerast. Herr Holzapfel hält voll auf Manfred zu, der verzweifelt versucht, dem Ungetüm auszuweichen, was ihm aber nur knapp gelingt. Der Trecker wendet und jagt erneut auf Manfred zu. Wieso ist der so schnell? Der muss einen Supermotor eingebaut haben, sonst wäre ein so sperriges Fahrzeug doch niemals so schnell wie ein Motorrad! Ist er aber. Wieder fehlt nur eine Haaresbreite, und es wäre aus gewesen mit Manfred. Herr Holzapfel meint es ernst. Wie irre geht das noch mehrere Male hin und her, bis Manfred endgültig das Gleichgewicht verliert und sich hinpackt. Als Herr Holzapfel dann vom Trecker springt und mit Riesensätzen auf seinen wimmernden Sohn zuläuft, möchte man meinen, er wollte ihn mit bloßen Händen totschlagen. Er packt ihn mit einer Hand am Kragen und lässt ihn am ausgestreckten Arm zappeln. Herr Holzapfel ist bestimmt einen Meter fünfundneunzig groß und wiegt hundert Kilo. Er hat einen Eierkopf und Glatze.

«WAS IST LOS MIT DIR?», schreit der Bauer. Selbst wenn Manfred antworten wollte, ginge das gar nicht bei der Schüttelei.

«GLEICH HAST DU GEBURTSTAG!», schreit Herr Holzapfel wieder. Ich verstehe nicht, was er meint. Wieso hat Manfred Geburtstag? Morgen? Dann gesellt sich auch Wilfried junior dazu, sichtlich zufrieden, dass sein Bruder eine ordentliche Abreibung kriegt. Manfred gurgelt etwas, das nach einer Entschuldigung klingt. Aber sein Vater kann sich gar nicht mehr beruhigen. «WILLST DU AUFMUCKEN? MUCK BLOSS NICHT AUF, DU EDDEL!»

Er schüttelt Manfred so sehr, dass man Angst um sein Genick haben muss, der Kopf schlackert hin und her, als würde er jeden Moment abfallen. Manfred verdreht die Augen und röchelt. Viel fehlt nicht mehr, und er fällt in Ohnmacht, denke ich. Endlich lässt ihn Herr Holzapfel los, wechselt schlagartig die Richtung und geht auf *mich* zu. Das halte ich nicht länger aus! Manfred wird sicher dauernd so behandelt, aber ich bin das nicht gewohnt. Obwohl ich gerade noch starr war vor Angst, gelingt es mir, in letzter Sekunde wegzustratzen. Wie ein Hase renne ich, so schnell ich kann, über den Acker. Doch kurz bevor ich die Straße erreicht habe, versperrt mir Wilfried junior den Weg und packt mich am Schlafittchen. Wo kommt der denn auf einmal her? «Hiergeblieben, Freundchen.» Er hält mich fest, bis sein Vater angestapft kommt.

«Wer bist du?», fragt Herr Holzapfel mich.

«Mathias. Von Frau Beuger der Enkel.» Enkel, na ja, so ungefähr.

«Und was hast du hier zu suchen? Was macht ihr hier für eine Scheiße?»

«Ich wusste das nicht. Manfred hat gesagt, dass man auf dem Acker keinen Führerschein braucht.»

Jetzt kommt auch Manfred angekrochen, und Herr Holzapfel schreit ihm volles Brett ins Ohr, dass ihm fast das Trommelfell platzen muss:

«UND WENN DEM EUMEL HIER WAS PASSIERT WÄRE? WER HÄTTE DAS GEZAHLT? DU, ODER WAS? LOS, AUFS ZIMMER, UND DA BLEIBST DU, BIS ICH DIR DAS SAG.»

Dann wendet sich der Bauer erneut an mich:

«Und du haust besser ab zu deiner Oma.»

Ich mache eine leichte Verbeugung und laufe davon. Je weiter ich mich vom Hof entferne, desto schneller werde ich.

Oma Emmi verschweige ich die Angelegenheit, sonst denkt sie noch, wenn ich komme, gibt's gleich Ärger. Und das stimmt ja auch nicht. Lexi ist gleich wieder außer Rand und Band, er winselt und jault und verdreht die Augen. Ob Manfred wohl gleich noch eine richtige Abreibung bekommt? Ich will's gar nicht wissen.

Zum Abendbrot gibt es Leberwurstbrot, hartgekochte Eier und Hagebuttentee. Eine ganz abscheulich dünne heiße Plörre. Daran kann man schon sehen, wie weltfremd sie ist. Welcher Junge in meinem Alter mag schon Tee trinken, und vor allem abends! Ich stelle mir vor, dass Oma Emmi ihn mit dem abgestandenen Geschirrspülwasser zubereitet hat, und bekomme keinen Schluck hinunter. Als sie sieht, wie ich mich herumquäle, hat sie ein Einsehen und holt eine Flasche gelber Brause. Die Brausesorte habe ich nie gesehen, sie heißt Zintos und schmeckt ganz anders als die mir bekannten Sorten, aber besser. Nach dem Essen bleibe ich sitzen und lasse Oma Emmi das schmutzige Geschirr in die Küche schaffen. Wenn ich ihr helfen soll, kann sie es ja kundtun, aber sie macht keinen Mucks. Lexi guckt mich gierig an. Ich drehe ihm die Handflächen hin, um zu zeigen, dass es nichts mehr gibt, aber der Hund lässt nicht locker. Während des Abendbrots hat Oma Emmi ihm viermal Leberwurstbrotstücke gegeben. Kein Wunder, dass er sich nicht bändigen lässt. Als Oma Emmi mit nassen Händen zurückkommt, machen wir es uns vor dem Fernseher gemütlich, ich im Sessel und Emmi auf dem Sofa. Sie sieht ganz erschöpft aus. Kein Wunder, so viel Trubel hat sie bestimmt schon lange nicht mehr erlebt. In der Tagesschau läuft ein Bericht über Willy Brandt. Oma Emmi macht abfällige Bemerkungen über den Bundeskanzler. Sie ist mit der neuen Linie nicht einverstanden. Ich weiß auch, warum, denn die Russen haben im Krieg Oma Emmis kleines Hotel in der Nähe von Berlin besetzt und sie über viele Wochen gequält. Und das sitzt natürlich bis heute.

Der Wetterbericht verspricht weiterhin herrlichsten Sonnenschein, und ich grübele darüber nach, wie es morgen wohl weitergeht. Ob ich noch mal den Holzapfelhof betreten darf? Oder gelte ich jetzt als schlechter Einfluss und bin nicht mehr gern gesehen? Dann müsste ich dafür sorgen, dass ich mit den Kindern vom Ristoffhof ins Gespräch komme.

«So, Mathias, dann wollen wir uns mal langsam fertig machen.»

Und nun? Ich habe mir noch gar keine Gedanken darüber gemacht, wo ich schlafe. Außer dem Wohnzimmer gibt es noch ein Schlafzimmer mit einem Doppelbett und ein zweites, kleines Zimmer mit einem Klappbett. Hier ist es allerdings sehr unordentlich, und der Raum dient vor allem als Abstellkammer.

«Geh man schon mal vor ins Schlafzimmer, ich muss mich noch bettgehfertig machen.»

Also muss ich mit ihr in einem Zimmer schlafen, in einem Bett! Ich weiß gar nicht, ob mir das lieb ist. Außerdem bin ich noch nicht müde und würde gerne noch was lesen, aber Oma Emmi ist sicher dagegen, weil sie gleich das Licht ausmachen will. Wenigstens kann ich noch so lange schmökern, bis sie mit ihrer Toilette fertig ist. Jetzt, wo ich allein bei offenem Fenster im Bett liege, merke ich erst, wie still es ist, nichts, rein gar nichts ist zu hören. Aus Langeweile schaue ich in die Nachtischkommode. Und jetzt kommt's: Dort liegt, unter ein paar Tüchern versteckt, ein Revolver! Sofort schlägt mein Herz bis zum Hals. Es handelt sich um eine Automatikpistole, das sehe ich auf den ersten Blick. Leider ungeladen. Ob die echt ist? Ich durchstöbere die Schublade und alle anderen Schubladen nach Munition, werde aber nicht fündig. Morgen werde ich das ganze Haus durchsuchen, irgendwo wird sie die Munition schon versteckt haben. In die Stille dringt plötzlich ein knatterndes Geräusch. Und gleich noch mal. Ich grübele, was es sein könnte, dann wird mir schlagartig klar, dass Oma Emmi im Bad welche ziehen lässt. Es hört gar nicht mehr auf, als ob sie es den ganzen Tag aufgespart hätte, um vor dem Schlafengehen einmal richtig loszupupen. Natürlich denkt sie, ich würde es nicht hören, aber es ist so still, dass man selbst das kleinste Geräusch mitkriegt.

Ich höre, wie die Badezimmertür aufgeht und Oma Emmi durch den langen, großen Flur schlurft, vielleicht will sie in der Küche noch ein Glas Wasser trinken oder etwas Ähnliches. Dabei lässt sie wieder einen ziehen. Der Lichtspalt unter der Schlafzimmertür erlischt, und eine mumienmäßig einbalsamierte Emmi kommt hereinspaziert. Ich kriege einen Schrecken, sie hat sich zentimeterdick Nivea ins Gesicht geschmiert.

«So, Mathias, jetzt wollen wir mal gleich schlafen.»

Ich bin eigentlich ganz froh darüber, dass Oma Emmi nicht religiös ist und wir nicht noch gemeinsam beten müssen. Von Oma weiß ich, dass sie im Krieg ihren Glauben verloren hat.

«Schön, dass du mich mal besuchen kommst, Mathias.»

Sie nimmt meine Hand und drückt fest zu. Ich fühle mich etwas unwohl dabei und stelle mir vor, wie sie mit Onkel Horst auch immer so Hand in Hand gelegen hat, und so sind sie dann zusammen eingeschlafen. Vielleicht beruhigt es sie ja, deswegen mag ich meine Hand nicht wegziehen, ich will ja auch nicht, dass sie denkt, ich würde mich vor ihr ekeln. Wir wissen beide nicht, wie wir es machen sollten, die Finger ineinanderschieben oder nicht. So liegen wir eine Weile, dann endlich lockert sich ihr Griff, und sie fängt leise an zu schnarchen. Jetzt könnte ich die Nachtischlampe anmachen und lesen, aber ich denke lieber an den Tag zurück. Es kommt mir vor, als wäre ich viele hundert Kilometer von zu Hause entfernt und schon sehr lange hier. Ich habe jedenfalls kein Stück Heimweh, nur an Oma denke ich und ihre Sorgen. Hoffentlich kann ich morgen wieder auf den Holzapfelhof. Ich rechne zusammen: Luftgewehrschießen, Motorrad fahren und die Pistole von Oma Emmi. Ich schließe die Augen und höre in der Ferne einen Güterzug vorbeirattern. Die Grillen zirpen. Ich habe mal gehört, dass auf jeden Menschen eine Million Insekten kommen. Wahrscheinlich gewinnen also am Ende die Insekten. Die Geleise sind bestimmt mehr als einen Kilometer entfernt. Ach, ist das gemütlich, fast so gemütlich wie zu Hause unterm Dach, wenn es regnet.

TONKUHLE

Ich wache davon auf, dass Lexi jaulend und winselnd auf das Bett springt. Oma Emmi hat ihn hereingelassen, als Weckkommando. Sofort renne ich zum Fenster und reiße die schweren, grünen Vorhänge auf: herrlichster Sonnenschein! Oma Emmi hat schon Frühstück vorbereitet, das ist ein Service! Es gibt getoastetes Roggenbrot mit selbstgemachter Erdbeermarmelade und dazu einen grünen Apfel. Ausgerechnet Apfel, und dann noch grün! Ich mag rohes Obst genauso wenig wie Tee und Äpfel schon gar nicht, höchstens mal Erdbeeren. Oma Emmi besteht jedoch darauf, dass ich den Apfel ganz esse. Ich sage ihr, dass ich das Geräusch beim Reinbeißen nicht abkann, alles krampft sich dann in mir zusammen, und ich könnte mich schütteln. Doch so einfach komme ich nicht davon: Sie schält den Apfel und schneidet ihn in kleine Stücke. Wie ein alter Opi, denke ich, fehlen nur noch Haferflocken. Na ja, ich tu ihr den Gefallen; man merkt ja, dass sie beim Essen überhaupt keinen Spaß verträgt.

Nach dem Frühstück gilt es, die Lage auf dem Holzapfelhof zu erkunden. Ich pirsche vorsichtig die Schulstraße hoch. Gähnende Leere, kein Mensch weit und breit. Verborgen hinter den schützenden Eichen, werde ich Zeuge eines denkwürdigen Schauspiels: Manfred und Wilfried junior kommen in knallgelben, nagelneuen Nylon-Windjacken aus dem Haus und schuppern sich damit an einer riesigen Eiche, so als wollten sie sich den Rücken kratzen. Ich verstehe beim besten Willen nicht, warum die sich die Jacken gleich ruinieren, und kann meinen Blick nicht abwenden, bis wie aus dem Nichts Hummel vor mir auftaucht. In diesem Moment bin ich kein Freund der Familie, sondern ein Eindringling. Vor Panik spüre ich schon fast, wie mich das mehr als fünfzig Kilo schwere Tier in die Wade beißt. Doch in allerletzter Sekunde sieht Manfred mich und gibt

Entwarnung. «Hummel, ruhig, ganz ruhig!» Daraufhin scharwenzelt der Hund um mich rum und bewegt dabei hektisch sein Hinterteil. Ob so ein Tier nicht merkt, dass es keinen Schwanz hat? Mir fällt erst mal ein Stein vom Herzen. Manfred winkt mich auf den Hof. Er scheint guter Dinge zu sein. Dann kann die gestrige Bestrafung ja doch nicht so hart ausgefallen sein. Ich frage ihn, was das soll mit dem Reiben. Manfred erklärt, dass ihre Mutter ihnen gestern die Jacken bei Kaufhaus Bader in Tostedt gekauft hat und dass sie das mit allen neuen Kleidungsstücken machen, weil sie es nicht abkönnen, wenn die neu aussehen, darum sauen sie die als Erstes immer ein. Wenn *mir* so was mal einfallen würde! Ich halte jedoch besser den Mund und tu so, als wäre das die normalste Sache der Welt. Ich bin schließlich neu und muss mich anpassen und mich Schritt für Schritt mit den Gepflogenheiten vertraut machen. Plötzlich ertönt ein Pfiff. Wilfried junior zuckt zusammen, stellt sofort die Schupperei ein und rennt zu den Stallungen. Wie in Stein gemeißelt steht Herr Holzapfel im Türrahmen und erwartet seinen Erstgeborenen. Sein Gesicht ist schon wieder rot wie eine Rübe. Manfred ist ebenfalls starr vor Schreck, rührt sich aber nicht vom Fleck, der Pfiff galt wohl Wilfried. Vielleicht ist für Wilfried ein Pfiff das Signal und für Manfred zwei, das lässt sich sicher bald herausfinden. Alles zu seiner Zeit. Nachdem Wilfried senior und Wilfried junior von der Bildfläche verschwunden sind, setzt Manfred unverdrossen die Schupperei fort. Die Jacke ist mittlerweile graugrün, und von der Ursprungsfarbe kann man kaum noch etwas erkennen. Bei uns zu Hause käme eine Jacke in so einem Zustand höchstens noch in die Kleidersammlung. Erneut ertönen zwei schrille Pfiffe. Manfred macht sich sprungbereit. Clever kombiniert!

«Nach dem Mittag wieder hier», sagt er. «Nimm dein Fahrrad mit und Badesachen und was zu lesen.»

Dann stratzt er weg.

Schwer zu sagen, was das genau von der Uhrzeit her heißt, wahrscheinlich eins, halb zwei. Ich beschließe, vor dem Mittagessen die weitere Umgebung zu erkunden. Geht man die Schulstraße ins Dorf hinein, kommt rechter Hand zuerst die Schule, im Dorf selber gibt es dann einen kleinen Edekamarkt, den Schlachter Lohmann, die Bäckerei Weiss und die Kneipe «Zur scharfen Ecke», die aber um diese Zeit natürlich noch geschlossen hat. Beim Schlachter hingegen herrscht reger Betrieb. Hier kauft Oma Emmi also unsere Koteletts. Beim Gedanken daran bekomme ich Appetit, und ich frage mich, ob es heute wohl wieder Fleisch gibt.

Lexi lässt vor Freude Wasser und winselt, dass es einem durch Mark und Bein geht. Irgendwas stimmt mit dem Hund nicht, wie er verzweifelt an mir hochspringt, wirkt es so, als wäre er mit seinem Hundeleben ganz und gar nicht zufrieden. Vielleicht, denke ich, ist er kein Hund, sondern ein Mensch, den es von einem Moment zum nächsten in einen Dackelkörper verschlagen hat. Und jetzt kann er sich nicht verständlich machen und ist bis zum Lebensende dazu verdammt, als Hund durch die Gegend zu rennen.

Schon als ich die Auffahrt hochgehe, riecht es nach

Kotelett. Von mir aus bräuchte sich das nie zu ändern, ich könnte jeden Tag Kotelett essen, nur die Beilagen müssten ab und an ausgetauscht werden.

«In zehn Minuten gibt es Essen. Wasch dir die Hände und setz dich schon mal auf deine vier Buchstaben.»

Als ich ins Wohnzimmer gehe, trifft mich ein Schock: Im Fernsehsessel sitzt eine steinalte, kleine Frau mit einer viel zu großen Brille. Sie hat einen winzigen Mund und trägt dicke Strümpfe, ich weiß zufällig, dass es medizinische Strümpfe gegen Krampfadern sind. Vom Alter schätze ich sie auf achtzig bis neunzig. Wie sie so stumm und reglos dasitzt, könnte man meinen, es mit einem Gespenst zu tun zu haben. Kaum habe ich mich vom ersten Schrecken erholt, kommt Oma Emmi schon mit einer dampfenden Schale Petersilienkartoffeln herein.

«Das ist Frau Donath, Mathias, die Mutter von Herrn Donath. Sie kommt manchmal vorbei.» Ich weiß nicht, was ich davon halten soll, und gebe Frau Donath die Hand. Ihre ist winzig, die Haut gefleckt. Frau Donath hat überhaupt keinen Händedruck, und man hat Angst, ihre Knöchelchen zu brechen. Ich kenne Herrn Donath nur vom Hörensagen, die Donaths sind eine der neu hinzugezogenen Familien aus den Fertighäusern. Komischer Name, Donath. Ich stelle mir vor, dass er eigentlich Don*ald* heißt und auch so aussieht wie Donald Duck. Wenn man die alte Frau Donath genauer unter die Lupe nimmt, sieht sie eigentlich auch aus wie eine Ente. Mir ist es überhaupt nicht recht, dass während des Mittagessens eine fremde Frau an unserer Tafel sitzt, bei den Mahlzeiten sollten eigentlich nur Familienmitglieder am Tisch Platz finden. In der Küche stelle ich Oma Emmi deswegen zur Rede. Sie sagt, dass Frau Donath fast jeden Tag außer am Wochenende kommt und dann einfach nur ein paar Stunden im Sessel sitzt. Sie stört nicht weiter, und irgendwann geht sie von selber wieder. Zu essen und zu trinken möchte sie auch nichts. Frau Donath ist schwerhörig und daheim den ganzen Tag allein, weil Herr und Frau Donath berufstätig sind. Da ist es ein Gebot der Mitmenschlichkeit, sie gewähren zu lassen. Ich vermute, dass Oma Emmi von ihrem seltsamen Gast genauso profitiert, denn obwohl Gespräche mit Frau Donath kaum möglich sind, ist sie doch immerhin ein menschliches Wesen, das man betüddern kann. Frau Donath ist für Oma Emmi so etwas wie Frau Klippstein für meine richtige Oma, nur dass man Frau Klippstein nicht sieht, während man Frau Donath sieht, aber nicht hört. Als Nächstes stellt Oma Emmi eine Schüssel mit Mohrrüben auf den Tisch. Die sehen aber auch nicht mehr gut aus. Ich ekle mich zwar, muss aber wenigstens ein klein wenig davon essen, damit Oma Emmi nicht beleidigt ist. Unauffällig spucke ich den Speisebrei in meine Hand und halte sie dann unter den Tisch, wie gestern Oma Emmi mit dem Kotelett. Sofort spüre ich Lexis gierige Hundeschnauze, er kann ja nicht ahnen, was ich ihm da hinhalte. Nach wenigen Augenblicken fängt er an zu würgen, dann wieselt er in den Flur, und man vernimmt Kotzgeräusche.

«Wollen Sie nicht doch eine Kleinigkeit essen, Frau Donath, ich habe wieder mal viel zu viel gemacht.»

Das stimmt natürlich nicht, man wird gerade eben so satt, für Frau Donath reicht es nie und nimmer, aber die zuckt sowieso nur mit den Schultern und hält eine Hand ans Ohr, weil sie nichts verstanden hat. Oma Emmi wiederholt den Satz in doppelter Lautstärke, doch Frau Donath winkt ab und nuschelt irgendetwas Unverständliches vor sich hin. Man hört nur «Frau Beuger» raus. Die könnten sich auch sechzig Jahre kennen und würden sich immer noch siezen. Plötzlich und unerwartet springt Lexi Frau Donath auf den Schoß, die sofort panisch um sich schlägt und hohe, fieselige Töne von sich gibt. Oma Emmi schimpft: «Lexi, pfui, lässt du das wohl bleiben.»

Höchste Zeit, dieses Irrenhaus zu verlassen.

«Ich geh dann mal wieder zu Holzapfels rüber.»

«Was wollt ihr denn machen?»

«Weiß ich nicht. Mal Manfred fragen.»

In der Garage steht neben Onkel Horsts Kadett ein altes, rostiges Hollandrad. Oma Emmi benutzt es sicher nicht, bestimmt hat es auch Onkel Horst gehört. Wieso verkauft sie das Auto eigentlich nicht, wenn sie nur so wenig Rente bekommt? Wahrscheinlich will sie es als Andenken behalten. Ich nehme mir das Rad. Manfred wartet auf der Straße.

«Da bist du ja endlich! Lass mal los. Wir fahren zur Tonkuhle.»

Ich habe nicht den geringsten Schimmer, was das sein soll, aber ich bin auch nicht in der Position, dumme Fragen zu stellen, also radele ich hinter ihm her. Es geht dorfauswärts über die Eisenbahnbrücke, kurz dahinter mündet die Straße in einen Trampelpfad, den nur mehr Trecker, Mähdrescher und andere landwirtschaftliche Fahrzeuge passieren können. Wir fahren bestimmt zwei Kilometer durch den Wald, bis Manfred anhält und sein Fahrrad in die Büsche pfeffert. Mir ist zunächst völlig schleierhaft, was das alles mit einer Tonkuhle zu tun haben soll, aber nach ein paar Schritten tut sich vor uns ein mit dichten Hecken und Büschen umgebenes Gelände auf, das von einem mannshohen Zaun umgeben ist. Wir tasten uns durchs Gestrüpp, bis wir zu einem Loch kommen, das jemand in den Zaun geschnitten hat, wahrscheinlich Manfred. Er macht das Psssst-Zeichen, dann klettern wir durch das Loch auf das Grundstück und erreichen nach wenigen Metern ein Holzhaus. Von hier aus kann man mühelos auch den Rest der Anlage überblicken: Linker Hand befinden sich drei kleine Teiche und rechts ein großer, an dessen Ende ein von Menschenhand aufgeschütteter Sandstrand ist, von dem aus ein Steg zu einem Mini-Badehäuschen mit Sprungbrett führt.

«Niemand da», sagt Manfred und grinst.

«Ich versteh nur Bahnhof.»

Er klärt mich auf: «Das Grundstück hier gehört den Kempermanns, so heißen die, die wohnen in Hamburg und sind meist nicht da. In den kleinen Teichen züchten sie Zierfische, und im großen wurde früher Ton abgebaut, und später ist die Kuhle irgendwann vollgelaufen wie bei so 'nem Bergwerk. Wenn Kempermanns nicht da sind, kann man hier heimlich schwimmen. Man darf sich nur nicht erwischen lassen, und die dürfen das Loch im Zaun nicht entdecken. Wenn die am Wochenende kommen, haben die nämlich zwei Schäferhunde, und die sind mannscharf.»

Immer diese Hunde. Mir wird mulmig. «Und was ist, wenn die plötzlich doch auftauchen?»

«Hörst du nicht zu, du Eddel? Die kommen nur am Wochenende. Außerdem hört man rechtzeitig das Auto, und bis die uns dann entdeckt haben, sind wir längst über alle Berge. Wir müssen nur unsere Sachen zusammenhalten.»

Ich hab trotzdem Schiss, es sind schließlich Ferien. Was ist, wenn Kempermanns auf die Idee kommen, bei dem herrlichen Wetter mal außer der Reihe einen Ausflug zu unternehmen? Aber ich sag lieber nichts. Wir legen uns in Badehose an den Strand und genießen die Sonne, also ich in Unterhose, ich wusste ja nicht, wo es hingeht. Eine Hand habe ich immer bei den Klamotten, falls es plötzlich schnell gehen muss. Doch es ist gleich vier, so spät kommen die Kempermanns sicher nicht, beruhige ich mich, und bald schon lässt die Anspannung nach. Herrlich ist es hier, tausendmal besser als im Freibad Außenmühle. Kein Chlor, keine Umkleiden, keine Überfüllung, kein Bademeister, kein nix. Und vor allem kein Eintritt. Wir legen uns an den Strand und lesen. Manfred hat Asterix-Hefte mitgenommen, ich lese Vampir-Horror-Hefte, die ich mal im Altpapier gefunden habe. Das waren ungefähr zwanzig Stück, die ich immer wieder rauf und runter durchschmökere. Heute habe ich «Das Archiv der schwarzen Särge» am Wickel. Manfred liest «Asterix bei den Briten». Nach einer halben Stunde wird ihm langweilig, und er kramt eine Packung Lux-Zigaretten aus seinem Beutel.

«Rauchst du?»

Ach du Scheiße, Manfred ist bestimmt nicht viel älter als ich! In dem Alter kann man doch nicht schon rauchen, im Wachstum sind Zigaretten noch viel schädlicher als ohnehin schon. Aber vielleicht fangen die hier auf dem Land früher an und nicht erst mit vierzehn, fünfzehn.

«Ja, logisch.»

Manfred reicht mir eine Kippe, lässt ein Streichholz aufflammen und hält es in die Kuhle seiner Handfläche. Ich beuge mich rüber, es knistert leise, als der Tabak Feuer fängt. Ich halte den Rauch so lange im Mund, wie ich kann, damit er denkt, ich rauche auf Lunge. Aber so leicht lässt er sich nicht veräppeln.

«Du paffst ja bloß!»

Jetzt hat er mich erwischt, und ich muss in den sauren Apfel beißen. Ich versuche, den Rauch nicht in die Lunge, sondern nur in den Hals zu ziehen, aber es zwiebelt trotzdem wie sonst was, und mir wird schwindelig. Obwohl mir ganz übel ist, rauche ich weiter bis zur Schrift, dann will ich die Kippe endlich ausmachen, aber Manfred protestiert.

«Erst mal richtig aufrauchen.»

Er weiß ganz genau, was los ist. Ich kann wirklich nicht mehr. Einen Zug noch, und ich kotze den ganzen Strand voll.

«Nee, keine Lust mehr.»

Bevor er etwas sagen kann, renne ich zum Sprungbrett

und jumpe mit Köpper in die Tonkuhle. Ich glaube, das sah ganz gut aus. Ich tauche unter und spüle heimlich meinen Mund mit Wasser, um den widerlichen Geschmack loszuwerden. Manfred springt hinterher, und gemeinsam schwimmen wir zum anderen Ende und wieder zurück, mindestens hundert Meter die Strecke sind das. Über uns der wolkenlose, glänzende Himmel und um uns das kühle Nass. Ein Vogelschwarm erhebt sich wie in Zeitlupe und explodiert am Himmel, so sieht es jedenfalls aus. Ist das schön hier! Wie im Paradies. Vielleicht fahren wir ab jetzt jeden Tag hierher, sechs Wochen am Stück! Ich frage Manfred das aus Angst vor einer Enttäuschung nicht, aber die Chancen stehen gut, glaube ich. Nach dem Schwimmen steckt er sich die nächste Kippe an. Ich winke ab. Zum Glück lässt er mich, er weiß ja sowieso, was los ist. Mit geschlossenen Augen raucht er die Zigarette bis zum Filter runter. Er macht das nicht, um zu schocken, ihm schmeckt es wirklich. Manfred sieht aus, als ob er schwere Knochen hätte, und die einzelnen Teile seines Körpers passen nicht richtig zueinander, Beine und Kopf sind zu groß für den Rest. Ich glaube, dass er unwahrscheinliche Kraft hat, das liegt bestimmt in der Familie. Man sieht das auch bei Wilfried junior. In ein paar Jahren werden es die Söhne sein, die ihrem Vater eine Abreibung erteilen, und nicht umgekehrt.

Viel sprechen wir nicht, er fragt mich nur einmal, auf welche Schule ich gehe. «Hauptschule», antworte ich, weil ich nicht als Streber gelten will. Glück gehabt, Manfred geht auch auf die Hauptschule. Wenn er fertig ist, will er eine Ausbildung auf dem Lernhof machen und Bauer werden. Allerdings muss er einen eigenen Hof aufmachen, weil Wilfried junior als Erstgeborener den Holzapfelhof übernehmen soll.

Plötzlich fängt er laut an zu fluchen und schlägt sich volle Kanne auf den Oberschenkel.

«Scheiße, Stechmücken.»

Diese eine Sorte Mücken gibt es nur hier, behauptet er, und ihr Stich ist fast so schmerzhaft wie der von Wespen oder Bienen. Eins zu eine Million, schießt es mir wieder durch den Kopf. Wenn nun alle Insekten, die für einen vorgesehen sind, auf einmal auftauchen? Dann hätte man keine Chance! Stechmücken haben als einzigsten Vorteil, dass sie erst am späten Nachmittag kommen, sagt Manfred. Wenn also die Stechmücken über einen herfallen, ist der richtige Zeitpunkt gekommen, um hier zu verschwinden, weil wir dann ja sowieso nach Hause müssen. Gesagt, getan. Wir packen unsere Sachen und fahren zurück.

Vor dem Holzapfelhof verabschieden wir uns.

«Morgen fahren wir wieder. Dann aber um eins.»

Juhu, morgen wieder, meine Hoffnung hat sich also erfüllt!

Oma Emmi ist ganz fahrig, weil es schon nach sechs ist. Obwohl ich extra drauf achte, ihr nicht zu nahe zu kommen, riecht sie es:

«Sag mal, Mathias, hast du etwa geraucht?»

«Wie kommst du denn darauf? Ich muss mal.»

Ich stürze ins Bad und putze mir wie ein Verrückter die Zähne. Oma Emmi benutzt Lacalut-Zahncreme, die schmeckt wie Knüppel auf den Kopp. Danach betätige ich die Spülung. Oma Emmi ist weiter misstrauisch.

«Hauch mich mal an.»

Was bleibt mir anderes übrig.

«Du riechst nach Zahnpasta. Du hast *doch* geraucht.»

«Stimmt nicht. Ich hatte so einen schlechten Geschmack im Mund, da darf man sich ja wohl die Zähne putzen.»

«Ach, Mathias, versprich mir, dass du mir keinen Kummer bereitest. Was soll ich denn erzählen, wenn es nachher heißt, dass du bei mir mit dem Zigarettenrauchen angefangen hast?»

«Ich hab ehrlich nicht.»

Während Oma Emmi das Abendbrot vorbereitet, durchsuche ich wie ein Verrückter das Haus nach Munition. Lexi schleicht die ganze Zeit neben mir her und winselt, wenn ich ihn mal länger als ein paar Sekunden nicht beachte. Beim Abendessen fragt Oma Emmi, was wir überhaupt gemacht haben. Da ich mir sicher bin, dass sie etwas dagegen hätte, wenn ich in einem ungesicherten Teich bade, erzähle ich nur, dass ich Anschluss gefunden habe bei der Holzapfelfamilie. Das stimmt ja sogar, und Oma Emmi gibt sich zufrieden.

Um 19 Uhr 30 läuft «Drei mal Neun» mit Wim Thoelke. Da keine Gewalt darin vorkommt, darf ich die Sendung schauen. Also sitze ich wie gestern im Fernsehsessel, und Lexi macht es sich bei mir bequem, während Oma Emmi wieder mit dem Sofa vorliebnimmt. Heute ist Rex Gildo mit «Fiesta Mexicana» zu Gast. Oma Emmi hört eigentlich nur Oper und Operettenmusik, ihr Lieblingssänger ist Hermann Prey mit seinem Lied «Figaro». Bei Rex Gildo hält sie sich demonstrativ die Ohren zu und sagt «Katzenmusik». Dann spielt das Orchester Max Greger die Titelmelodie, und Oma Emmi summt mit. Erwischt!

«Das Glücksrad dreht sich, das Glücksrad dreht sich,
für Sie ist heute alles drin.
Das Glücksrad dreht sich, das Glücksrad dreht sich,
es wartet heute auf Sie der Hauptgewinn.
Spiel mit, das Glück macht heute eine Show,
spiel mit, heute sagt Fortuna nicht No,
ihr 1 × 1 heißt 3 × 9,
man darf sich aufs Ergebnis freun.
Das Glück überzeugt heute Abend auch Sie von unserem Spiel.»

Am Ende setzt sich Wim Thoelke noch für die «Aktion Sorgenkind» ein. Heute wird aus einer Werkstatt mit geistig Behinderten berichtet, denen von den Erlösen der Lotterie ein Behindertentransporter gekauft wurde. Ich muss gleich an Tobias Schulz denken. Wie es dem wohl gerade so geht? Danach heißt es sofort ab ins Bett. Ich gehe wie immer als Erster, draußen lässt es Oma Emmi krachen, und als sie schließlich neben mir im Bett liegt und schnarcht, lausche ich noch den Zügen und den Grillen, bis ich eingeschlafen bin.

FIESTA MEXICANA

Die beiden Wochen vergehen wie im Flug. Ich treffe mich jeden Tag mit Manfred, und immer fahren wir zur Tonkuhle. Nur heute hatten wir Pech. Wieder herrscht herrliches Wetter, und man hätte sich ausrechnen können, dass Kempermanns kommen, schließlich ist Sonntag. Aber wir hatten irgendwie schon das Gefühl, das Grundstück gehört uns. Wir konnten jedenfalls in letzter Sekunde entkommen, obwohl unsere Sachen überall verstreut herumlagen. Eigentlich müsste man Kempermanns enteignen, wo sie ihr herrliches Refugium doch so gut wie nie nutzen. Trotzdem soll uns das eine Lehre sein. Sonst sind wir immer alleine hier, wirklich seltsam, dass bisher niemand außer uns dieses herrliche Fleckchen Erde entdeckt hat.

Als ich an diesem Nachmittag unverrichteter Dinge bereits um vier Uhr wieder zu Hause bin, erwartet mich eine Überraschung: Im Garten steht ein von Kopf bis Fuß in Grün gekleideter Opi und mäht den Rasen. Aber nicht mit dem Rasenmäher, sondern mit einer Sense, wie vor hundert Jahren! Derweil sitzen Oma Emmi und Frau Donath im Dunkeln am Wohnzimmertisch. Man sieht Oma Emmi richtig an, wie sehr sie sich freut, dass ich einmal vor der Zeit zurück bin. Sie weiß ja nicht, dass das unfreiwillig ist, und ich beschließe, sie in ihrem Glauben zu lassen.

Ich werde einfach sagen, dass ich auch gerne mal einen Nachmittag bei ihr verbringe. Lexi dreht sich vor mir wie ein Brummkreisel und kann vor Freude das Wasser nicht halten. Mir soll's recht sein. Bei der Gelegenheit fällt mir auf, dass Oma Emmi selbst bei strahlendem Sonnenschein so gut wie nie auf der Terrasse sitzt, obwohl die doch eigentlich dazu einlädt. Die beiden alten Damen haben sich in ihre Blusen und Strickjacken eingemummelt und schweigen vor sich hin. Frau Donath sieht zusammengeschrumpelt aus wie eine Mumie, und der Sensemann schwingt wie aufgezogen die Sense. Oma Emmi erklärt mir, dass das Herr Brettschneider ist, der während der Sommerzeit alle vierzehn Tage zum Rasenmähen anrückt. Und dass ich gerade rechtzeitig komme, denn sie hat dem Wetter entsprechend eine Erfrischung vorbereitet. Mir schwant Übles, und tatsächlich holt sie aus der Küche eine große Schale mit Obstsalat und Schlagobers. Den Salat hat sie wahrscheinlich schon Stunden vorher zubereitet, Bananen und Apfelstückchen sind braun angelaufen, und die Apfelsinen hat sie mit ihren schlechten Augen nicht richtig abgepult, es ist überall noch das Weiße dran. Die Schlagsahne ist auch schon zur Hälfte zerlaufen. Ich begrüße Herrn Brettschneider mit den Worten «Guten Tag, Herr Brettschneider», worauf er, ohne mich richtig anzuschauen, etwas murmelt, das so klingt wie «Jojo, mach mal bloß keine Fisimatenten». Ich bin für ihn ein Fremdkörper. Missmutig rührt er im Salat herum. Als Oma Emmi ihn strafend anschaut, kostet er pflichtschuldig, um sich dann aber gleich eine Reval ohne Filter anzustecken. Dann mäht er den Rasen fertig und setzt sich auf die Terrasse. Jetzt trauen sich auch Oma Emmi und Frau Donath raus.

«Das ging ja fix heute, Herr Brettschneider, Sie sind wohl von der schnellen Truppe. Mögen Sie eine Flasche Bier?»

Ich weiß, dass Oma Emmi Alkohol verabscheut, aber gleichzeitig der Meinung ist, dass alle Männer, vor allem Arbeiter, nichts lieber tun, als Bier zu trinken. Sie hat deshalb aus Höflichkeit immer mehrere gutgekühlte Flaschen im Kühlschrank und dazu noch eine Flasche Korn.

«Ja, Frau Beuger, da sech ich moal nich nein», sagt Herr Brettschneider.

Man sieht ihm seine Vorfreude richtiggehend an. Die Adern an seinem Hals pochen, und auf den zusammengewachsenen Augenbrauen haben sich Schweißperlen versammelt. Während Oma Emmi die Getränke holt, gehe ich ein paar Meter ins Gebüsch und kippe meinen Obstsalat weg. Lexi läuft aufgeregt hinterher, er schnüffelt an den Obstresten, doch dann wendet er sich enttäuscht wieder ab. Hunde fressen bekanntlich kein Obst, aber bei Lexi hätte mich gar nichts gewundert. Frau Donath hat die winzigen, knotigen Hände gefaltet und macht sich so klein wie möglich. Wahrscheinlich weiß sie, dass sie nur mit viel Liebe geduldet wird und sich das nicht leichtfertig verscherzen darf. Deshalb macht sie Oma Emmi auch keine Mühe und verschmäht zum Beispiel den angebotenen Bohnenkaffee, obwohl der Schuss nach hinten losgeht, denn Oma Emmi macht für sich selbst sowieso Kaffee, auf eine Tasse mehr oder weniger kommt es da nicht an. Herr Brettschneider trinkt schweißgebadet Bier und Korn, man sieht förmlich, wie die Lebensgeister in ihn zurückkehren.

«Mögen Sie noch eine Flasche, Herr Brettschneider?», fragt Oma Emmi. Und ob der will. Emmi watschelt wie auf Befehl wieder in die Küche.

«So, Frau Donath, gleich gibt's noch einen», wendet Herr Brettschneider sich plötzlich an Frau Donath und schenkt sich ungefragt Korn nach. Eben sitzt sie noch da wie ein Ölgötze, und jetzt guckt sie ganz verdattert und hofft, dass nichts weiter passiert. Oma Emmi kommt mit einem Weidenkorb zurück, mit gleich vier halben Litern. Vielleicht freut sie sich, dass da ein Mann im Haus ist, den sie betüddeln kann wie noch vor kurzem Onkel Horst. Auch die zweite Flasche leert Herr Brettschneider in Rekordzeit, dazu noch ein paar Gläschen Korn. Er dreht jetzt richtig auf und gibt Tipps für die Gartengestaltung zum Besten, danach kommt er auf Politik zu sprechen, und als er merkt, dass das nicht zieht, landet er bei seiner verstorbenen Frau. So, wie er über sie spricht, scheint er das Gröbste überstanden zu haben. Vielleicht wäre es eine gute Idee, wenn er und Oma Emmi sich zusammentäten, sie sitzen schließlich im selben Boot. Dann dreht Herr Brettschneider plötzlich bei und nimmt *mich* ins Gebet.

«Was bist *du* denn überhaupt für 'n Eddel?»

«Wie meinen Sie das? Ich bin der Großneffe von Frau Beuger.»

«Was willst du hier eigentlich?»

«Nix weiter.»

«Dann mach ma bloß hier keine Fisimatenten!»

«Neenee, bestimmt nicht, Herr Brettschneider.»

Jetzt guckt er nicht mehr ganz so griesgrämig.

«Willst du 'ne Kippe?»

«Nee, ich rauch doch gar nicht.»

Da wird es Oma Emmi endgültig zu viel:

«So, Herr Brettschneider, nun lassen Sie mal schön den Jungen in Ruhe. Der ist zehn Jahre alt und wird hoffentlich sein Leben lang die Hände von den Zigaretten lassen. Ich glaub, Sie sind ein bisschen dun. Stellen Sie mal die Sense weg, und dann gehen Sie schön nach Hause und schlafen sich aus.»

«Ich hab in meinem Leben schon genug geschlafen.»

«Ich meine das ernst, Herr Brettschneider.»

«Aus Spaß wurde Ernst, und Ernst ist heut drei Jahre alt.»

Auweia. Doch nach einem weiteren gestrengen Blick von Emmi gibt er endlich klein bei und bringt wie geheißen die Sense zurück in den Geräteschuppen. Dabei torkelt er ein wenig.

«Siehst du, Mathias, da kannst du mal sehen, was passiert. Alter schützt vor Torheit nicht.»

«Ja, das stimmt.»

«Was meinen Sie, Frau Donath?»

Wie nicht anders zu erwarten, bleibt Frau Donath die Antwort schuldig. Herr Brettschneider stellt sich mit glasigem Blick vor Oma Emmi und hält die Hand auf wie ein Bettler.

«Gib mal Geld.»

«Ich wüsste nicht, seit wann wir uns duzen, Herr Brettschneider!»

«Ja. Gib mal bitte Geld.»

Es hat keinen Zweck mehr mit ihm. Oma Emmi kramt in ihrer Schürze und drückt Herrn Brettschneider einen Zehnmarkschein in die Hand. Herr Brettschneider setzt ein fieses Grinsen auf.

«Von wegen nach Hause, ich geh jetzt noch in die Scharfe Ecke.»

«Tun Sie, was Sie nicht lassen können. Alles Gute und bis in vierzehn Tagen.»

«Ja, Frau Beuger. Nichts für ungut.»

Obwohl er so dun ist, merkt er, dass er zu weit gegangen ist. Als er sich per Handschlag verabschieden will, schaut Emmi demonstrativ weg und versteckt ihre Hände unter der Schürze. Jetzt tut er mir doch ein bisschen leid. Vielleicht hat ihn der Tod seiner Frau mehr mitgenommen, als man im ersten Moment gedacht hat. Aber jetzt weiß ich auch, warum Oma Emmi und Herr Brettschneider nicht zusammenpassen.

Am nächsten Tag wollen wir wieder zur Tonkuhle. Wilfried junior, der ein paarmal dabei war, bleibt daheim, wahrscheinlich will er mit uns nichts zu tun haben, weil wir jünger sind als er. Ich muss dann immer daran denken, dass er schon ein Teenager ist. Mir gefällt das Wort, aber ich weiß nicht so genau, was dahintersteckt. Er hat zu seinem vierzehnten Geburtstag einen Plattenspieler geschenkt bekommen, und hört jetzt seine Singleplatten rauf und runter. «School's out», «Popcorn», «Mamy Blue», «Fiesta Mexicana», und «Fireball» von Deep Purple, meiner absoluten Lieblingsband. Deep Purple sind mit «Fireball» bei «Disco 72» aufgetreten, es war natürlich der Höhepunkt der Sendung, ich habe wochenlang darauf hingefiebert und hätte eigentlich nicht gedacht, dass Deep Purple bei so einer Schrottshow jemals auftreten würden. Es war mir total peinlich für Deep Purple, vor ihnen war Bata Illic und danach Danyel Gerard mit «Butterfly». Was Deep Purple wohl von Deutschland halten? Aber die haben gute Miene zum bösen Spiel gemacht, sogar, als die Sketche von Ilja Richter und seiner Schwester kamen. Gerade als wir loswollten, hat Wilfried uns auf sein Zimmer eingeladen, weil er mit seinem Plattenspieler angeben wollte. Obwohl wir natürlich viel lieber gleich zur Tonkuhle gefahren wären, mussten wir uns brav seine sämtlichen Singles anhören, da konnte auch Manfred nichts ausrichten. «Mamy Blue» finde ich auch gut, obwohl ich das nicht zugeben würde, aber bei «Fiesta Mexicana» hört's nun wirklich auf. Wir mussten mucksmäuschenstill sein. Als ich Wilfried gebeten habe, «Fireball» ein zweites Mal aufzulegen, hat er uns rausgeschmissen. Im Treppenhaus habe ich gehört, dass er schon wieder «Fiesta Mexicana» am Wickel hatte, die Platte hat Kratzer und Sprünge ohne Ende, er muss sie also schon sehr oft abgespielt haben.

An einem anderen Tag haben wir Starke getrieben, das sind männliche Rinder vor der Geschlechtsreife, von einer Weide auf eine andere, und ich musste mithelfen, obwohl ich so was noch nie gemacht habe. Einmal sind zwei Starke volles Brett auf mich zugaloppiert, da habe ich es mit der Angst zu tun bekommen und bin ausgewichen, sie sind dann ausgebüxt, und Herr Holzapfel hatte alle Mühe, die Viecher wieder einzufangen. Er hat mich angeschnauzt, von wegen verweichlichte Städter und dass man mit mir nix als Scherereien hat, obwohl ich die ganze Zeit überhaupt nicht mehr dumm aufgefallen bin, bis auf eben den allerersten Tag mit den Motorrädern. Ich glaube, Oma Emmi ist enttäuscht, dass ich nicht mehr Zeit für sie habe, aber sie lässt es sich nichts anmerken, im Gegenteil, sie bäckt für Manfred und mich jeden Tag eine Platte Pflaumenkuchen, die nehmen wir dann zur Tonkuhle mit. Für sich und Frau Donath schneidet sie immer nur zwei schmale Stückchen ab.

Jetzt ist es wirklich perfekt, besser geht's nicht: den ganzen Tag am Strand liegen und ab und an ins kühle Nass springen, Kuchen essen und lesen. «Die Bestien aus dem Zeitgrab». An die Raucherei habe ich mich auch schon besser gewöhnt. Leider muss ich Sonntag erst mal wieder nach Hause, die vierzehn Tage sind um, und Mutter besteht darauf. Ich glaube, sie ahnt, dass es mir hier sehr gut gefällt, und das passt ihr nicht. Ihre fadenscheinige Ausrede: Die Schmutzwäsche muss gereinigt werden. Als ob Oma Emmi nicht wüsste, wie man wäscht! Aber was soll ich machen. Frau Donath kommt jeden Tag zur gleichen Zeit, tut keinen Pieps und mag nach wie vor keinen Krumen. Nur das Stück Pflaumenkuchen isst sie, aber meist auch nur zur Hälfte. Mein Zug geht am Sonntagabend um 19 Uhr 18.

Ich darf heute das erste Mal bei Familie Holzapfel an der Kaffeetafel sitzen, Frau Holzapfel hat eine Erdbeertorte gebacken und ein Blech Butterkuchen. Sogar Herr Holzapfel benimmt sich einigermaßen friedlich. Frau Schlummbohm sitzt im groben Bauernkittel auf ihrem Stuhl, schaufelt die Torte in sich hinein und sagt kein Wort. Jetzt lerne ich auch die Mädchen kennen. Obwohl Sonja erst siebzehn ist, hat sie schon einen richtigen Atombusen. Sie wartet ungeduldig darauf, dass die Kaffeetafel aufgehoben wird und sie zu ihrem Verlobten darf, der ebenfalls in der Landwirtschaft arbeitet, allerdings als Knecht. Silke sieht man mit ihren zwei Jahren die Behinderung noch nicht besonders an. Sie sitzt auf Herrn Holzapfels Schoß, aber wenn sie älter wird und aussieht wie Tobias Schulz, wird sie es noch schwer haben, das weiß ich jetzt schon. Im Fernsehprogramm gibt es wie jeden Sonntag die amerikanische Westernserie «Die Leute von der Shiloh Ranch». Im Vorspann trampelt eine Rinderherde über die Steppe, dass der Boden erbebt. Die Filmaufnahmen sind so geschickt gemacht, dass es wirkt, als würde einem die Herde durch den Bildschirm direkt entgegenspringen. Sobald die Abspannmusik erklingt, wird es für mich höchste Zeit, zum Bahnhof zu gehen. Von Oma Emmi habe ich mich bereits verabschiedet. Mir wird ganz schwer ums Herz, und die Musik tut ein Übriges. Frau Holzapfel mahnt zur Eile.

«So, Mathias, ich glaube, langsam musst du mal los.»

Frau Schlummbohm deckt das Kaffeegeschirr ab, und Sonja ist längst verschwunden. Im Anschluss an die Kaffeetafel folgt übergangslos das Abendessen. Ich würde auch gerne noch ein Schinkenbrot essen, weil mir von der Schlagsahne quackelig im Magen ist. Wenn ich nur nicht wegmüsste!

PARASITEN DER HÖLLE

Mutter fragt mich den ganzen Abend aus. Sie will, dass ich irgendeine Verfehlung gestehe, damit sie einen Grund hat, mich nicht wieder nach Todtglüsingen zu lassen. Aber ich bin gut vorbereitet und habe auf jede Frage eine Antwort. Außerdem tue ich so, als wäre es nicht besonders schön gewesen und als hätte ich alles nur aus Nächstenliebe Oma Emmi gegenüber mitgemacht. In den blumigsten Worten berichte ich über die alte Frau Donath und rege mich so sehr über Herrn Brettschneider und seinen Alkoholkonsum auf, dass ich es schließlich selber glaube. Ich steigere mich total hinein. Dass er Reval ohne raucht und Oma Emmis Haus verpestet, bis sogar der Hund sich verkriecht. Das hätte ich nicht sagen sollen. Als ich Herrn Brettschneiders Zigarettensorte erwähne, merke ich, wie Mutter plötzlich misstrauisch wird. Seit wann ich mich für Zigaretten interessiere? Irgendwas ist faul im Staate Dänemark, sagt sie, und ich weiß, was die Stunde geschlagen hat. Jetzt bleibt mir als letztes Mittel nur noch die Gegenoffensive. Wie gemein ich es fände, dass sie kein Vertrauen zu mir hat, und überhaupt. Ich habe solches Selbstmitleid, dass ich weinen muss. Jetzt bekommt wiederum Mutter ein schlechtes Gewissen. Immer schön hin und her.

Die nächsten Tage vergehen mit bangem Warten, denn Mutter hält sich bedeckt. Als ich frage, ob ich wieder nach Todtglüsingen darf, sagt sie, dass das auch von Oma Emmi abhängt. Vielleicht ist es der ja zu anstrengend mit einem Jungen in meinem Alter, wir müssten sie auf jeden Fall erst fragen. So ein Quatsch! Heute *muss* eine Entscheidung fallen, denn morgen sollte es eigentlich zurück nach Todtglüsingen gehen. Den ganzen Tag schiebt Mutter das Telefonat mit Oma Emmi vor sich her, bis ich so quengele, dass sie schließlich ein Einsehen hat und um sechs Uhr abends endlich zum Hörer greift. Ich höre heimlich von der Treppe aus mit. Und es kommt, wie ich es mir gedacht habe: Sie verhört Oma Emmi genau so, wie sie *mich* sonst immer verhört. Was ich den ganzen Tag treibe und ob sich irgendein Verdacht ergeben hätte, dass ich Zigaretten rauche. Oma Emmi schweigt wie ein Grab. Einen Teufel wird sie tun, irgendwas auszuplaudern, sie will ja schließlich auch, dass ich wiederkomme, da wäre sie ja schön dumm, Mutter Munition in die Hand zu geben. Jedenfalls beißt sich Mutter so richtig schön die Zähne an ihr aus und muss schließlich unverrichteter Dinge auflegen.

Dann nimmt sie mich wieder in die Mangel und unternimmt einen letzten Versuch. Sie zählt auf, was wir hier alles gemeinsam unternehmen könnten, ohne viel Geld auszugeben. Und dass es für unser Mutter-Sohn-Verhältnis gut wäre, wenn wir einmal außerhalb des Alltags gemeinsam Zeit verbringen würden.

«Aber wenn du lieber zu Oma Emmi willst ... Es ist deine Entscheidung, Mathias.»

So eine Gemeinheit. Sie weiß genau, was sie da wieder anrichtet.

«Du kannst es dir ja in aller Ruhe überlegen, Mathias.»

In aller Ruhe! Morgen soll's losgehen, was gibt's denn da noch zu überlegen? Sie schaut mich mit einem Mal so traurig an, dass es mir durch Mark und Bein geht. Das ist zu viel. Dann bleibe ich eben hier, und sie hat ihren Willen, und dann bin ich am Drücker und habe für den Rest der Ferien schlechte Laune. Und sie kann nichts machen, weil sie genau weiß, was los ist. Außerdem kommen nächsten Montag Axel und Heike aus dem Urlaub, und wir haben den Fußballplatz bis zum Ende der Ferien fast ganz für uns alleine, und überhaupt werde ich die Zeit schon rumkriegen. Doch es naht Rettung in Gestalt der Großeltern, die plötzlich hereinschneien. Das passt Mutter gar nicht. Ich sehe ihr richtig an, wie sich ihr schöner Plan in Luft auflöst. Zwei Minuten später, und ich hätte klein beigegeben und wäre hiergeblieben. Und dann hätte es auch kein Zurück mehr gegeben, denn ich hätte ihr mein Wort geben müssen, und wortbrüchig werden kommt unter keinen Umständen in die Tüte. Oma lächelt mich freudestrahlend an:

«Na, Mathias, morgen geht's wieder nach Todtglüsingen, freust du dich schon?»

Damit ist der Zug für Mutter endgültig abgefahren, und sie verzieht sich gleich nach dem Abendbrot auf ihr

Zimmer und übt Flöte. Man hört dem Gefiepe richtig an, wie wütend sie ist. Ich gehe auch schlafen, denn morgen werde ich bereits um 9 Uhr 06 abhauen, ich kann's gar nicht erwarten.

Ich habe das Gefühl, den Weg zu Oma Emmis Haus doppelt so schnell zurückzulegen wie beim ersten Mal. Obwohl die Sommerhitze wie sonst was runterhämmert, habe ich schon wieder Appetit auf Kotelett. Und siehe da: Es gibt schon wieder Kotelett! Oma Emmis Koteletts schmecken ganz eigen und anders, als Koteletts normalerweise schmecken, auf jeden Fall besser. Frau Donath bleibt während des Mittagessens stumm am Tisch sitzen und starrt ins Leere, als ob sie schon nicht mehr richtig da wäre.

Manfred erwartet mich bereits.

«Wir können heute nicht zur Tonkuhle. Kempermanns sind da.»

Ich bin total enttäuscht.

«Echt? Und nun?»

Er deutet auf einen Sack, in dem ein Gegenstand ist, der von Größe und Gestalt her eigentlich nur eins sein kann. Mein Herz hüpft vor Aufregung.

«Kannst dir denken, was drin ist? Los!»

Überraschend macht Manfred dann aber erst noch an der Eisenbahnbrücke halt. Wir klettern runter an die Böschung und legen uns auf die Lauer. Ich weiß zwar nicht genau, wieso, aber Manfred schichtet zwei Haufen auf, einen mit Steinen, den anderen mit Pflaumen, die er in einer Umhängetasche mitgebracht hat. Rätselhaft. Als der erste Zug heranbraust, ist Manfred gleich konzentriert bis in die Haarspitzen und greift sich einen Stein. Ein Güterzug. Seine Hand erschlafft, er lässt den Arm sinken und steckt sich eine Zigarette an. Ich verstehe den Zusammenhang nicht. Nach endlosen Minuten der nächste Zug. Wieder ein Gütertransport. Beim dritten Zug scheint er endlich am Ziel seiner Wünsche zu sein: ein Autozug! Darauf hat er nur gewartet! Fieberhaft feuert er einen Stein nach dem anderen ab und versucht, so viele Wagen wie möglich zu demolieren. Der Zug will und will nicht enden, eine endlose Reihe von Autos zieht an uns vorüber. Irgendwann gehen ihm die Steine aus. Er wird richtig wütend.

«SCHEISSDINGER, HAUT BLOSS AB.»

Ich halte lieber die Klappe. Wenn man uns nun erwischt? Aber Manfred kennt keine Angst, er scheint Routine zu haben. Als Nächstes naht ein Personenzug, und ich ahne schon, was jetzt kommt: Die Pflaumen gelangen zum Einsatz. Plumm, plumm, plumm.

«Die Leute sollen einen Schrecken kriegen», sagt Manfred. Und dann: «Los, ab jetzt.»

Wir gehen die Brücke runter Richtung Tonkuhle. Kurz vorher biegt er links ab auf einen Trampelpfad und steuert zielsicher ein Fleckchen Erde ganz in der Nähe unseres Badeparadieses an. Erst müssen wir noch durch ein Stoppelfeld, und meine Beine sind bald vom scharfen Gras zerstochen. Dann plötzlich bleibt Manfred stehen, packt das Gewehr aus, und wir legen uns auf die Lauer. Er drückt *mir* die Waffe in die Hand.

«Du hast den ersten Schuss.»

Ich kann schlecht zugeben, dass ich noch nie geschossen habe. Zum Glück weiß ich, wie man ein Luftgewehr spannt und die Munition, Eierbecher heißen die Dinger, einlegt. Die schlimmste Blamage bleibt mir also erspart.

«Worauf soll ich denn schießen?»

«Irgendwas. Egal. Vogel.»

Die Amseln, die hier rumhocken, verfehle ich sämtlich, eine erwische ich mit Streifschuss, scheint sie aber nicht weiter zu stören. Sie bedenkt mich mit einem spöttischen Blick und fliegt davon. Sie singt und kackt gleichzeitig, als ob sie mich veräppeln will. Vorne stößt sie lange Triller aus, und hinten schießen kleine, weiße Spritzer hervor.

«Was ist denn mit dir los? Zielst du absichtlich daneben?»

«Ich bin nicht mehr richtig im Training.»

«Mann, du Eddel, Schießen ist wie Radfahren, das verlernt man nicht. Wann hast du denn überhaupt das letzte Mal geschossen?»

«Paar Wochen.»

Wir warten und warten und warten. Manfred steckt sich eine Zigarette nach der anderen an. Gesprochen wird nicht. Dann endlich setzt sich ein Rotkehlchen nur wenige Meter entfernt auf einen Ast und beginnt zu tirilieren. Manfred drückt die Kippe aus und stößt mich an.

«Los jetzt.»

«Aber das ist doch ein Singvogel!»

«Ach was. Außerdem ist das egal, alle Vögel sind Schädlinge.»

Ich lege an und ziele diesmal wirklich daneben, damit der Vogel durch den Schuss verscheucht wird, aber sofort fällt er mit einem Piepen ins Moos.

«Sauber. Voll getroffen.»

Doch der Vogel ist nicht tot, sondern flattert hilflos mit den Flügeln, verdreht den Kopf und versucht davonzuhüpfen, was natürlich nicht mehr geht. Manfred ist ganz aufgeregt.

«Los, hin da, dem musst du den Gnadenschuss versetzen.»

Am liebsten würde ich ihn zum Tierarzt bringen, aber auf der anderen Seite ist das totaler Quatsch, weil er bis dahin wahrscheinlich längst tot ist, und außerdem ist fraglich, ob ein Arzt einem so kleinen Tier überhaupt helfen kann. Mit Manfred würde ich es mir dann wohl auch endgültig verscherzen. Er wiederholt seinen Befehl:

«Los jetzt, sonst ist das Tierquälerei!»

Ich spanne also das Gewehr und halte dem Vogel den Lauf direkt an den Kopf. Mir schießen die Tränen in die Augen. Der Vogel atmet ganz schnell, und mit jedem Ein- und Ausatmen kommt ein leises Pfeifen aus seinen Lungen. Ich drücke ab. Er rührt sich nicht mehr, und an seinem Köpfchen bildet sich schnell ein roter Fleck. Mein Magen wird hart wie Eis. Ist das alles schrecklich.

«Nicht schlecht. Komm jetzt, wir gehen nach Hause.»

Ganz geheuer scheint Manfred die Sache aber auch nicht zu sein, das kann man ihm anmerken. Mir ist übel. Was habe ich da nur getan? Eine größere Schweinerei lässt sich ja wohl kaum vorstellen. Ich komme mir vor wie ein

Verbrecher, und das Einzige, was mich tröstet, ist, dass ich es allein niemals gemacht hätte. Mit hängenden Köpfen trotten wir nach Hause.

«Bis morgen dann.»

«Ja, bis morgen.»

Am nächsten Tag geht es auf Verdacht wieder zur Tonkuhle. Kempermanns sind abgereist, Glück gehabt, jetzt haben wir dieses Plätzchen wieder für uns allein. Oma Emmi erzähle ich, wir würden heute ins Freibad nach Tostedt fahren. Ohne weiter nachzufragen, macht sie uns einen Picknickkorb fertig. Neben Pflaumenkuchen finden sich diesmal auch hartgekochte Eier, belegte Brote, Knackwürste und eine Tube Senf im Gepäck. Über den gestrigen Vorfall sprechen Manfred und ich nicht, aber ich habe in der Nacht lange wach gelegen und nachgedacht. Wenn meine Mutter oder Oma Emmi auch nur annähernd wüssten, was wir hier so treiben, dürfte ich niemals mehr auf den Holzapfelhof. Ich bin mir sicher, dass Manfred seelisch verroht ist. Hoffentlich kommt er nicht noch auf mehr solcher Ideen wie Vögel erschießen oder Autos zu Klump werfen. Andererseits sind das Erfahrungen, die ich zu Hause nie machen würde.

Heute liegen wir nur faul am Strand und jumpen ab und an ins kühle Nass. Die Sonne dringt bis in die Knochen in mich ein, herrlich ist das schon wieder. Ich habe mir wieder «Parasiten der Hölle» vorgenommen, auch schon mindestens zum dritten Mal. Als Manfred kurz einpennt, spucke ich mir in die Handfläche, bis sich eine kleine Pfütze bildet, dann moddere ich den Speichel mit einem Finger um. Ganz schön eklig, bringt aber Spaß. Ich schnuppere an meinen Spuckehänden, sie riechen angenehm säuerlich. Das Badehäuschen ist ziemlich verrottet und abgeschabt, mit wurmstichigen Brettern und allem. Wenn man nicht aufpasst, läuft man Gefahr, sich einen Nagel in den Fuß zu treten. Egal, ich kann mir keine schöneren Stunden vorstellen als hier in unserem geheimen Versteck. Wieder ein Vorteil gegenüber zu Hause, dort kann man lange nach solchen Plätzen suchen. Gesprochen wird wie immer nicht viel, Manfred ist maulfaul wie nix Gutes. Als ich ihn auf seine behinderte kleine Schwester anspreche, sagt er nur kurz und knapp «Epileppi, aber happy». Hat keinen Zweck mit ihm. Wenn ich sagen würde, dass Epileptiker und Mongoloide nichts miteinander zu tun haben, würde er das sowieso wieder nicht verstehen, und dann gibt's Streit. Ich beschließe, von jetzt an mehr oder weniger gar nichts mehr zu sagen und mich nur dann mit Manfred zu unterhalten, wenn er anfängt. Nachdem die Mücken uns zum Aufbruch gestochen haben, kommt uns ein Kadett B in der gleichen Farbe wie der von Onkel Horst entgegen. Mich durchläuft es heiß und kalt, und ich öffne wie ferngesteuert die Hand. Als ob mir aus jedem Kadettauto automatisch fünfzig Pfennig herausgereicht würden, wie Onkel Horst es immer getan hat! Doch Manfred holt mich zurück in die Realität.

«Da sind die Spastis ja wieder!»

Ich verstehe nur Bahnhof. Manfred klärt mich auf, dass es sich um das Auto von Herrn Ristoff handelt, der gerade seine Söhne Jens und Kai von den Reiterferien abholt. Ristoffs sind Rübenbauern, sagt Manfred in einem Tonfall, der so klingt, als wären Rübenbauern das Niederste überhaupt. Er erzählt, dass die Ristoffsöhne vierzehn Tage in Rothenburg ob der Tauber Reiten gelernt haben. Ich frage mich, was wohl *ob der Tauber* heißt. Manfred sagt, er und Wilfried junior hätten den Reitunterricht schon im letzten Jahr absolviert. Er schaut mich forschend an und fragt, ob ich auch reiten könnte. «Wahrscheinlich», sage ich, merke aber sofort, was für eine mongomäßig bescheuerte Antwort das war. Manfred guckt seltsam.

«Was jetzt, ja oder nein?»

«Ja.»

Ich ärgere mich über mich selber. Was ist denn so schlimm daran, dass ich noch nie auf einem Gaul gesessen habe? Ganz im Gegenteil ist es vielleicht unglaubwürdig, dass ich als Städter des Reitens mächtig sein soll. Außerdem kann ich Pferde nicht ab, und ich frage mich seit Ewigkeiten, warum alle Welt so ein Gedöns um sie macht. Schweine, Hunde und selbst Ratten sind viel intelligenter als Pferde, hat Mutter mal gesagt, und ausnahmsweise gebe ich ihr recht. Ich hoffe jedenfalls, dass die Ristoffsöhne jetzt nicht alles durcheinanderwirbeln. Ich darf gar nicht darüber nachdenken, was passiert, wenn sie sich gegen mich zusammentun. Dann hätte ich absolut keine Chance. Na ja, mal abwarten.

Jens Ristoff ist zehn und sein kleiner Bruder Kai acht, sieht aber irgendwie zurückgeblieben aus, wie sechs oder fünf. Er trägt wie Wolfgang Thorwardt eine Brille, die ihn aber nicht klüger aussehen lässt, sondern eher im Gegenteil. Er scheint einen Hau wegzuhaben; was genau mit ihm los ist, werde ich schon rausbekommen. Jetzt gilt erst mal weiterhin die goldene Devise, sich nicht durch dumme Fragerei unbeliebt zu machen. Am nächsten Tag radeln wir als Dreiergespann zur Tonkuhle, Jens, Manfred und ich. Kai muss zu Hause bleiben. Kaum haben wir uns gesetzt, tut sich Jens ungefragt an Oma Emmis Lebensmitteln gütlich. Er vertilgt ein Stück Kuchen nach dem anderen und danach noch ein Wiener Würstchen mit ungefähr einer Dreiviertelttube Senf, und das in einer Art, dass ich ihm das Essen am liebsten aus der Hand schlagen möchte. Ich koche vor Wut darüber, wie sich der Bauernlümmel in wenigen Augenblicken reinstopft, was sich Oma Emmi vom Munde abgespart hat. Ob ich wohl mit ihm fertigwerden würde? Ich bin zwar größer, aber er ist stämmiger. Und überhaupt ist die Landbevölkerung zweikampferfahrener als wir Städter, man sollte also in dieser Hinsicht nicht allzu viel riskieren. Ich werde mich in Zukunft schon vorher bei Oma Emmi gründlich satt essen und satt trinken und zur Tonkuhle nichts mitnehmen, außer vielleicht einer Flasche Brause. Da sehe ich schon sein enttäuschtes, hungriges Gesicht vor mir, wie er in den Korb hineinschaut, und dann ist da bloß gähnende Leere! Ansonsten ist Jens ein sehr guter Schwimmer, das muss man ihm lassen. Tauchen kann er auch wie eine Eins, ich zähle mit, er bleibt über eine Minute unter Wasser. Keine Ahnung, wie er das macht. Als ich einmal auf der Hälfte der Tonkuhle angekommen bin, wo es am tiefsten ist und am weitesten vom Ufer entfernt, kommt er angeschwommen wie ein Weltmeister und duckert mich unter, bis ich voll Panik bekomme und laut zu schreien anfange:

«HILFE, HILFE!»

Sofort mischt sich Manfred ein:

«EY, LASS IHN MAL GANZ SCHNELL IN RUHE HIER!»

Ich glaube, ihm geht es gar nicht um mich, sondern um den Lärm, den ich veranstalte, er hat wohl Angst, dass durch mein Geschrei jemand aufmerksam wird auf uns. Jens lässt mich jedenfalls sofort los und wird mich sicher auch nicht wieder anfassen, sonst kriegt er es mit Manfred zu tun, und gegen den hat er niemals eine Chance. Niemals. Doof, dass auch Jens Raucher ist und ich wohl oder übel mitbarzen muss. So richtig habe ich mich immer noch nicht daran gewöhnt. Ich werde mir morgen eine Packung Kippen besorgen und vor dem Mittagessen Rauchen üben. Gegen meine Fahne gibt's ja Katjes.

Als ich erst um kurz vor halb sieben nach Hause komme, zieht Oma Emmi ein langes Gesicht.

«Das ist aber nicht schön, dass du schon wieder so lange weg warst, Mathias.»

«Tut mir leid. Das ist wegen Jens Ristoff, der ist wieder da, und deshalb.»

Schon klar, dass das keine Begründung ist, aber Oma Emmi lässt es gelten. Sie hat schon Abendbrot gegessen, leistet mir aber Gesellschaft und trinkt eine Tasse kalten Hagebuttentee. Wie sie so dasitzt und die abgestandene Plörre trinkt, tut sie mir leid, und ich nehme mir vor, mich mehr um sie zu kümmern, schließlich opfert sie sich tagtäglich für mich auf und liest mir jeden Wunsch von den Augen ab. Wenn ich sie dann aber nur immer mit Frau Donath und Herrn Brettschneider allein lasse, hat sie nichts und wieder nichts von meinem Besuch, und wer weiß, ob sie es sich nicht wirklich anders überlegt und ich beim nächsten Mal nicht wiederkommen darf. Morgen werde ich zur Abwechslung jedenfalls mal die Einkäufe erledigen.

DER KIRSCHENDIEB

Die Zeit vergeht wie im Flug. Ich verbringe meine Tage an der Tonkuhle, entweder mit Manfred oder Jens oder mit beiden zusammen. Eigentlich sind drei ja eine schlechte Kombination, weil sich für gewöhnlich zwei zusammentun und der Dritte nichts zu lachen hat, aber bei uns nicht. Manfred ist sowieso mit Abstand der Stärkste; wenn er auf uns Schwächere losginge, wäre das unfair. Aber er hätte auch nichts davon, denn dann könnte er in Zukunft alleine losziehen. Ich als Städter bin sowieso unterlegen, außerdem bin ich nicht einer von ihresgleichen, und sie trauen sich schon deshalb nicht richtig an mich heran, weil es dann richtig Ärger geben würde.

Ich mache meinen Vorsatz wahr und übe vor dem Mittag Rauchen. Lux, wie Manfred. Per Zufall entdecke ich ein paar Tage später die Marke «John Players Navy Cut». Die schmeckt zwar wie Knüppel auf den Kopp, aber die Schachtel ist die schönste und edelste, die ich je gesehen habe. Die Sorte hat 1,0 Prozent Nikotin und 14 Prozent Kondensat, stärker geht es kaum noch, fast so stark wie Drogen. In Harburg würden sie die mir im Tabakladen nie und nimmer verkaufen, aber hier auf dem Land ist es egal. Mein ganzes Taschengeld geht drauf für Zigaretten und Katjes, aber Oma Emmi was zu klauen kommt nicht in die Tüte, außerdem wäre es zwecklos, denn sie weiß, glaube ich, auf den Pfennig genau, wie viel sie im Portemonnaie hat. Um des lieben Friedens willen helfe ich ihr jetzt immer bei den Einkäufen, und ich unterhalte mich mindestens eine halbe Stunde täglich mit ihr und achte darauf, abends spätestens um Viertel nach sechs zu Hause zu sein, das geht gerade eben noch so.

Am Sonntag hatte ich dann doch noch ein sehr unangenehmes Erlebnis: Da Kempermanns wieder mal vor Ort waren, mussten wir uns wohl oder übel etwas anderes einfallen lassen. Daraufhin hatte Manfred die Idee, einen Reitausritt zu unternehmen. Jens war auch dabei, und selbst der kleine Kai mit seiner Mongobrille durfte mit. Obwohl ich tierisch Schiss hatte, musste ich gute Miene zum bösen Spiel machen, sonst wäre der Schwindel aufgeflogen, und bisher ist noch keine Lüge richtig aufgeflogen, weder das mit den Zigaretten noch das mit dem Schießen, und so soll es auch in Zukunft bleiben. Zum Glück haben Holzapfels keine turmhohen Turnierpferde, wie man sie von den Olympischen Spielen kennt, sondern jugoslawische, sogenannte Bosniaken, die liegen von der Größe zwischen Pony und normalem Pferd. Geritten wird ohne Sattel. Zum Glück hat mir Herr Holzapfel hochgeholfen, alleine wäre ich niemals auf den Gaul gekommen. Wie das Pferd schon gerochen hat, war mir zuwider. Das Glück dieser Erde liegt auf dem Rücken der Pferde, von wegen. Wer sich das ausgedacht hat, dem gehört eine Abreibung verpasst. Die einzigen anständigen Pferde sind die von Holsten, weil die das Bier bringen. Erst mal ging es in Schrittgeschwindigkeit die Schulstraße hoch bis zur Eisenbahnbrücke, Manfred vorweg, dann Jens, Kai und ich als Schlusslicht.

Im Schritt hatte ich Gelegenheit, mich an den Bewegungsablauf zu gewöhnen und beruhigend auf das Tier einzuwirken. Das war auch bitter nötig, denn als die Straße in den Waldweg überwechselte, ging es über in den Trab. Bereits jetzt hatte ich ständig Mühe, nicht abzurutschen. Zum Glück war ich der Letzte, und die anderen bekamen nichts davon mit, dass ich wie ein Spast rumgeeiert bin. Dann geschah das Unvermeidliche: Manfred fiel in den Galopp. Und das auf den engen Waldwegen! Da war es nur eine Frage der Zeit, bis ein Unglück passierte. Erschwerend kam hinzu, dass ich den mit Abstand lahmsten Klepper von allen hatte. Als sich plötzlich eine Lichtung auftat und der Weg breiter wurde, zog Manfred das Tempo noch mal an, und irgendwann ist mein Gaul nicht mehr mitgekommen. Eins nach dem anderen gerieten die übrigen Pferde aus dem Blickfeld. An einer Abzweigung wusste meine lahme Ente schließlich nicht, ob links oder rechts, und blieb abrupt stehen, von hundert auf null in einer Sekunde. Ich flog in hohem Bogen runter, ein Wunder, dass ich mir dabei nicht das Genick gebrochen habe. Da habe ich also dagelegen und meine Gliedmaßen betastet, während der Gaul friedlich graste. Von den anderen war nichts zu sehen oder zu hören.

Nach einer Weile, die Dämmerung war schon hereingebrochen, habe ich es mit der Angst zu tun bekommen, ich wusste ja weder, wo ich war, noch wäre ich ohne fremde Hilfe wieder auf den Klepper gekommen. Ein Elend. Endlich hörte ich es von ferne tuckern, und tatsächlich haben mich kurz darauf Herr Holzapfel und Wilfried junior mit dem Trecker aufgegabelt. Herrn Holzapfel habe ich richtig angesehen, wie wütend er wieder war. Jedem anderen hätte er sicher sofort eine reingehauen.

«Was ist los mit dir, du Eddel! Ich denk, du kannst das?»

«Kann ich auch, aber das Pferd hat vor irgendwas gescheut.»

«Ja und? Dann steigt man eben wieder auf.»

«Aber ich dachte, ich bleib lieber, damit die anderen mich finden, ich weiß ja gar nicht, wo wir sind.»

«Jaja, nun hör mal auf zu labern und steig auf. Wilfried reitet dein Pferd nach Hause. Nichts als Ärger machst du. Laumann.»

Ich habe mir geschworen, dass dieses Erlebnis das letzte sein sollte, das ich mit Pferden hatte.

Am vorletzten Feriensonntagnachmittag hocken wir wie immer gemeinsam in Holzapfels guter Stube und gucken «Die Leute von der Shiloh Ranch». Für uns Kinder gibt es zusätzlich zum Kuchen noch eine Packung Negerküsse. Da sitzt die ganze Familie inklusive Frau Schlummbohm und dem Rottweiler Hummel beisammen, und ich bin ganz stolz, dass ich als Fremder dabei sein darf.

«Du musst mal zum Putzer, Matten.»

Erst fühle ich mich nicht angesprochen, aber als die ganze Runde verstummt, merke ich, dass Herr Holzapfel das Wort an mich gerichtet hat. Matten ist die ländliche Abkürzung von Mathias, und was Putzer heißt, ist ja klar.

«Finden Sie?»

«Geh so mal zur Musterung. Die haben richtig Bock auf dich.»

«Wieso Musterung? Ich muss doch erst mal die Schule zu Ende machen.»

«Wenn du mit so 'ner Matte zum Kreiswehrersatzamt gehst, kannst du richtig was erleben.»

«Ach so.»

«Mann, Mann, Matten.»

Das erste Mal überhaupt meldet sich Frau Schlummbohm zu Wort, indem sie das plattdeutsche Lied «Lütt Matten de Haas» anstimmt, da kommt der Name Matten wohl her.

«Lütt Matten, de Haas
de maak sich een Spaß
he weer bi't Studeern
dat Danzen to lehrn
un danz ganz alleen
op de achtersten Been.»

Ich versteh kein Wort, bin aber stolz wie Oskar, dass ausgerechnet Herr Holzapfel sich die Mühe gibt, mich mit einem Spitznamen zu bedenken. Die kleine Silke macht keinen Pieps, ich frage mich, ob das vielleicht an ihrer Behinderung liegt. Andere Kleinkinder hätten sich doch sicher schon mal irgendwie gemeldet. Noch findet ihr Vater sie süß, aber wenn ihre Behinderung mit fortschreitendem Alter mehr und mehr zutage tritt, bestimmt nicht mehr. Als der Abspann zu «Die Leute von der Shiloh Ranch» erklingt, wird mir einerseits ganz wehmütig ums Herz, weil ich ja jetzt normalerweise zum Bahnhof müsste, heute aber nicht: Ausnahmsweise darf ich noch zum Abendbrot bleiben, und außerdem liegt noch eine ganze Woche Ferien vor mir! Wenn das Wetter mitspielt, gehen wir jeden Tag zur Tonkuhle, aber wird es schon, es gab ja während der gesamten Zeit keinen einzigen Regentag!

Und so geht es auch weiter, jeden Tag herrlichster Sonnenschein, kein Wölkchen trübt den strahlend blauen Himmel, man kann sich gar nicht mehr vorstellen, dass es überhaupt noch mal anders wird. Trotzdem schlägt mir der Gedanke mächtig aufs Gemüt, dass die Sommerferien übermorgen unwiderruflich vorbei sind und ich aufs Gymnasium muss.

Jens hat heute keine Zeit, weil er seinen Vater zu irgendwelchen Einkäufen begleitet. Mir soll's recht sein, wenn ich's mir aussuchen könnte, bin ich sowieso lieber mit Manfred alleine, hab ich mir mal überlegt. Als wir von der Tonkuhle zurückkommen, hören wir es schon von weitem:

schrille, spitze Schreie, als ob jemand abgestochen wird. Und dann sehen wir die Bescherung: Der kleine Kai sitzt im Kirschbaum. Herr Holzapfel hat ihn gestellt; er steht breitbeinig mit einer Weidenrute unter dem Baum, und so, wie Kai aussieht, hat er schon einiges an Schlägen kassiert. So hoch er auch in den Baum klettern mag, der Hüne erwischt ihn doch. Schon holt er erneut aus und lässt die Rute auf Kais nackte Beine zischen. Eine Lektion, die sich gewaschen hat, da hätte der kleine Kai besser die Finger von Holzapfels Früchten gelassen.

«Die Kirschen musst du dir verdienen, für jede Frucht gibt's einen Schlag. Und wenn du schreist, schlag ich doppelt hart. Das war noch gar nichts, sollst mal sehen.»

Die Striemen zeichnen sich rot auf Kais Haut ab, er wimmert vor Angst und Schmerzen, zu schreien traut er sich nicht, denn er weiß, dass Herr Holzapfel es bitterernst meint. Mit seinem breiten Kreuz und dem glattpolierten Eierschädel sieht er aus wie Meister Proper in unfreundlich.

«Pass up, ich zähl jetzt bis zwanzig, und dann gibt's wieder einen.»

Herr Holzapfel beginnt zu zählen, man spürt richtig, wie viel Spaß ihm das macht.

«Eins, zwei, drei ...»

Kai wimmert vor sich hin. Auf welchen Körperteil es Herr Holzapfel wohl als Nächstes abgesehen hat? Ich habe mal in einem Piratenfilm gesehen, wie ein Matrose zehn Schläge mit der neunschwänzigen Katze verabreicht bekam, da hat sich der Kapitän zwischen den einzelnen Hieben auch besonders viel Zeit gelassen.

«… achtzehn, neunzehn, zwanzig.»

Diesmal ist der Po Zielscheibe. Kai ist völlig außer sich vor Panik; krampfhaft hält er immer noch den Korb mit dem Diebesgut umklammert. Das sollte er besser seinlassen.

«Lässt du wohl den Korb los, du Spastiker!»

Kai schnallt gar nichts mehr. Jetzt kann ich mir gut vorstellen, was es bedeutet, vor Angst nicht mehr zu wissen, was oben ist und was unten. Hummel kommt in mächtigen Sätzen herbeigesprungen und feuert sein Herrchen durch wüstes Gebell zusätzlich an. Ich frage mich, was passieren würde, wenn *ich* der Kirschendieb wäre? Ob Herr Holzapfel mich verschonen würde? Ich glaube kaum.

«Fünfzehn, sechzehn.»

Der nächste Countdown ist im Gange. Diesmal erwischt Herr Holzapfel Kai am linken Arm, sodass der endlich den Korb loslässt und sich das Diebesgut auf dem Erdboden verteilt. Jeder andere hätte spätestens jetzt von dem zitternden Bündel Mensch abgelassen, nicht so Herr Holzapfel. Eine echte Gemeinheit, wo Kai doch bestimmt noch nicht mal weiß, dass er etwas Unrechtes getan hat, er hatte wahrscheinlich einfach nur Appetit auf Obst. Frau Holzapfel kommt herbeigeeilt und versucht, ihren Mann zur Vernunft zu bringen.

«Nun ist aber langsam mal genug, du schlägst den Jungen noch tot.»

«Von so ’n paar Schlägen stirbt man nicht. Der soll nie wieder in sei’m kleinen Scheißleben an unser Obst rangehen.»

Zu guter Letzt gesellt sich auch noch Frau Schlummbohm dazu.

«Lass mal jetzt, Wilfried, der Jung' hat seine Lektion gelernt.»

Enttäuscht lässt Herr Holzapfel die Rute sinken, er traut sich nicht, seiner Mutter zu widersprechen. Kanns' mal sehen, jeder Mensch hat irgendeinen anderen Menschen, vor dem er Angst hat. Dann überstürzen sich die Ereignisse, denn nun stürzt ein kleiner, untersetzter Mann wie ein wildgewordener Brummkreisel auf Herrn Holzapfel zu. Das kann niemand anderes als Herr Ristoff sein! Ich habe ihn zwar noch nie gesehen, aber er ist es ohne Zweifel. Im Schlepptau hat er Jens. «Hör auf, oder ich mach dich kaputt», brüllt er mit Schaum vor dem Mund. Gegen Herrn Holzapfel hat er zwar nicht die geringste Chance, aber das interessiert ihn in seiner Wut anscheinend gar nicht.

Die Gerte in der linken Hand, hält Herr Holzapfel Herrn Ristoff mühelos auf Distanz, indem er ihm den ausgestreckten rechten Arm vor die Stirn hält. Herr Ristoff schlägt um sich wie ein Wahnsinniger, aber seine wilden Schwinger verpuffen, was ihn nur noch rasender macht. Herr Holzapfel genießt seinen Triumph sichtlich, er grinst Herrn Ristoff dreckig an: «Na, kommst nicht ran, du Zwerg? Scheiße, wenn man so 'n Abgebrochener ist, wa?»

Herr Ristoff sieht aus, als ob er vor Zorn gleich ohnmächtig würde. Es lässt sich keine Situation erdenken, in der ein einzelner Mensch wütender werden könnte als Herr Ristoff jetzt gerade. Mit einem Mal duckt er sich, ergreift einen umliegenden Ast und zieht mit voller Wucht durch. Er trifft Herrn Holzapfel aber nur an der Schulter. Keuchend bleibt Herr Ristoff stehen, er weiß, welchen Preis er nun zahlen muss und dass nun möglicherweise sein letztes Stündchen geschlagen hat. Jetzt macht Herr Holzapfel ernst:

«So, du Tittenclown, jetzt lass ich dich abblubbern! Jetzt hast du Geburtstag!»

Er schlägt ihm erst mit voller Wucht in den Bauch und zieht dann mit dem Knie durch. Herr Ristoff sackt zusammen und bleibt wie tot liegen. Oben in luftiger Höhe der wimmernde Sohn und der Vater zusammengekrümmt auf dem Boden. Jens steht daneben und weiß nicht recht, was er machen soll. Mit den Worten «Die Kirschen könnt ihr behalten, die habt ihr euch verdient» stapft Herr Holzapfel davon, seine Frau, Frau Schlummbohm und Hummel im Gefolge. Ich zittere am ganzen Leib. Noch nie habe ich gesehen, wie jemand volles Rohr zusammengehauen wurde. Wie soll ich mich nur verhalten? Angewurzelt stehen bleiben kann ich schließlich schlecht, aber wenn ich den Holzapfels in die Wohnküche folge, als wenn nichts gewesen wäre, trifft mich die Rache von Herrn Ristoff später bestimmt ebenso. Denn wenn eines sicher ist, dann, dass es heute noch Verletzte gibt.

«Ich hau mal ab», sage ich. Herr Ristoff liegt immer noch am Boden, und Jens ist damit beschäftigt, seinen Bruder aus dem Baum zu ziehen. Bestimmt hat Herr Ristoff ein Gewehr, mit dem wird er am Abend zurückkommen und kurzen Prozess machen. Zuzutrauen wär's ihm, und an seiner Stelle würde ich es genauso machen. Mit einer derartigen Schmach, noch dazu vor aller Augen, kann man schlecht weiterleben. Und ich wäre vielleicht auch dran, auf einen mehr oder weniger kommt's dann schließlich auch nicht mehr an.

Abends im Sessel achte ich darauf, dass der Fernseher ganz leise gedreht ist, damit ich die Schüsse hören kann. Auch als wir uns um neun langsam bettgehfertig machen, ist das noch kein Grund für Entwarnung. Vielleicht geht's ja erst los, wenn alle schlafen und sich in Sicherheit wiegen, und wer weiß, ob Herr Ristoff später noch zu uns kommt.

Den Sonntag verbringe ich bei Oma Emmi auf dem Grundstück. Die freut sich natürlich, dass ich zur Abwechslung mal einen ganzen Tag bei ihr bin. Nach dem Mittagessen kommt wie immer Frau Donath. Es riecht, als ob sie sich in die Hose gemacht hätte. Mir ist ganz schwer ums Herz, aber nichts in der Welt brächte mich jetzt noch mal auf den Holzapfelhof. Wenn ich nur wüsste, was passiert ist. «Die Leute von der Shiloh Ranch» gucke ich bei Oma Emmi, und als die Abspannmusik kommt, zerreißt es mir fast das Herz. Ich gebe Oma Emmi noch ein Küsschen und wähle sicherheitshalber den Weg durch den Ort zum Bahnhof, damit ich nicht beim Holzapfelhof vorbeimuss.

HERR DIERKS

Jetzt bin ich tatsächlich Gymnasiast. Eigentlich könnte ich stolz sein, aber ich fühle mich ganz elendiglich. Obwohl das Alexander-von-Humboldt-Gymnasium auf demselben Gelände wie die Volks- und Realschule Hanhoopsfeld liegt, weht hier ein ganz anderer Wind, das merkt man gleich. Unser Klassenzimmer liegt im Barackentrakt, der nach dem Krieg errichtet worden ist, als die ganze Schule in Schutt und Asche lag. Meine Mitschüler und ich warten vor der Baracke, bis unser neuer Klassenlehrer aufschließt. Niemand traut sich, eine Schwäche zu zeigen, alle benehmen sich künstlich erwachsen und tun viel älter, als sie sind. Dabei liegen zwischen Grundschule und Gymnasium gerade mal eben sechs Wochen! Ich werde bei diesem Unsinn jedenfalls nicht mitmachen. Einigen Strebern merkt man an, dass sie gar nicht abwarten können, zu zeigen, was in ihnen steckt, aber der Mehrheit geht es wie mir, schätze ich. Wie es wohl gerade in Todtglüsingen ist? Es herrscht immer noch herrlichstes Sommerwetter, man könnte so schön zur Tonkuhle gehen.

Um kurz vor acht kommt ein großer, hagerer Mann angeschlurft. Er sieht mit seinem Riesenkopf und der King-Kong-Schuhgröße so ähnlich aus wie Herr Siegbert, der Klavierstimmer. Unser neuer Klassenlehrer, schätze ich. Als er die Tür aufschließt, setzt ein Riesengedrängel um die besten Plätze ein, weil die Jungs natürlich alle hinten sitzen wollen. Ich auch, aber ich stolpere über meine

Schnürsenkel und verliere wertvolle Zeit. So verschlägt es mich in Reihe eins. Ausgerechnet Reihe eins! Unser neuer Klassenlehrer hat ein Dauergrinsen aufgesetzt und nimmt seine neuen Schutzbefohlenen erst mal ganz genau unter die Lupe. Es dauert ewig, bis Ruhe einkehrt. Er lässt die Zügel schleifen, weil heute der erste Tag ist, schätze ich. Je länger er guckt, desto klarer wird, dass er in Wahrheit gar nicht grinst, sondern dass das sein stinknormaler Gesichtsausdruck ist. Andere Leute sehen aus, als würden sie von einem Magengeschwür geplagt, und der guckt ständig aus der Wäsche, als hätte gerade jemand einen mordsmäßig guten Witz gerissen. Als endlich auch der Letzte verstummt ist, steht er auf und stellt sich vor.

Und jetzt kommt's: Er heißt Herr LÄCHEL! Das gibt's doch nicht. Das ist schon so bescheuert, das kann man sich gar nicht ausdenken. Herr Lächel erklärt etwas zur Geschichte des Gymnasiums und dass im nächsten Jahr der Kreuzbau renoviert werden soll und der Direx Herr Trinks heißt. Auch schon wieder so ein seltsamer Name. Und dass er, also Herr Lächel, uns in insgesamt drei Fächern unterrichtet, nämlich Erdkunde, Deutsch und Englisch. Sein Kehlkopf bewegt sich beim Sprechen rhythmisch auf und ab. Ich frage mich, ob das schon ein Kropf ist oder ob er dafür *noch* größer sein müsste. Danach soll sich jeder Einzelne von uns kurz vorstellen, Name, Alter, Hobbys. Ich gebe Musik und Fußball an. So vergeht die erste Stunde mit Geplauder. In der kleinen Pause bleiben alle sitzen, danach folgt die erste richtige Unterrichtsstunde, Erdkunde. Man muss zwar höllisch aufpassen, aber es ist auf jeden Fall verständlich und keine böhmischen Dörfer.

In der großen Pause geht's auf den Schulhof. Ich weiß nicht, wem ich mich anschließen soll, und stehe herum wie bestellt und nicht abgeholt. Die Pause ist gleich zur Hälfte vorbei, und mir sinkt das Herz in die Hose. Ich bin der Einzigste weit und breit, der alleine rumsteht. Als meine Stimmung auf dem Tiefpunkt angelangt ist, tippt mir jemand von hinten auf die Schulter: «Dich erkennt man doch auf hundert Meter schon am Gang. Du hast echt einen Gang wie ein Mülleimer.» Martin! Ich mache drei Kreuze. Er ist in meine Parallelklasse gekommen, die 5c. Was für ein Glück! Weil ich ihn während der gesamten großen Ferien nicht gesehen habe, hatte ich glatt vergessen, dass er ja auch aufs Gymnasium kommt. So ist es häufig, wenn man schon alles verloren glaubt, ist die Rettung ganz nah.

Martin berichtet von seinen Ferienerlebnissen: Schipanskis waren zum ersten und wohl auch letzten Mal in Spanien, denn dort herrschte Tag und Nacht eine solche Gluthitze, dass man es kaum aushalten konnte. Temperaturen bis 50 Grad im Schatten, auch nachts keine Abkühlung und, als ob das nicht schon gereicht hätte, eine Quallenplage, wie sie nur alle 70 Jahre einmal vorkommt. Man konnte überhaupt kein einziges Mal ins Wasser, weil alles mit Quallen verseucht war, die auf den merkwürdigen Namen «Portugiesische Galeere» hören. Bei dieser seltenen Gattung kann schon eine kleine Berührung tödlich ausgehen, sie sind hundertmal giftiger als Feuerquallen, wie man sie aus hiesigen Gewässern kennt. Martins Mutter hatte wegen der widrigen Umstände mehrere Schwächeanfälle und Herr Schipanski seine liebe Mühe, einigermaßen beruhigend auf die Familie einzuwirken. Nachdem Spanien überstanden war, ist Martin zu seinen Großeltern, die seit Jahr und Tag in Essen im Ruhrpott leben. Vom Regen in die Traufe. Denn die Großeltern mussten vor kurzem aus ihrem schönen Häuschen in eine Zweizimmerwohnung ziehen, umgeben von Schloten und Schornsteinen. Wenn Martin das vorher gewusst hätte, hätte er sich nie im Leben darauf eingelassen. Ich erzähle ihm besser nicht, wie toll es in Todtglüsingen war, sondern tu so, als wäre ich die ganze Zeit zu Hause gewesen und hätte mich zu Tode gelangweilt. Ich war ja zwischendurch auch ein paar Tage zu Hause, und dort war es wirklich langweilig. Und es wäre sogar *so* langweilig gewesen, dass ich mit dem Rauchen angefangen hätte. Ziemlich clever von mir, finde ich, klingt jedenfalls logisch. Martin ist dann auch beeindruckt:

«Echt?»

«Man gewöhnt sich voll schnell daran. Ich hab schon wieder 'nen Schmachter.»

Mir fällt auf, dass ich tatsächlich einen habe.

«Wir können uns ja heute Nachmittag treffen, ich hab noch eine fast volle Schachtel Navy Cut.»

«Was hast du?»

«Navy Cut, die haben die amerikanischen Marinesoldaten im Zweiten Weltkrieg geraucht.» Martin versteht natürlich kein Wort, und ich lasse ihn extra im Unklaren, nachzufragen traut er sich nicht, weil er nicht als Idiot gelten will. Man kann richtig spüren, wie beeindruckt er ist. Jetzt habe *ich* zur Abwechslung mal einen Vorteil! Die Pausenklingel zwingt uns zurück ins Klassenzimmer.

Dann geschieht das, wovor ich am meisten Angst hatte: Herr Dierks betritt das Klassenzimmer. Ich kenne ihn bisher ja nur aus Erzählungen, aber genau so habe ich ihn mir vorgestellt: klein, mit Autofahrerbauch, pechschwarzen Haaren und unnatürlich starkem Bartwuchs, es kommt einem vor, als könnte man förmlich dabei zusehen, wie sich sein Gesicht im Laufe weniger Stunden eindunkelt. Morgens rasiert er sich nass und abends wieder, und zwischendurch schwingt er den Trockenrasierer, stelle ich mir vor. Er trägt eine Cordhose und den dunkelblauen Rollkragenpullover, von dem ich schon so viel gehört habe. Es heißt, er wechselt ihn nie. Keiner hat ihn jemals mit einem anderen Kleidungsstück gesehen. Seine stechenden Augen schweifen über die Klasse, bei jedem Einzelnen bleibt der Blick kurz hängen. Ich bin mir sicher, dass er sofort erkennen kann, wer gut und wer schlecht in Mathe ist. Mich guckt er an, als hätte er mich sofort durchschaut und als ob ich auf dem Gymnasium nichts, aber auch gar nichts verloren hätte. Ich weiß in diesem Moment, dass ich in Mathe versagen werde. Herr Dierks irrt sich nie. Auweia, da werde ich nichts zu lachen haben, so viel steht jetzt schon fest.

Als Erstes erzählt Herr Dierks, dass Rechnen und Mathematik nicht das mindeste miteinander zu tun hätten und dass die Schonzeit jetzt vorbei ist und sich während der kommenden beiden Jahre die Spreu vom Weizen trennt. Einige von uns würden bald merken, dass gut rechnen können nicht heißt, man ist auch gut in Mathematik. Im Gegenteil.

«Um mir ein Bild von eurem Leistungsstand zu verschaffen, stelle ich euch jetzt eine Frage. Ich bin gespannt, ob jemand die richtige Antwort parat hat. Also: Eine Reisegruppe von achtundvierzig Personen mietet einen Bus. Der Fahrpreis ist auf sieben Mark pro Person berechnet worden. Bei der Busfahrt fehlen jedoch sechs Personen. Dem Fahrer werden am Ende der Fahrt einundzwanzig Mark Trinkgeld gegeben. Wie viel hat nun jeder der Fahrgäste insgesamt bezahlt?»

Was? Wie bitte? Ich bekomme schlagartig feuchte Hände, und meine Zunge fühlt sich an wie ein Radiergummi. Im selben Augenblick, in dem ich mir die Aufgabenstellung vor Augen halten will, habe ich die Frage schon wieder vergessen. Wer waren noch mal die beteiligten Personen? Nur ruhig. Eine Reisegruppe, der Busfahrer, Fahrgäste. Was soll so eine Frage überhaupt? Damit kann doch kein Mensch etwas anfangen! Ich atme tief ein und aus und versuche, mich unauffällig in die Bank zu ducken, damit er mich übersieht, obwohl ich jetzt schon weiß, dass Herr Dierks in nichts mehr Übung hat, als Schüler zu bemerken, die übersehen werden wollen. Er weiß garantiert auch sofort, wer die Lösung hat und wer nicht. Er lässt eine Ewigkeit verstreichen. Wahrscheinlich aber nur eine Minute.

«Wer hat's?»

Ich schaue mich um und zähle sieben Meldungen. Herr Dierks geht herum und lässt sich die Antwort von jedem

Einzelnen ins Ohr flüstern. Dann baut er sich vor seinem Lehrerpult auf:

«Nur eine falsche Lösung, dafür aber sechs richtige. Was ist mit den anderen?»

Es folgt noch eine weitere Meldung. Wieder lässt sich Herr Dierks ins Ohr flüstern.

«Sehr gut, stimmt.»

Er guckt in die Runde, man spürt richtiggehend, dass er sich jemanden herauspicken möchte. Hoffentlich nicht mich! Doch zum Glück trifft es einen Jungen, den ich nicht kenne. Gott sei Dank, gerettet!

«Wie heißt du?»

«Thomas.»

«Thomas, deine Lösung.»

«Ich weiß es nicht.»

«Aber du musst doch eine Lösung haben, auch wenn sie falsch ist. Vielleicht ist sie ja sogar richtig. Also raus mit der Sprache.»

Herr Dierks weiß ganz genau, dass auch Thomas noch nicht einmal die Frage verstanden hat. Genauso gut hätte Herr Dierks Chinesisch sprechen können. Wenn er mich fragen würde, würde ich tausend sagen oder eine Million, dann hat der Spuk ein Ende, und Herr Dierks weiß so gleich, was er in Zukunft von mir zu erwarten hat.

Herr Dierks schüttelt stumm den Kopf, und ohne dass er die Lösung verrät, geht's gleich weiter zur zweiten Aufgabe. «Für diejenigen unter euch, die sich noch etwas schwertun, werde ich die nächste Aufgabe an die Tafel schreiben, damit jeder in Ruhe drüber nachdenken kann:

Ein Autofahrer will von Augsburg nach München fahren. Bei einer Durchschnittsgeschwindigkeit von 84 km/h würde er dafür 50 Minuten brauchen. Die ersten 50 Kilometer geht es mit durchschnittlich 100 km/h flott voran. Dann allerdings steht das Auto wegen eines Unfalls auf der Autobahn 18 Minuten im Stau, bevor es mit einem Durchschnittstempo von 50 km/h weitergeht. Um wie viele Minuten kommt der Autofahrer gegenüber der Planung zu spät in München an? Ich gebe euch drei Minuten, in dieser Zeit kann ein jeder auf die Lösung kommen. Los geht's!»

Er hält tatsächlich eine Stoppuhr in der Hand.

Ich lese die Frage wieder und wieder, bis die Buchstaben vor meinen Augen tanzen und verschwimmen. Woher soll ich das denn überhaupt wissen? Um mich herum wird fieberhaft gekritzelt. Ich kliere auch irgendwas in mein Heft, um nicht aufzufallen. «Gerade sitzen, Kopf nicht stützen, Hände falten, Schnabel halten!» Wieso können das überhaupt welche wissen? So was hatten wir doch noch nie, sind die alle verrückt geworden? Oder haben die sich in den Ferien auf Mathematik vorbereitet, während ich faul an der Tonkuhle gelegen und Vögel ermordet habe?

Herr Dierks unterbricht.

«Eine Minute ist um, es bleiben noch zwei.»

So viel kann ich auch noch rechnen! Das sagt er nur, um uns rauszubringen. Wieso überhaupt Augsburg und München? Ich weiß gar nicht genau, wo Augsburg überhaupt liegt.

Herr Dierks unterbricht erneut.

«So, noch sechzig Sekunden.»

Halt bloß die Schnauze! In meiner Verzweiflung addiere ich alle Zahlen und teile sie durch zwei. 84 + 50 + 100 + 18 + 50 = 302. Geteilt durch zwei sind 151.

«Drei Minuten sind um. Wer hat die Lösung?»

Diesmal melden sich sogar acht Schüler. Das gibt es doch gar nicht! Wieso wissen das jetzt statt sieben auf einmal sogar acht? Die Frage war doch sogar noch schwerer.

«Gegenprobe. Wer weiß es nicht?»

Kein Handzeichen.

«Also haben alle eine Lösung. Na, da bin ich mal gespannt. Hier, du, wie heißt du?» Er meint mich.

«Mathias.»

«Mathias, wie viel hast du raus?»

«151.»

Herr Dierks macht eine lange Pause. Dann sagt er:

«Erklär uns doch bitte, wie du darauf gekommen bist. Komm am besten an die Tafel und rechne uns das mal vor.»

Ich werde hier noch mein blaues Wunder erleben, so viel ist sicher.

LEXI

Alles ist so gekommen, wie ich befürchtet habe, eigentlich fast noch schlimmer. Mein Notendurchschnitt hat sich im ersten Halbjahr um eine ganze Note verschlechtert. In der letzten Mathearbeit hatte ich sogar eine Sechs, so eine schlechte Note hatte ich überhaupt noch nie. Mutter will mir Nachhilfeunterricht spendieren, obwohl sie eigentlich kein Geld dafür hat, sagt sie. So ein Quatsch, das bezahlen doch sowieso die Großeltern!

Herr Dierks ist ein echter Fiesling, der immer dann zur Höchstform aufläuft, wenn er die Klassenarbeiten zurückgibt. Er macht daraus ein richtiges Schauspiel von einer vollen Schulstunde. Er zieht die Verteilung gekonnt in die Länge und weidet sich an den Qualen von uns Schülern. Zuerst gibt er immer die beste Arbeit zurück, und die stammt jedes Mal von Gundula Ortlieb. Die blöde Kuh. Dafür ist sie hässlich wie die Nacht und hat Kartoffelstampfer. Er hält sich mit den Einsern und Zweiern ewig auf, erläutert lang und breit die Lösungen und lobt die paar Musterschüler über den grünen Klee. Dann geht's langsam abwärts. Bei den durchschnittlichen Arbeiten ist er auch noch halbwegs freundlich. Aber ab vier plus geht's dann los. Er legt die Stirn in Falten, und seine Miene verdüstert sich. Die absolute Schallgrenze liegt bei vier minus. Alle, die danach kommen, haben absolut nichts mehr zu lachen. Schüler, die bei vier minus noch nicht aufgerufen wurden, können nur noch beten und zittern, dass sie wenigstens eine Fünf haben und keine Sechs.

«Die zweite und letzte Vier minus hat Peter. Knapp, aber ganz knapp, Freundchen!»

Eisiges Schweigen. Er schlurft erzlangsam durch die Reihen, bleibt mal bei diesem, mal bei jenem Verbliebenen stehen.

«Der Notendurchschnitt liegt bei 3,7, das ist wirklich sehr schlecht. Vier Fünfen und zwei Sechsen.»

Er setzt seinen Gang schweigend fort und teilt die erste Fünferarbeit aus, ohne ein Wort zu sagen oder den Schüler anzugucken. Die zweite Fünf geht an Sybille. Dann Stefan. Jetzt wird es ernst. Bitte, bitte, lieber Gott, lass mich die letzte Fünf haben! Doch er legt Gunters Arbeit auf den Tisch. Das war's, Sechs. Die erste geht an Sven. Alles klar, dann habe ich die schlechteste Arbeit von allen, eigentlich eine Sechs minus. Und dann, das hat es noch nie bei einem Sechser gegeben, richtet Herr Dierks das Wort an mich.

«Wie du die Versetzung schaffen willst, ist mir rätselhaft.»

Mir auch.

Während wir uns früher meist gleich nach dem Essen zum Spielen getroffen haben, kommen jetzt immer weniger Kinder raus. Uwe und Axel haben in der Schule ebenfalls ihre liebe Not und brauchen mit den Hausaufgaben manchmal bis in den späten Nachmittag. Norbert ist bei Viktoria Harburg in der Leistungsklasse angenommen worden und trainiert seitdem wie verrückt. Er bekommt vom Verein eine Monatskarte und Fußballklamotten gestellt und ist allein schon deshalb stolz wie Bolle und hält sich für was Besonderes. Sein Trainer hat prophezeit, ihm stünde eine Karriere in der Zweiten Bundesliga bevor, wenn er weiter fleißig an seiner Technik feilt. Vielleicht sogar in der Ersten.

Wie oft habe ich mir schon vorgestellt, *ich* würde im

WM-Endspiel den entscheidenden Treffer landen! Oder, weil ich Torwart bin, gleich *zwei* Elfmeter halten und meiner Mannschaft damit zum Sieg verhelfen. Spitzname: Elfmetertöter. Wie Rudi Kargus vom HSV. Daher stammt auch der Begriff Elfmetertöter, weil er über Reflexe verfügt wie kaum ein anderer Mensch. Einmal haben sie extra ein Experiment mit ihm gemacht: Im «Aktuellen Sportstudio» haben sie ihn verdrahtet, um seine Reflexe zu messen. Seltsamerweise waren die dann nur Durchschnitt.

Sabine hat von ihren Eltern ein Pferd geschenkt bekommen und verbringt fast jeden Tag draußen im Stall in Meckelfeld. Eigentlich kommt nur noch Heike regelmäßig raus. Sie ist gut in der Schule und mit den Hausaufgaben ruck, zuck fertig. Ich fühle mich immer sehr wohl in ihrer Nähe, ich habe ein regelrechtes Prickeln im Bauch. Mittlerweile glaube ich auch, dass ich in sie verliebt bin, und das schon seit Jahren!

Martin hatte Riesenglück, Herrn Meier in Mathe zu bekommen Spitzname Panzermeier. Er war im Zweiten Weltkrieg unter General Rommel in der Wüste, und wenn man geschickt genug fragt, erzählt er, statt den Stoff zu pauken, lieber Döntjes aus der damaligen Zeit. Die Geschichte, wo sich die Panzer in der Mittagssonne so erhitzt haben, dass man Spiegeleier darauf braten konnte, hat er schon unzählige Male zum Besten gegeben. Das erinnert mich dann immer an früher, als ich sonntags zu Opa ins Bett gekrochen bin. Doch ist das jetzt schon so lange her, dass es kaum noch wahr ist.

Obwohl Opa immer tüddeliger wird, schmeißt er sich

jeden Morgen in seinen Anzug, und dann geht es ab in den Keller. Einmal bin ich auf leisen Sohlen hinuntergeschlichen, um zu gucken, was er da eigentlich den ganzen Tag treibt. Doch er macht gar nichts mehr, sondern sitzt vor seiner riesigen Werkbank, hinter der er fast verschwindet, und starrt ins Leere oder fummelt gedankenverloren an seinem Anzug herum. Oma ist die Entwicklung natürlich auch nicht verborgen geblieben, und sie macht sich ebenfalls große Sorgen. Was, wenn es noch schlimmer wird?

Wie nahe Glück und Unglück doch beieinanderliegen. Es war nur ein dummer Zufall, dass ich Herrn Dierks bekommen habe statt Herrn Meier. Sonst bin ich in der Schule schlechter Durchschnitt, ich halte mich gerade eben so. Sprachen liegen mir auch nicht besonders, Herr Lächel meint, ich bin nicht fleißig genug, aber das stimmt nicht, finde ich. So nett, wie er anfangs schien, ist Herr Lächel übrigens gar nicht, aber das merkt man erst nach einiger Zeit, wenn man sich nicht mehr von seiner ewigen Grinsrübe blenden lässt.

Dieses Jahr kommen uns Onkel Otto und Tante Mariechen nicht zu Weihnachten besuchen. Zum ersten Mal überhaupt, Onkel Otto ist beim Schneeschippen gestürzt und hat sich den Oberschenkelhals gebrochen. Oma ist ganz niedergeschlagen deshalb. Am besten wäre es, wenn Oma und Opa zu ihnen in die DDR fahren würden und ich zu Oma Emmi. Aber was tun mit Mutter? Ich möchte auf gar keinen Fall, dass sie nach Todtglüsingen mitkommt!

Ich stelle mir vor, wie sie die ganze Zeit an meiner Seite klebt und unbedingt die Holzapfels kennenlernen möchte, und das wäre mir sehr peinlich. Wobei Herr Holzapfel ihr schön was husten würde. Und mit Rauchen wäre es auch Essig. Es kommt einem Wunder gleich, dass sie es immer noch nicht gemerkt hat, dabei bin ich jetzt schon bei fünf bis zehn Zigaretten täglich. Minimum.

Auf Todtglüsingen freue ich mich immer schon die ganze Woche. Ich war fast jedes Wochenende da und natürlich in den Herbstferien. Wenn ich am Samstag früh auf den Holzapfelhof komme, werde ich behandelt wie ein verlorener Sohn. Manchmal stelle ich mir vor, wie es wäre, wenn ich von einem Tag auf den anderen nicht mehr käme und sie sich Riesensorgen um mich machen und mich vermissen würden, und dann, nach vielen Jahren, würde sich plötzlich eines Sonntagnachmittags die Tür des Wohnzimmers öffnen, und ich setze mich an die Kaffeetafel, als wäre nichts geschehen. Ich stelle mir vor, wie Frau Holzapfel Tränen vergießen würde, und selbst Frau Schlummbohm wäre gerührt, und Hummel würde sich gar nicht mehr einkriegen vor Wiedersehensfreude und die Tischdecke mitsamt Geschirr runterreißen. Na ja, Träumereien, aber es ist ein gutes Gefühl, sich das vorzustellen, oder was anderes Tolles, Elfmeter zu halten oder Leadsänger von Deep Purple zu sein.

Seit dem Kirschendiebstahl sind Ristoffs und Holzapfels ernsthaft miteinander verfeindet. Ich habe erfahren, dass sie sich schon vorher nicht grün waren. Jens wurde der Kontakt zu Manfred und Wilfried junior und sogar zu mir strengstens verboten, aber wir treffen uns trotzdem heimlich, weil wir nicht einsehen, was wir Kinder mit dem Streit der Erwachsenen zu tun haben. Ich habe einen seltsamen Traum, von dem ich regelmäßig heimgesucht werde:

Kai klammert sich in den Kirschbaum und wird von Herrn Holzapfel derart hineingeprügelt, dass er an den Zweigen festklebt. Das Leckermaul hat jetzt Gelegenheit, den Schmerz von der Pike auf kennenzulernen. Ich kann selbst spüren, wie die Schmerzen sich ausbreiten und ganz langsam wieder abebben, bevor der nächste Schlag auf einen anderen Körperteil folgt und sich die verschiedenen Schmerzbereiche überkreuzen. Am Ende der Lektion weiß man es genau zu unterscheiden: Der Schmerz kann fließen, rasseln, pochen, ziehen, brennen und reißen. Im Traum plumpst Kai aus dem Baum wie eine überreife Frucht. Herr Holzapfel hält erschöpft inne und tauft den Nachbarssohn schließlich *den traurigen Kirschendieb*. Dabei kann er eine Träne der Rührung nicht unterdrücken. Doch es geht noch weiter: In verkrümmter Haltung humpelt Kai Richtung Elternhaus. Er kann durch seine zugeschwollenen Augen nicht mehr richtig sehen, und so kommt es, dass er im Hof ausrutscht und in einen Trog mit frisch gemahlenem Mehl fällt. Das staubige Teufelszeug pappt an seinem blutigen Körper fest, und so kriecht er weiß ummantelt in die Wohnküche. Seine Blessuren sind durch das Mehl hindurch nicht sichtbar, darum denkt sein Bruder, dass der Junior sich einen Spaß erlaubt hat.

«Ei gucke mal, wen haben wir denn da? Ich glaub, das ist der *Mehlgnom*, der kommt uns besuchen.»

Brüllendes Gelächter.

Vater Ristoff schließt sich an. «Ja, gibt's denn so was? Schnell noch einen Teller Suppe für unseren neuen Gast.»

Wieder lautes Gejohle. Mutter Ristoff setzt noch einen drauf: «Kinder, doch keine Suppe für den Mehlgnom, sonst geht er uns noch ein.»

Da liegt auch schon die ganze Ristofffamilie auf dem Boden vor Lachen.

Kai erholt sich von diesem schrecklichen Zwischenfall nie mehr und verrichtet seither auf dem Hof alle möglichen einfachen Arbeiten. Er ist meist sehr fröhlich, und man hat ihn gern um sich. Alle paar Tage ruft einer:

«Kai, mach uns doch die Freude und zeig uns dein Kunststück.»

Darauf hat der lustige Kasper schon gewartet. Er bestäubt sich aus einem Mehlbeutel und flitzt wie ein Brummkreisel durch die Gegend. Wir umarmen den kleinen Kai und putzen das famose Kerlchen fein säuberlich wieder ab. Der Traum endet immer mit dem Bild, wie er mit leuchtenden Augen auf meinem Schoß sitzt und ihm das Mehl aus den Haaren und aus allen Poren rieselt.

Lexi ist überfahren worden! Er wurde richtiggehend zermanscht, eigentlich kann es nur ein Trecker oder ein noch größeres landwirtschaftliches Gerät gewesen sein. Vielleicht sogar ein Mähdrescher oder Rübenroder. Wer es war, wird wohl für immer verborgen bleiben, denn es hat sich niemand bei Oma Emmi gemeldet. Wir hatten natürlich als Erstes Herrn Ristoff in Verdacht, aber wer will ihm das nachweisen? Oma Emmi hat die ganze Woche lang bitterlich geweint. Erst Onkel Horst, jetzt Lexi. Aber nach der Trauerzeit hat sie sich einen neuen Kurzhaardackel besorgt und auf den Namen Dachsi getauft. Das Tier ist vom Charakter her das genaue Gegenteil von Lexi: quirlig, bei jeder Kleinigkeit am Kläffen und vor allem bissig wie die Pest. Jeder Besuch wird sofort attackiert. Der Briefträger weigert sich schon, das Grundstück zu betreten, sodass der Briefkasten jetzt außen am Zaun angebracht ist, und selbst die arme Frau Donath musste die ersten Tage von Oma Emmi am Gartenzaun abgeholt werden. Seither herrscht ständig helle Aufregung. Selbst ich musste bei meinem ersten Besuch von Emmi ins Haus geleitet werden. Nachdem Oma Emmi schon Lexi nicht erziehen konnte, hat sie Dachsi natürlich überhaupt nicht mehr im Griff. Das Tier tanzt ihr auf der Nase herum und hat das Regiment bald übernommen. Für Oma Emmis Sicherheit ist es natürlich gut, dass sie von einem mannscharfen Hund bewacht wird. Jetzt könnte sie sogar ihre Gaspistole abschaffen. Ich habe mittlerweile nämlich herausgefunden, dass es sich um keine echte Waffe handelt. Am Tag, an dem ich achtzehn werde, werde ich als Allererstes einen Waffenschein beantragen, so viel steht fest. Allein die Vorstellung, wie ich harmlos in der Weltgeschichte umherschlendere und mir niemand ansieht, dass ich einen Revolver unter der Jacke trage …

Mit Mutter geht es keinen Millimeter vor und keinen zurück. Mal verkriecht sie sich wochenlang auf ihrem Zimmer und spielt Flöte, mal geht sie nach der Arbeit gleich ins Bett. Dann wieder benimmt sie sich ganz aufgedreht, isst mit großem Appetit und bleibt die halbe Nacht wach. Angeblich, weil sie so viele Dinge nachholen muss und gar nicht weiß, wo sie anfangen soll. Manchmal vergisst sie meine Schularbeiten, an anderen Tagen ziehen sich die Kontrollen in unwahrscheinliche Längen. Es ist ihr dann auch egal, ob es zehn oder elf Uhr wird oder sogar noch später. Ich muss regelrecht darum betteln, endlich ins Bett gehen zu dürfen. Nach ziemlich genau einer Woche ist diese Phase immer schlagartig vorbei, und sie sinkt zurück in ihre Versteinerung. Obwohl ich es genau beobachte, bleibt es rätselhaft, wieso und warum das so ist. Ich weiß nur eins: Verlassen kann ich mich auf sie nicht mehr. Den einen Tag bin ich ihr Bundesgenosse, und am nächsten Tag behandelt sie mich, als wäre ich ihr Gefangener. Zum Glück bemüht sich Oma immer, für heitere Stimmung in der Familie zu sorgen. Aber manchmal kommt sie ans Ende ihrer Kräfte. Der tüddelige Opa, die seltsame Tochter, die Sorge um Oma Emmi und die Verwandtschaft aus der Ostzone, und dann noch Frau Marek. Wenigstens ich bereite ihr keinen Kummer. Hoffe ich jedenfalls.

1974

WAFFEN UHRIG

Obwohl es erst halb zwölf ist, fallen mir schon wieder dauernd die Augen zu. Heute muss ich unbedingt wach bleiben, sonst können wir's wohl endgültig vergessen. Es ist bereits die dritte Nacht in Folge, dass ich vor Mitternacht wegdämmere.

Um halb zwei bin ich wieder mit Martin vor seinem Haus verabredet. Gestern hat er behauptet, er hätte in der Nacht davor auf mich gewartet, aber hinterher kann er viel erzählen, wahrscheinlich ist er genauso weggeknackt wie ich. Ich weiß gar nicht mehr, wer als Erster auf die Idee gekommen ist. Seit Monaten brüten wir vor uns hin und haben alles schon tausendmal durchgespielt: Wir schlagen mit dem Hammer die Scheibe ein, greifen uns so viele Pistolen, wie wir tragen können, und flüchten Richtung Stadtpark. Einziges Risiko: Das Polizeirevier Nöldekestraße ist nur ein paar hundert Meter entfernt. Aber bis dort der Alarm angeht und die Polypen in ihre Eierscheesen gestiegen sind, sind wir längst über alle Berge. Martin meinte, das Schaufenster ist eventuell aus Sicherheitsglas, ich bin aber tausendprozentig sicher, dass das nicht stimmt, so oft habe ich davorgestanden und alles bis ins kleinste Detail inspiziert. Sicherheitsglas müsste viel dicker sein, wie Brillengläser, durch die alles größer erscheint. Die Pistolen in der Auslage sehen aber ganz normal aus. Ich schätze die Wahrscheinlichkeit von Panzerglas jedenfalls auf höchstens 20:80, wenn überhaupt. Außerdem haben wir uns die ideale Zeit für einen Überfall ausgesucht, es ist nämlich Ferienbeginn, da sind die meisten Vögelchen ausgeflogen. Übermorgen geht's für drei Wochen nach Todtglüsingen. Bis ich wieder hier bin, ist längst Gras über die Sache gewachsen. Ich stehe auf und mache ein paar Kniebeugen, damit der Kreislauf in Gang kommt. In spätestens drei Stunden bin ich Besitzer mehrerer Handfeuerwaffen! Allein bei der Vorstellung, wie ich auf der Fahrt nach Todtglüsingen eine Pistole unter der Jacke mit mir führe, läuft mir ein kalter Schauer über den Rücken. Riesel. Wie Manfred wohl reagiert? So was traut der mir im Leben nicht zu. Er wird behaupten, dass ich ihn verarsche, aber für den Fall habe ich auch schon vorgeplant: In den Harburger Anzeigen und Nachrichten steht am nächsten Tag hundertpro ein Artikel, «Überfall auf Waffengeschäft» oder so was in der Art. Den schneide ich dann aus und präsentiere ihn zusammen mit den erbeuteten Pistolen.

Ich habe mir Trainingsanzug, einen Hammer und eine Zange zurechtgelegt. Die Zange nur zur Sicherheit, vielleicht muss man etwas aufbiegen, womit man nicht gerechnet hat.

So, nun aber. *Waffen und Angelbedarf Uhrig* liegt ungefähr zwei Kilometer stadteinwärts an der Winsener Straße, die dort einen Knick beschreibt. Ein toter Winkel, noch etwas, das für ein Gelingen spricht. Aber noch bevor ich aus dem Haus bin, passiert schon ein erstes Unglück: Weil meine Füße vor lauter Aufregung schweißnass sind, rutsche ich ab und holpere volles Brett auf dem Arsch die Treppenstufen runter. Ich kann mich gerade noch beherrschen, nicht laut aufzuschreien, und bleibe mit schmerzverzerrtem Gesicht liegen. Gleich stürmen bestimmt die Erwachsenen aus ihren Zimmern und stellen mich zur Rede. Barfuß mit Trainingsanzug, Hammer und Zange, da kann ich viel erzählen. Ich suche krampfhaft nach einer Ausrede: Hammer und Zange habe ich versehentlich mit nach oben genommen, und jetzt wollte ich sie in den Keller zurückbringen. Und den Trainingsanzug habe ich an, weil ich seit dem Keuchhusten damals empfindliche Bronchien habe. Egal, gegen Mutter hätte ich keine Chance, die würde so lange bohren, bis sie es raushätte, also am besten gleich alles zugeben, dann hat man's hinter sich. Ich zähle langsam bis sechzig ... 58, 59, 60. Doch es bleibt mucksmäuschenstill. Das gibt es doch gar nicht! Stufe um Stufe schleiche ich ins Erdgeschoss und ziehe, so leise ich kann, die Haustür ins Schloss. Ich hab ja schon viel erlebt, aber das toppt alles. Doch schon passiert das nächste Malheur: Auf dem Walsroder Ring kommt mir ein Paar entgegen. Und das wochentags! Ich hätte nie im Leben damit gerechnet, dass um diese Uhrzeit noch jemand unterwegs ist. Unauffällig wechsle ich die Straßenseite. Flöt. Zum Glück erwische ich eine unbeleuchtete Passage zwischen zwei Straßenlaternen. Der Mann guckt trotzdem zu mir rüber und macht ein neugieriges Gesicht, das sehe ich von hier. Wenn der mich zufällig erkennt, bin ich geliefert. Ich tu so, als hätte ich einen Hut auf, und lupfe den. Theoretisch könnte ich mein Großvater sein, ich bin mit eins zweiundsechzig immerhin schon zwei Zentimeter größer als er. Und tatsächlich, der Mann grüßt zurück, und ich kann unbehelligt meiner Wege ziehen. Den Braten haben sie geschluckt! Meine Aufregung legt sich etwas. Vielleicht ist es sogar gut, dass ich bereits jetzt in zwei brenzlige Situationen geraten bin. Für die wirklich kritischen Momente bin ich dann gewappnet, wer weiß, was *noch* alles auf mich zukommt. Irgendwas fühlt sich komisch an im Mund. Als ich mit der Zunge umhertaste, merke ich, dass ich noch meine Zahnklammer drinhabe! Seit einem Jahr muss ich nachts eine lose Spange tragen. Manchmal vergesse ich tagelang, sie einzusetzen, und dann zwiebelt es immer wie sonst was, weil die Zähne wieder in ihre ursprüngliche Position zurückkehren. Außerdem stellt der Zahnarzt die Klammer einmal im Monat enger. Das Elend soll gehen, bis ich sechzehn bin! Das halte ich niemals durch, das weiß ich jetzt schon. Scheißklammer. Sieben Zähne hat er mir auch noch gezogen. Ich habe geblutet wie ein Schwein. Mutter sagt immer, Zähne sind die Visitenkarte des Menschen, und wer mit schiefem Gebiss rumläuft, kann sich gleich begraben lassen. Schaufel. Ich verstaue die Klammer in der Trainingshose, Einbrecher mit Zahnklammer, wo gibt's denn so was.

Wo ist Martin? Fünf nach eins und keine Spur von ihm. Wieder eingepennt, habe ich es mir doch gedacht. Aber unverrichteter Dinge umkehren kommt nicht in die Tüte, so eine Chance gibt's nicht so häufig. Zehn nach eins. Martins Zimmerfenster steht auf kipp. Ich überlege. Vielleicht ist er nur kurz eingenickt, und schon das kleinste Geräusch wird ihn aus dem Schlaf reißen. Ich lese Steinchen auf und werfe sie gegen die Scheibe. Nichts. Größere Steine. Immer noch nichts. Langsam müsste er doch mal wach werden! Pling, schepper, klirr.

Dann öffnet sich das Fenster. Endlich. Doch statt Martins Lockenmähne schiebt sich der Quadratschädel von Herrn Schipanski aus dem Fenster. Oh nein, oh nein, oh nein! Ohne groß zu überlegen, mache ich auf der Hacke kehrt und stratze, so schnell ich kann, davon. Hammer und Zange werfe ich irgendwohin. Ob Herr Schipanski mich erkannt hat? Höchstens am Gang, aber ich bin ja nicht gegangen, sondern gerannt, und Herr Schipanski hat mich vielleicht noch nie im Leben rennen sehen, daher könnte ich ja irgendjemand sein. Am Walsroder Ring zwingen mich Seitenstiche zu einem Zwischenstopp. Ich bin so ausgepowert, dass mir schlecht ist. Als sich meine Atmung halbwegs beruhigt hat, gehe ich die verschiedenen Möglichkeiten durch:

A) Unser Haus ist hell erleuchtet, weil die Polizei bereits auf mich wartet.
B) Herr Schipanski hat bei uns zu Hause angerufen und Mutter alles haarklein erzählt.
C) Er hat Martin zwar ertappt, doch der hat den Mund gehalten.
D) Alles ist rausgekommen.

Wie man es dreht und wendet, die Prozentzahlen haben sich umgekehrt und richten sich jetzt gegen mich: Ich schätze die Chancen, mit heiler Haut herauszukommen, auf maximal zwanzig Prozent. Unser Haus ist dunkel und totenstill. Möglichkeit A scheidet also schon mal aus. Ich bin so durch den Wind, dass ich bestimmt eine halbe Stunde brauche, um mich nach oben zu schleichen. Jetzt die dusselige Klammer einsetzen und so tun, als wäre nichts gewesen! Ich betaste meine Trainingshose – nichts! Ich stülpe alle Taschen um – nichts, nichts, nichts. Oje, auf der Flucht verloren, das gibt zusätzlich noch mal richtig Ärger. Ich werde einfach sagen, dass der Zahnarzt gemeint hat, ich bräuchte keine Klammer mehr. Ständig diese Lügerei!

Es ist gekommen wie befürchtet: Martin hat alles gebeichtet, worauf sie ihm den Umgang mit mir strengstens untersagt haben. Wie ich Martin kenne, wird er sich dran halten, er hat ziemlichen Schiss vor seinem Vater. Gott sei Dank haben Schipanskis nicht bei uns angerufen. Gott sei Dank, Gott sei Dank, denn ich bin sicher, dass mich Mutter zur Strafe nicht nach Todtglüsingen lassen würde, und sonst käme sicher auch noch einiges. Je länger ich darüber nachdenke, desto klarer wird mir, auf was für ein Himmelfahrtskommando wir uns da eingelassen hatten. Nie im Leben wären wir mit unseren lächerlichen Pupswerkzeugen durch die Scheibe gekommen, die Polypen hätten uns hundertpro erwischt, die sind ja nicht total behindert, und dann wären wir nach Hahnöfersand gekommen. Auf der Elbinsel Hahnöfersand befindet sich die härteste Jugendstrafanstalt Hamburgs; wer dort hinkommt, hat nichts mehr zu lachen. Flucht ist aussichtslos, weil die Insel vom Wasser umgeben ist, wie Alcatraz.

Wie soll ich den Tag bloß rumbekommen? Mutter haut mir mal wieder meine miserablen schulischen Leistungen um die Ohren. Ich habe die Beobachtungsstufe mit drei Fünfen und zwei Sechsen beendet, die Sechsen in Mathematik und Physik, wo sonst. Im letzten Halbjahr war bedingungslose Kapitulation angesagt, Herr Dierks hat seinen Triumph ordentlich ausgekostet und mich mit keinem einzigen Wort mehr bedacht, das Aas. In meinem Zeugnis stand eine Empfehlung für die Hauptschule, aber das hätte eine zu große Schande für unsere Familie bedeutet, und so bin ich erst mal auf der Realschule gelandet. Aber auch hier hatte ich große Schwierigkeiten mitzukommen, und es stand zwei Jahre nacheinander haarscharf auf der Kippe. Mein Klassenlehrer hat gesagt, ein drittes Mal würde er sich auf der Konferenz nicht mehr für mich einsetzen und ich müsste nach der Neunten mit Hauptschule abgehen. Wenigstens habe ich mich in Mathe auf fünf verbessert, schwacher Trost.

Ich kriege die ganze Nacht kaum ein Auge zu, aber als sich Schipanskis bis zum Mittag immer noch nicht gemeldet haben und ich kurz nach zwei mit gepacktem Koffer an der Bushaltestelle stehe, bin ich erleichtert wie selten im Leben. Die Fahrpläne haben sich zum Jahreswechsel geändert, die Züge nach Tostedt fahren jetzt immer um kurz vor halb.

In Todtglüsingen ist fast alles beim Alten geblieben, nur Wilfried junior lebt jetzt auf dem Lehrhof in Verden an der Aller, und Frau Schlummbohm ist letzten Herbst an Krebs gestorben, im stolzen Alter von 85 Jahren. Ich hätte sie auf zehn Jahre jünger geschätzt. Dafür hat Hummel Junge bekommen, vier an der Zahl, von denen Holzapfels einen Welpen behalten haben, der jetzt fast schon so groß ist wie Hummel selber. Der Konflikt zwischen Ristoffs und Holzapfels konnte nicht beigelegt werden, die beiden Bauern sind seit dem Vorfall damals verfeindet bis aufs Blut. Ich verbringe fast die ganze Zeit mit Manfred, denn Jens hat angeblich schon eine feste Freundin, und von Kai hört und sieht man nichts. Wahrscheinlich hat er jetzt einen Dachschaden und sitzt den ganzen Tag zu Hause, schätze ich, oder er musste sogar ins Heim. Oma Emmi ist trotz Wasser im Knie und Salzlager in den Gelenken noch ganz gut beisammen, ihre mittlerweile achtzig Jahre sieht man ihr kaum an, finde ich. Frau Donath pfeift allerdings auf dem letzten Loch, was sie nicht davon abhält, in jeder freien Minute rüberzukommen. Sie sitzt wie immer steif und verlegen da und reibt ohne Unterlass ihre winzigen Händchen aneinander. Schmirgel. Und wenn sie doch mal einen Mucks macht, klingt es sirrend, wie ein Insekt. Ich frage mich, was jemand wie Frau Donath überhaupt noch vom Leben hat. Ob es irgendetwas gibt, das ihr Freude bereitet? Vielleicht ist da was, was sich aber für einen jungen Menschen nicht erahnen lässt. Aber was? Essen kann es schon mal nicht sein, denn sie ist noch mal einen ganzen Schlag dünner geworden, obwohl das eigentlich gar nicht mehr ging. Ich bin mir sicher, dass sie von jedem etwas stärkeren Windstoß umgerissen würde, ohne Scheiß.

Dachsi wird immer bissiger, es traut sich mittlerweile keiner mehr aufs Grundstück, noch nicht mal Manfred oder der Sohn von Oma Emmi. Wenn der alle Jubeljahre mal vorbeikommt, muss Dachsi im Schlafzimmer eingesperrt werden, wo er sich die Hundelunge aus dem Hals bellt: für den Sohn natürlich ein willkommener Anlass, zeitig die Segel zu streichen. Einmal hat Dachsi einen Kadaver mit nach Hause geschleppt, und als der zufällig anwesende Herr Brettschneider versucht hat, ihm den Braten zu entwinden, hat ihn Dachsi sofort attackiert. Selbst Emmi und mich ist er angegangen. Herr Brettschneider hat das tote Tier schließlich mit seiner Sense weggezogen, während sich Dachsi mit Schaum vor dem Mund in seinen Gummistiefeln verbissen hat. Dieser kleine Hund gleicht mehr und mehr einer Bestie, es ist nur noch eine Frage der Zeit, bis jemand das außer Kontrolle geratene Tier per Genickschuss erledigt.

Dieser Sommer muss vom Wetter her leider ziemlich durchwachsen genannt werden. Zum Glück ist es heute mal wieder richtig heiß, und so konnten wir in aller Herzenslust in der Tonkuhle baden gehen. Kempermanns sind schon ewig nicht mehr aufgekreuzt, das sieht man auch am Zustand des Grundstücks. Die Fischteiche bestehen praktisch nur noch aus Algen und müssten dringend gereinigt werden, sonst ersticken die Fische am Sauerstoffmangel. Vielleicht haben Kempermanns das Anwesen verkauft, oder es hat einen schweren Krankheitsfall in der Familie gegeben.

Als ich gegen sieben heimkomme, hat sich Frau Donath glücklicherweise schon vom Acker gemacht. In letzter Zeit bleibt sie oft bis in die Abendstunden, weil sie schlicht und ergreifend vergisst, nach Hause zu gehen. Oma Emmi sagt auch nichts, obwohl es ihr total auf die Nerven geht, wenn Frau Donath so lange da ist. Der junge Herr Donath macht auch keine Anstalten, seine Mutter abzuholen oder wenigstens mal anzurufen, um zu fragen, ob alles recht ist. Der Familie wäre es wohl am liebsten, wenn Frau Donath einfach nicht mehr auftauchen würde. Vom Erdboden verschwunden, vom Winde verweht. Vielleicht ahnt Frau Donath das im Geheimen, und weil sie ihre Familie nicht belasten möchte, fängt sie schon mal damit an, sich aufzulösen. Bei ihr ist es wirklich vorstellbar, dass das geht. Schweb weg.

MORBUS SCHLATTER

Während Oma Emmi noch das Abendbrot vorbereitet, gehe ich Fußball spielen. Ich trete den Ball gegen die Garage, wie früher am Garagenplatz, nur dass ich hier so lange daddeln kann, wie es mir beliebt, und ich mich nicht mit einem Herrn Hübner oder sonst wem rumscheren muss.

Kick – bum, kick – bum, kick – bum. Ich nehme den Ball volley, ich schaffe bis zu achtmal hintereinander. Kick – bum. Mein linkes Knie schmerzt. Seitdem ich beim FSV trainiere, habe ich trotz meiner jungen Jahre Beschwerden. Unterhalb der Kniescheibe hat sich eine Beule gebildet, so groß wie ein kleiner Apfel. Diagnose: *Morbus Schlatter*. Ursache: «trainingsbedingte Überlastung oder Mikroverletzungen». Typisches Alter dafür bei Jungen: dreizehn bis vierzehn Jahre. Der Arzt hat mir Ruhe und Kühlung verordnet, aber auch gemeint, die Beschwerden würden sich nie mehr zu einhundert Prozent geben, sodass meine Mutter schon erwogen hat, mich aus dem Verein zu nehmen. Aber so schnell gebe ich nicht auf. Außerdem bin ich Torwart, und zwar ein sehr guter. Nur darf ich beim Abschlag den Ball nicht so fest treten, oder ich muss einen Feldspieler schießen lassen. Der Kack Morbus Schlatter geht mir natürlich trotzdem auf den Senkel. Aber vielleicht hat sich der Arzt auch geirrt, und die Beschwerden verschwinden, wie sie gekommen sind.

Hoffentlich. Kick – bum. In einem der alten Geräteschuppen hinter der Garage hat sich ein Hornissenschwarm eingenistet. Die Dinger schwirren bedrohlich nahe um meinen Kopf herum. Interessiert mich nicht. Kick – bum. Oma Emmi hat gesagt, dass sieben Hornissenstiche ein ausgewachsenes Pferd töten können, was ich allerdings für ein Märchen halte und ihre spezielle Methode, mich vom Fußballspielen abzuhalten, weil das Gekicke sie so nervt. Kick – bum. Je länger ich den Ball gegen das Garagentor trete, desto nervöser werden die Insekten. Man kann's am Brummen hören, das immer höher und rasender wird.

Angst macht mir das trotzdem nicht, denn ich bin seit ungefähr einer Million Jahren nicht mehr gestochen worden, selbst die Stechmücken an der Tonkuhle machen einen Riesenbogen um mich. Vielleicht bin ich immun gegen Insektenstiche geworden. Ich habe gerade neulich erst in der Hörzu gelesen, dass es Menschen gibt, deren körpereigener Geruch die Viecher abschreckt. Und da sich in der Pubertät der gesamte Stoffwechsel umstellt, könnte man sich das durchaus vorstellen. Kick – bum. Langsam bekomme ich Hunger. Oma Emmi hat ihren Haushalt immer weniger im Griff. In den Kühlschrank kann man als normaler Mensch nicht mehr reingucken, so eklig ist sein Innenleben. Entweder sieht sie es nicht mehr, oder sie ist zu erschöpft, oder es interessiert sie schlichtweg nicht. Wenn ich zu Besuch komme, ist meine erste Mission immer, die Hälfte wegzuschmeißen. Einmal habe ich Oma Emmi dabei beobachtet, wie sie von vergammelter Wurst und Käse die Schimmelplacken runtergepult hat. Fehlt nur noch, dass sie verdorbenes Brot serviert. Das wäre dann nämlich lebensgefährlich! Kick – bum. Das Knie zwiebelt wie Hulle, ich kann gleich nicht mehr.

Plötzlich durchfährt mich ein unwahrscheinlicher Schmerz. Es tut so weh, dass ich ihn noch nicht mal lokalisieren kann. Ich schreie los wie eine gesengte Sau. Das ist etwas Ernstes, so was merkt man sofort. Oma Emmi kommt herausgestürzt und zerrt mich ins Haus. Sie scheint genau zu wissen, was los ist, denn ohne groß zu fragen nimmt sie mein Ohr in ihren Mund und beginnt, heftig daran zu saugen. Saug, saug. Zwischendurch spuckt sie immer wieder einen Schwall Speichel auf den nackten Fußboden. Ich heule und heule. Selbst der hartgesottene Dachsi verkriecht sich winselnd in die hinterste Ecke. Ich weiß immer noch nicht, wie mir geschieht und was das alles soll. Aber ich spüre, dass Oma Emmi die Sache im Griff hat. Saug, saug. Dann zähle ich eins und eins zusammen: Der Stich ging ins Ohr! Wenn das Viech mich in Mund oder Hals gestochen hätte, müsste ich jetzt elendiglich ersticken, da könnte auch Emmi nichts mehr ausrichten mit ihrer Saugerei.

Sieben Hornissenstiche können ein Pferd töten! Ich versuche auszurechnen, wie oft ich wohl in ein Pferd ginge. Sicher mehr als siebenmal, in die Jugo-Klepper von Holzapfels vielleicht gerade eben so. Emmi hört gar nicht mehr auf zu saugen. Sie riecht aus dem Mund, und ihre Lippen fühlen sich ganz schön lapperig an. Immer wieder spuckt sie aus und setzt neu an. Wahnsinn, wie sie trotz ihrer achtzig Jahre die Situation unter Kontrolle hat. Dachsi hat sich jetzt aus seiner Ecke getraut und macht Männchen. So kennt man ihn gar nicht. Dann endlich stellt Emmi völlig erschöpft die Saugerei ein. Mein Ohr ist kochend heiß, es pocht wie sonst was und tut immer noch so weh, dass mir die Tränen runterlaufen, das hatte ich schon ewig nicht mehr. Oma Emmi holt einen kalten Lappen aus der Küche und drückt ihn mir ans Ohr, um die Schwellung zu kühlen. Er stinkt total vergammelt und ist auch nicht richtig kalt. Wahrscheinlich hat der Lappen schon Stunden im

Geschirrspülwasser gelegen. Ekelhafte Vorstellung. Jetzt klingelt auch noch das Telefon. Emmi geht ran, es ist Frau Holzapfel wegen irgendeiner Kleinigkeit, auf dem Land kennt jeder jeden. Emmi erzählt ihr, was passiert ist. Pause. Pause. Pause. Dann hängt sie den Hörer ein.

«Frau Holzapfel kommt gleich vorbei. Sie bringt Schmerztropfen mit.»

Ich kann mir beim besten Willen nicht vorstellen, dass hier irgendwelche Tropfen helfen, aber egal, schlimmer kann's ja nicht werden. Keine fünf Minuten später klingelt es. Oma Emmi sperrt den rasenden Dachsi ins Schlafzimmer und öffnet. Frau Holzapfel trägt eine schmutzige, hellblaue Schürze, die Haare hängen ihr wirr ins Gesicht.

«Das ist sehr lieb von Ihnen, Frau Holzapfel.»

«Aber das ist doch selbstverständlich, Frau Beuger. Sie müssen bloß aufpassen, die Tropfen sind sehr stark, also vorher unbedingt auf den Beipackzettel gucken. Die hat Frau Schlummbohm zum Ende hin bekommen, gegen ihre Krebsschmerzen.»

Jetzt wird Oma Emmi doch etwas misstrauisch, und sie presst ihre sowieso schon schmalen Lippen zu einem winzigen Strich zusammen. Frau Holzapfel rafft ihre Haare zusammen und verabschiedet sich mit guten Genesungswünschen. Meine Güte, tut das weh, ich weiß beim besten Willen nicht, wie ich das noch länger aushalten soll. Emmi studiert mit ihren miserablen Augen den Zettel und kann doch kaum etwas erkennen. Ein schöner Lebensabend ist das! Schließlich tröpfelt sie zwanzig abgezählte Tropfen auf einen Teelöffel. Nachdem ich die Ration runtergewürgt habe, führt Emmi mich wie einen Behinderten zum Fernsehsessel. Zur Ablenkung.

Punkt acht, Tagesschau. Das Ohr ist zwar immer noch heiß und puckert, aber bis zum Wetterbericht ist der Schmerz so gut wie weg. Um 20 Uhr 15 folgt «Ein Platz für Tiere». Ein Bericht über die Löwen im Serengeti-Nationalpark in Tansania. Bernhard Grzimek hat ein ganz liebes Gesicht und bringt uns Fernsehzuschauern auf seine unnachahmliche Art die Geheimnisse der Tierwelt näher. Je länger ich dem Bericht folge, desto mehr werde ich ins Geschehen gesogen, es ist noch viel intensiver als bei «Die Leute von der Shiloh Ranch», wo man beim Vorspann denkt, von einer Büffelherde überrannt zu werden. Ich wünschte, die Sendung würde ewig gehen. Ich bin so glücklich wie in meinem ganzen Leben noch nicht, so kommt's mir jedenfalls vor. Als dann noch Dachsi auf meinen Schoß springt, kennt meine Seligkeit keine Grenzen. Das hier gerade ist das Wunderbarste, was ich je erlebt habe. Obwohl ich sitze, werde ich fast ohnmächtig vor Entzücken. Rätselhaft, warum «Ein Platz für Tiere» diese Wirkung auf mich hat, ich habe die Sendung doch schon so oft gesehen und fand sie immer ziemlich langweilig. Vielleicht hat der liebe Gott seine Hände im Spiel. Als Oma Emmi was sagt, höre ich nur irgendein verquollenes Gewabbel. Das Reden alter Leute heißt ab heute Brockeln, fällt mir ein, Brockeln, tolles Wort. Ich glaube, ich werde später doch Tarzan. Früher war ich davon überzeugt, Tarzan sei eine Art Beruf, den man übernehmen könnte, wenn man mit der Schule fertig ist. Dann wurde mir klar, dass dem nicht so ist, aber jetzt bin ich mir plötzlich wieder nicht so sicher. Mal abwarten. Ich merke, wie lieb ich Oma Emmi habe. Wieder laufen mir die Tränen übers Gesicht. Emmi denkt, die sind immer noch wegen der Schmerzen. Ich versuche, sie zu beruhigen:

«Lege deinen Kopf in meinen Schoß.»

Sie guckt komisch und geht in die Küche. Gute Gelegenheit, noch was zu lesen. Ich bin den Vampir-Horror-Romanen treu geblieben, mittlerweile umfasst meine Sammlung bestimmt fünfzig Hefte. Heute: «Die Stunde der Raupen». Passt ja irgendwie.

Am nächsten Tag schmerzt das Ohr zwar immer noch, aber es ist echt zum Aushalten. Ich belausche ein Telefonat zwischen Oma Emmi und Frau Holzapfel:

«Ich habe heute Morgen bei gutem Licht noch mal den Beipackzettel studiert. Wissen Sie überhaupt, was das für Tropfen sind, Frau Holzapfel?»

Lange Pause.

«Das ist ja alles schön und gut, und es war sehr nett. Aber Sie wissen wirklich nicht, dass da Morphium drin ist?»

Wieder lange Pause.

«... Ja, sicher haben Sie es nur gut gemeint ... nein, nein, ich werfe die Tropfen gleich weg ... wünsche ich Ihnen auch, und nichts für ungut, Frau Holzapfel, auf Wiederhören.»

Klick. Oma Emmi geht in die Küche und wirft etwas

in den Mülleimer. Man muss kein Prophet sein, um zu wissen, was. Später wühle ich in einem unbeobachteten Moment den Müll durch und werde fündig. Hol raus. Das kleine braune Fläschchen ist noch zu zwei Dritteln voll.

Das Wetter wird und wird nicht besser. Fast jeden Tag Regen und immer nur um die 16, 17 Grad. Todtglüsingen bei Regen ist der vielleicht trostloseste Platz auf der großen, weiten Welt. Überhaupt ist die Luft irgendwie raus, warum, weiß ich auch nicht. Mit Manfred verstehe ich mich immer weniger, es ist, als würden die Unterschiede zwischen uns deutlicher denn je zutage treten. Ich von meiner Warte aus finde, dass er mit seiner Gurkennase und den verhedderten Augenbrauen ein richtiges Pferdegesicht bekommen hat und einem dummen August ähnelt. Krumm und schief in sich. Verübeln tu ich ihm außerdem, dass er mir die Doppel-Live-LP «Made in Japan» von Deep Purple vorenthält. Im Gegensatz zu ihm kann ich mir die Platte nicht leisten, weil fast mein gesamtes Taschengeld für Tabak draufgeht. Wie oft bin ich schon auf Knien angekrochen mit der Bitte, er soll sie mir doch leihen oder auf Kassette überspielen. Oder mich wenigstens einfach so hören lassen auf seinem Zimmer. Nichts. Er macht sich einen Riesenspaß daraus, mich immer wieder nach allen Regeln der Kunst auf die Folter zu spannen und so zu tun, als wäre es jetzt endlich so weit, dann am Ende aber doch wieder nicht. Mal heißt es «morgen Nachmittag», dann wieder «nächsten Sonntag». Doch klappen tut es nie.

Einmal habe ich zufällig vor seinem Fenster gestanden,

als er seine Stereoanlage aufgedreht hatte, es kam gerade die Stelle, wo Ritchie Blackmore bei «Strange Kind of Woman» Sologitarre spielt und Ian Gillan die Gitarrenlinien nachsingt. Es wurde mir abwechselnd heiß und kalt, ich hatte überhaupt noch nie von Musik ein derartiges Gefühl, ganz anders als bei herkömmlicher Rockmusik, klassische Musik kann da sowieso nicht mithalten. Wie elektrisiert habe ich dagestanden und gebetet, dass es niemals aufhört. Danach erklang «The Mule». Dieses Stück ist das einzige neue auf dem Album, es wurde nur wegen des Schlagzeugsolos komponiert, das zu den besten weltweit zählt, vielleicht ist es sogar das beste überhaupt. Ian Paice ist aus meiner Sicht überhaupt der führende Rockschlagzeuger, der teilweise schon *in* den Strophen Wirbel macht und nicht erst beim Übergang zum Refrain. Die Band ist geprägt von einem ewigen Battle zwischen Organist Jon Lord und Gitarrist Ritchie Blackmore, der aber im Zweikampf zwischen den beiden die Nase vorn behält. Das sieht dann so aus, dass erst Jon Lord sein Solo hat und danach das eigentliche Hauptsolo von Ritchie Blackmore kommt. Ich warte immer ganz ungeduldig darauf, dass Jon Lord endlich ausgeschrubbt hat, damit das Gitarrensolo beginnt. Gniedel. Obwohl man zugeben muss, dass auch Jon Lord total was draufhat. Was der aus der Hammondorgel rausholt! Das macht ihm so schnell keiner nach, das sind Klänge, die mit einer normalen Hammondorgel nur noch wenig gemein haben. Er jagt die Sounds durch die riesigen Marshallverstärker und verschiedenen Effektgeräte und Leslies und tritt auf der Bühne manchmal wutentbrannt mit voller Wucht gegen den klobigen Kasten, bis er umfällt. Gerade live lässt sich hören, dass die fünf Musiker ihre Instrumente bis zur absoluten Perfektion beherrschen. Sänger Ian Gillan, der gelegentlich auch zur Mundharmonika greift, hat es besonders seinen weiblichen Fans angetan. Kann ich auch irgendwie verstehen.

Geizknochen Manfred muss einen siebten Sinn haben, denn plötzlich geht die Musik aus, und er streckt seinen Pferdeschädel aus dem Fenster: «Ah, Matten, gefällt's dir? Das hättest du wohl gern!» Er gönnt es mir einfach nicht! Was hat er bloß davon? Gar nichts, es ist die reine Bosheit. Langsam werde ich echt sauer. «Deep Purple in Rock», «Fireball» und «Machine Head» habe ich schon, nur «Made in Japan» und «Who Do We Think We Are» fehlen mir in meiner Sammlung. Deep Purple heißt übersetzt übrigens «tiefer Purpur». Ich habe ein paarmal versucht, auch Mutter die Musik nahezubringen, doch bin ich regelmäßig auf Granit gestoßen. Es liegt daran, dass sie es einfach nicht gut finden *will*, da kann Ritchie Blackmore Vierundsechzigstel spielen, bis er schwarz wird. Für Mutter ist das nur ein einziger Brei und Krach, bei dem sich noch dazu alles endlos wiederholt. Selbst Jon Lord ist für sie kalter Kaffee. Dabei kommt der von der Klassik und kann Bach mindestens so gut spielen wie Hard Rock. Ich verstehe partout nicht, wie man sich so wenig für seinen einzigen Sohn interessieren kann.

Manfred ist enorm in die Höhe geschossen, er überragt mich um Haupteslänge. Ich habe das Gefühl, dass er ebenso wenig mit mir anfangen kann wie ich mit ihm, was aber keiner von uns zugibt. Vielleicht handelt es sich aber auch nur um eine Übergangszeit, und in ein paar Wochen verstehen wir uns wieder blendend. Glaube ich zwar nicht, aber wer weiß. Wenn es weiter abwärtsgeht mit unserer Freundschaft, dann werde ich von einem Tag auf den anderen wegbleiben, ohne ein Wort zu sagen, und wenn er bei mir zu Hause in Harburg anruft, lege ich auf. Soll er mal sehen, wo er bleibt, einen anderen Freund hat er offenbar nicht, es ist mir überhaupt schleierhaft, wie und mit wem er sich außerhalb der Ferien und der Wochenenden beschäftigt.

Ich habe es aufgegeben, ihn nach «Made in Japan» zu fragen. Und siehe da, plötzlich fängt *er* mit dem Thema an. Es wurmt ihn wohl, dass es mir nichts mehr auszumachen scheint. Heute kommt er zur Abwechslung mal mit einer ganz guten Idee: Es gibt in der Nähe der Tonkuhle ein abgelegenes Waldstück, in das sich praktisch nie jemand verirrt. Manfred schlägt vor, dort eine Hütte zu erbauen. Gesagt, getan. Mit Äxten und allem möglichen Werkzeug bewaffnet stiefeln wir fortan jeden Tag dorthin und schuften von morgens bis abends. Viel mehr als Holz hauen, schleppen und sonstige Hilfsarbeitertätigkeiten kann ich nicht, aber Manfred hat den Überblick, und nach einer Woche steht die Hütte.

«Zur Feier des Tages gehen wir in die Scharfe Ecke. Da kannst du dich stundenlang an einer Cola hochziehen.»

«Oma Emmi lässt mich niemals in eine Kneipe. Außerdem darf man da sowieso erst ab achtzehn hin.»

«Mir doch egal. Ich komm überall rein.»

Das glaub ich ihm sogar, hier kennt jeder jeden, und wenn Manfred in die Scharfe Ecke geht, glaubt der Wirt, sein Vater habe es ihm erlaubt, und wenn er ihn rausschmeißt, gibt's Ärger. Und Polypen, die das kontrollieren, gibt's höchstens in Tostedt. Die rücken nur bei einer Anzeige an.

«Du kommst da vielleicht rein, aber ich nicht. Wenn Oma Emmi das rauskriegt, erzählt sie es meiner Mutter, und dann war's das.»

«Mann, du Eddel, wir müssen das doch feiern. Du musst dir was Vernünftiges einfallen lassen. Kannst dich doch einfach wegschleichen, wenn die Alte eingeschlafen ist.»

Ich kann es nicht leiden, wenn er so über Oma Emmi redet, aber ich will auch keinen Streit. Manchmal kommt es mir so vor, als warte er nur auf eine Gelegenheit, mir endlich eine zu wischen. Außerdem weiß er bis heute nicht, dass ich mit Oma Emmi in einem Bett schlafe und es mir praktisch nicht möglich ist, mich unbemerkt zu entfernen. Aber dann habe ich eine Idee:

«Wenn du mir ‹Made in Japan› leihst, komme ich mit. Sonst nicht.»

Da habe ich den Bauernlümmel kalt erwischt. Er guckt wie ein Pinscher und überlegt ewig. Dann sagt er: «Ey, wenn da auch nur ein Kratzer drin ist, weißt du, was los ist. Um neun steh ich vor eurer Haustür.»

«Nee, halb zehn ist sicherer.»

«Aber pünktlich, ich schwör dir das!»

Ich sag besser nichts.

Der 7. 7. 1974 ist ein historisches Datum, denn heute ist das Finale der Fußballweltmeisterschaft, in München, auf deutschem Boden. Ich habe das Wohnzimmer zum Glück ganz für mich alleine, weil Oma Emmi und Frau Donath auf die Terrasse gegangen sind und versprochen haben, in den kommenden neunzig Minuten zur Abwechslung mal nicht zu stören. Gestern haben die Brasilianer das Spiel um Platz drei vergeigt, gegen Polen, muss man sich mal vorstellen! Da können sie von ihrem hohen Ross mal absteigen, von wegen, die spielen, dass einem schwindlig wird. Zumindest *ich* habe davon nichts mitgekriegt! Nun geht's also gegen Holland, die wie wir alle Gruppenspiele gewonnen haben und mit 6:0 Punkten an der Spitze stehen. Erstaunlich, dass ein so kleines Land wie Holland immer wieder regelmäßig ganz vorne mitmischt. Aber nur beim Fußball, sonst wüsste ich von keiner anderen Sportart. Ich bin mir trotzdem sicher, dass am Ende *wir* die Nase vorn haben, schon wegen Gerd Müller. Der bessere Torwart ist Wolfgang Kleff, der aber wie immer keine Chance bekommt. Schon seit einer halben Stunde sitze ich schweißgebadet vor dem Fernseher, wer weiß, vielleicht pfeift der Schiedsrichter das Spiel ja aus einer Laune heraus früher an. So was ist natürlich noch nie vorgekommen, aber einmal ist immer das erste Mal. Ich bin so durch den Wind, dass ich wünschte, die Begegnung wäre längst vorbei und die Deutschen Weltmeister. Mein Tipp lautet 4:1 für uns.

Punkt drei erfolgt der Anstoß. Und gleich der erste Schock: Ohne dass auch nur ein einziger deutscher Spieler Ballkontakt gehabt hätte, dribbelt sich Johann Cruyff in den deutschen Strafraum, und Hoeneß grätscht ihm volles Brett rein. Umgesäbelt. Das sah schlimmer aus, als es war, und ist nie im Leben ein Elfer, aber der Schiedsrichter entscheidet trotzdem auf Strafstoß. Ohnmächtige Wut überfällt mich. Schiebung! Wenn Deutschland deshalb das Spiel verliert, wird der Schiri seines Lebens nicht mehr froh, so viel steht fest. Als der Kommentator meldet, dass das ein Engländer ist, wird schlagartig alles klar. Die Engländer waren bei dieser WM nämlich so schlecht, dass sie sich noch nicht mal fürs Hauptfeld qualifiziert hatten, sondern schon in der Quali ausgeschieden sind. Und gegen wen wohl? Gegen Polen! Und das will er rächen. Jetzt wundert mich gar nichts mehr. Neeskens tritt an und hält voll in die Mitte, Sepp Maier catcht sich natürlich nach rechts. 1:0 für Holland.

Das darf doch wohl nicht wahr sein! Ich bin mir tausendprozentig sicher, dass Kleff den Ball gehalten hätte, wegen der besseren Reflexe. Kleff hat die besten Reflexe von allen, da kommt selbst Rudi Kargus nicht mit. Sepp Maier ist wie die meisten Torhüter auf Verdacht in eine Ecke gejumpt, bei einer Chance von eins zu drei. Hätte ja klappen können! Kleff hätte garantiert bis zuletzt gewartet. Maier ist meiner Meinung nach nur die Nummer eins, weil er der bessere Showmann ist. Ein Blender, wie er im Buche steht, er versucht sich als «Spaßvogel» mit seiner bayrischen Art beliebt zu machen und tritt häufiger im Fernsehen auf als im Tor. Zu allem Überfluss hat er eine schlechte Haltung.

Tja, jetzt wird's eng. Die Deutschen stehen voll unter Schock, und auch ich habe meine Zweifel, ob sich die Giftzwerge aus den Niederlanden noch die Butter vom Brot nehmen lassen. Der Kommentator sagt, dass es der erste Strafstoß in der Geschichte der WM-Finales ist. Meiner Meinung nach ist das illegal. Was ist, wenn es bei dem Spielstand bleibt? Fußballweltmeister durch Strafstoß, ich kann nicht mehr. Jetzt fängt auch noch Dachsi an zu kläffen, das Mistvieh. Ich stürze nach draußen und haue dem Hund eine mit der flachen Hand. Oma Emmi schaut mich völlig entgeistert an, aber traut sich nichts zu sagen. So hat sie mich garantiert noch nicht erlebt. Mich würde Dachsi nie beißen, weil ich sein Herrchen bin.

Das Spiel geht verbissen hin und her. Ich habe das ungute Gefühl, dass die Holländer Oberwasser behalten, aber der Kommentator behauptet das Gegenteil. Dann die fünfundzwanzigste Minute: Overath auf Hölzenbein, der dringt in den Strafraum und wird böse gefoult. Da kann der Schiri parteiisch sein, wie er will, er *muss* pfeifen. Tja, Pech gehabt! Elfer! Normalerweise müsste Müller schießen, der hat noch nie einen Elfer versemmelt. Aber was passiert? Paul Breitner tritt an. Helmut Schön tickt ja wohl nicht mehr ganz richtig! Der sieht sowieso schon aus wie ein Rentner, der hat doch als Fußballnationaltrainer nichts mehr zu melden. Das ist garantiert seine letzte WM. Breitner wird das Ding verhauen, so viel ist schon mal klar. Allein schon, wie er anläuft. Schön in die Mitte halten, weil er sich für besonders clever hält, weil Neeskens auch in die Mitte gehalten hat, von wegen, so was passiert kein zweites Mal. Aber eben gerade deshalb! Der holländische Torhüter ist den einen entscheidenden Schritt weiter und wird, gerade weil es so unwahrscheinlich ist, stehen bleiben wie eine Mumie. Ich kann das Elend nicht mit ansehen und halte mir die Hand vor die Augen. Doch dann bricht ein unbeschreiblicher Jubel aus: Breitner hat ihn ins linke Eck gezwiebelt, und der Torhüter ist in der Mitte stehen geblieben. Ich hatte also recht! Und Breitner hab ich unrecht getan. Schäm.

«Toooor, Tooor, Tooooor!»

Ich stürze auf die Terrasse und reiße die Arme nach oben.

«TOR FÜR DEUTSCHLAND!»

«Na, ist ja gut, Mathias. Beruhige dich doch.»

Von wegen beruhigen. Frau Donath sitzt steif da wie ein Stock, ihre Augen sind schwarz und klein wie Obstkerne. Seit neuestem reibt sie nicht nur die Hände aneinander, sondern saugt noch dazu pausenlos ihr Wangenfleisch nach innen und bläst dann ihre Backen auf wie ein Frosch. Sie scheint überhaupt nicht zu begreifen, was hier gerade vor sich geht. Ich frage mich wieder, woran die überhaupt noch Freude im Leben hat. Irgendetwas muss es doch geben.

Egal, schnell wieder rein. Jetzt haben die Deutschen Oberwasser, endlich! Selbst Beckenbauer schaltet sich in den Angriff ein und wagt einen Torschuss, den der Torhüter aber ohne Mühe pariert. Beckenbauer schießt einfach nicht hart genug! Pässe kann er schlagen wie ein Weltmeister, aber für direkte Torschüsse ist er zu schwach. Trotzdem liegt die Führung in der Luft. Ich weiß, dass jetzt die Stunde von Gerd Müller geschlagen hat, ich weiß es einfach. Und dann: Bonhof auf Müller, der schon im Strafraum bereitsteht, sich beinahe mit Lichtgeschwindigkeit um die eigene Achse dreht und das Ding flach ins linke Eck knallt. Keine Chance.

«TOOOOR, TOOOR, TOOOOOR, TOOOOOR.»

Jetzt haben wir sie! Und von wegen, Müller ist ein Abstauber. Solche Tore schießt auf der Welt nur einer, und zwar Gerd Müller. Und außerdem war das sein vierzehntes WM-Tor, damit ist er ab jetzt der ewige Torschützenkönig!

Halbzeit. Endlich. Das ist ganz wichtig für die Deutschen, sie müssen innehalten und für die zweiten fünfundvierzig Minuten eine Strategie abstimmen. Ich überlege schon, ob ich mich auf die Terrasse setzen und die zweite Hälfte auslassen soll, weil ich die Spannung nicht mehr aushalte, aber als die Mannschaften aus der Kabine kommen, bleibe ich gebannt sitzen. Nach dem Wiederanpfiff bekommen die Holländer noch einmal Luft, und es sieht eine Zeitlang nicht gut aus. Aber Sepp Maier wächst über sich hinaus, das muss selbst ich zugeben. Er hält echt alles. Dann trifft Gerd Müller erneut: 3:1!

«TOOR, TOOR, TOOR!»

Doch was ist denn jetzt schon wieder kaputt? Der Schiedsrichter entscheidet auf Abseits! Schon wieder Schiebung! Ich habe selten jemanden gehasst wie diesen verdammten

Zirkusclown. 85. Minute. Eisenhartes Foul an Hölzenbein. Was macht der Schiri? Einfach nicht hingucken, lass liegen, tritt sich fest. Wenn den hinterher einer in die Finger kriegt, dann gnade ihm Gott. Und wenn die Holländer jetzt den Ausgleich erzielen? Der Countdown läuft. Drei Minuten noch. Zwei. Eine. Nun pfeif doch endlich ab! Pass auf, der lässt so lange spielen, bis die Holländer einen reinmachen. TRIIIIILLLLLLL! Endlich. Ruhe im Puff, Deutschland ist Weltmeister! Und wenn alles mit rechten Dingen zugegangen wäre, sogar mit 4:1. Ist ja auch egal jetzt, wir sind Weltmeister!

ZUR SCHARFEN ECKE

Heute ist mal wieder «Was bin ich?» mit Robert Lembke. Der sieht zwar aus wie scheintot, wird die Sendung aber wahrscheinlich noch moderieren, wenn wir alle schon längst unter der Erde sind.

Annette: «Sind Sie mit der Herstellung oder Verteilung einer Ware beschäftigt?»

Hans: «Könnte auch ich zu Ihnen kommen?»

Guido: «Machen Sie die Menschen glücklich?»

Gähn. Immer die gleichen Fragen. Mir gefällt's trotzdem, besonders mit den Tropfen von Frau Schlummbohm. Ich nehme immer nur zehn auf einmal. Wenn ich weiter so eisern rationiere, reichen die noch ewig. Die Wirkung hält ungefähr eine Dreiviertelstunde an. Es lässt sich kaum beschreiben, wie das ist, eine x-beliebige Sendung zu schauen, und der Fernseher verwandelt sich in ein glühendes Lichtermeer, und ich sehe alle möglichen Dinge, bloß nicht «Ein Platz für Tiere» oder irgendwelche Ratefüchse. Wenn das Oma Emmi wüsste. Was ist eigentlich ein *Unterwasserschweißer*? Ich liebe dieses rätselhafte Wort. Auch Guido errät es nicht, und der Kandidat zieht mit randvollem Schwein ab.

Ich weiß natürlich, dass Morphium gleich hinter Heroin kommt, aber da es in den medizinischen Tropfen verdünnt ist, habe ich keine Angst davor, süchtig zu werden. Das wär's noch, mit vierzehn drogenabhängig, und das in Todtglüsingen! Wenn ich es mir weiter so gut einteile, komme ich bis zum Ende des Jahres hin, dann ist leider Schluss, denn wie soll ich jemals wieder an solche Tropfen kommen? Als gegen neun die Wirkung abklingt, gähne ich und räkele mich demonstrativ.

«Na, Mathias, bist du etwa schon müde? So kenn ich dich ja gar nicht.»

«Vielleicht liegt's daran, dass wir die ganze Woche geschuftet haben wegen der Waldhütte.»

«Was wollt ihr damit denn überhaupt anfangen?»

«Wenn das Wetter besser wird, können wir ja mal draußen übernachten.»

Es folgt eine bange Pause. Gut möglich, dass Oma Emmi es verbietet, die Chancen stehen fifty-fifty, würde ich mal sagen. Aber sie hält sich bedeckt.

«Wollen mal sehen. Komm, wir gehen ins Bett.»

Wenn alles gutgeht, sitze ich in einer Stunde in der Scharfen Ecke! Dachsi trollt sich in sein Körbchen, als könnte er kein Wässerchen trüben. Neulich hat er den Briefträger durch den Zaun hindurch erwischt und ihm das Hosenbein zerfetzt. Der war so außer sich, dass er die arme Oma Emmi angebrüllt hat:

«WENN ICH IHREN HUND ZU FASSEN KRIEGE, WERDE ICH IHM IN DEN ARSCH TRETEN, BIS IHM DIE NASE BLUTET!»

Ich bin mir sicher, dass Dachsis letztes Stündchen bald geschlagen hat. Nach endlosem Geblähe steigt Emmi, wie immer mit kalkweißem Gesicht, ins Bett. Ich nehme ihre Hand, damit sie besser einschlafen kann. Das habe ich ewig nicht mehr gemacht, hoffentlich wird sie nicht misstrauisch. Aber die Sorge war unberechtigt, nach wenigen Minuten beginnt sie zu schnarchen. Erzlangsam winde ich mich unter der Decke hervor und schleiche durch den Flur. Die Töle kriegt natürlich Wind von der Sache und will mit. Ich hau ihm eine. Nicht mit mir. Manfred wartet schon. Doch so schnell schießen die Preußen nicht!

«Und?»

«Was und?»

«Die Platte.»

Mit so viel Entschlossenheit hätte er wohl nicht gerechnet! Zähneknirschend drückt er mir die Doppel-LP in die Hand. Ich kann es kaum erwarten, sie endlich in aller Ruhe zu hören und die Texte und alles auswendig zu lernen. Was wollen wir in der Scharfen Ecke überhaupt anstellen? Alkohol trinke ich auf keinen Fall, betone ich.

«Das werden wir ja sehen.»

«Niemals! Wenn Oma Emmi in der Nacht aufwacht, und ich habe eine Schnapsfahne! Das mit dem Rauchen hat sie mittlerweile ja geschluckt, glaube ich, aber Alkohol, niemals!»

Auwei, jetzt habe ich verraten, dass ich mit Emmi in einem Bett schlafe! Aber Manfred ist so dumm, dass er es nicht schnallt und auf sich beruhen lässt. Vielleicht hat die Scharfe Ecke ja heute zufällig Ruhetag! Hoffentlich. Ich schätze die Chancen auf eins zu sieben. Doch die Kneipe ist das einzige Gebäude, in dem überhaupt noch Licht brennt, im gesamten Dorfkern ist es sonst stockfinster, und es herrscht Grabesruhe, als wäre Todtglüsingen eine Geisterstadt. «Die Blutpatrouille» fällt mir ein, so heißt eines der besten Vampir-Horror-Hefte. Mir kommen Zweifel. Wir sind ja noch nicht mal Halbstarke, der Wirt *muss* uns von Rechts wegen sofort wieder an die frische Luft setzen.

Seltsam, wenn man ein Gebäude, an dem man schon eine Million Mal vorbeigelaufen ist, zum ersten Mal betritt.

Einer der drei Männer, die regungslos am Tresen sitzen, ist Bauer Ristoff. Seine Augen sind gerötet, und das Gesicht wirkt irgendwie geschwollen. Ach du Scheiße, denke ich im ersten Moment. Aber dann wird mir klar, dass er morgen sicher nicht gleich zu seinem Erzfeind rennen wird, um uns zu verpfeifen. Außerdem sieht er so hinüber aus, dass er bis dahin wahrscheinlich sowieso alles vergessen haben wird. Manfred hat mir im Vorfeld gesteckt, dass der Wirt Uwe heißt. Ein glatzköpfiger Gnom, er sieht mit seinen extradicken Hängebacken aus wie ein Eber oder so.

Zur Begrüßung nickt er uns kurz zu. Wie kommt der denn mit diesem Fettwanst überhaupt an seinen Zapfhahn ran?, frage ich mich. Wir verziehen uns in eine Ecke am Fenster. Uwe stellt uns einen Aschenbecher hin und erkundigt sich nach unseren Getränkewünschen. Er tut so, als wären wir richtige Erwachsene. Das gefällt mir nicht schlecht. Manfred bestellt einen Schoppen Weißwein, ich eine Bluna, da bin ich eisern.

«Mensch, Adolf, was ist denn los mit dir heute?»

Uwe meint Herrn Ristoff. Ich wusste nicht, dass der mit Vornamen so heißt wie Herr Marek, und finde es überhaupt seltsam, dass er mit Vornamen angesprochen wird. Herr Ristoff winkt ab und widmet sich wieder seinem Glas. Ich kann nicht erkennen, was dadrin ist, irgendeine dunkle Flüssigkeit, wahrscheinlich Whiskey. Die anderen beiden Gestalten habe ich noch nie gesehen. Insgesamt ein trauriger Haufen.

Ich finde es affig, dass Manfred Wein bestellt hat, wahrscheinlich würde er auch viel lieber Bier trinken, aber er will sich absetzen. Der Aschenbecher ist riesig wie ein Suppenteller, ich schätze die Kapazität auf einhundert Kippen. Ich bin mittlerweile von Navy Cut auf Bison Selbstgedrehte umgestiegen, weil ich mir die Barzerei bei Minimum zehn Zigaretten am Tag sonst nicht mehr leisten kann. Wenn ich nicht so viel rauchen würde, hätte ich mir «Made in Japan» und «Who Do We Think We Are» längst kaufen können. Aber wie soll das gehen, ich hab mittlerweile schon morgens nach dem Aufstehen Schmacht. Im Nachlass von Onkel Horst war auch eine Pfeife, die ich mir unter den Nagel gerissen habe und manchmal in der Schule in der großen Pause rauche. Ich bin der Einzigste an unserer Schule, der Pfeife raucht. Die meisten scheinen zu glauben, dass Pfeifentabak noch viel stärker ist als der von Zigaretten, stimmt aber gar nicht. Pfeiferauchen schockt jedenfalls.

Manfred hat sein Glas bereits halb geleert. Glucker. Er trinkt, als wäre er Weinkenner, was lachhaft ist, ich weiß zufällig, wie richtige Weinkenner trinken. Onkel Otto ist nämlich einer, und das sieht dann noch mal ganz anders aus. Aber wenn sich Manfred unbedingt zum Affen machen will, sein Problem. Obwohl es hier in der Scharfen Ecke eigentlich auch egal ist, da hat sowieso niemand eine Ahnung davon, wie man anständig Wein trinkt.

«Du musst mal probieren, wie geil das schmeckt, Alkohol und Zigaretten zusammen. Da kannst du original doppelt so viel rauchen.»

Er versucht wirklich alles, um mich zum Trinken zu animieren. Ich hätte mal meine Tropfen mitnehmen sollen, dann wär vielleicht was los.

«Kennst du die Leute hier eigentlich alle?»

«Der Linke da heißt Herr Huhn und ist auch Bauer.»

Toller Name für einen Bauern!

«Was für 'n Bauer denn?»

«Obstbauer.»

«Und was für 'n Obst?»

«Alles Mögliche.»

«Und der andere?»

«Wie, hast du den nicht erkannt? Das ist doch Herr Wiegand, dem gehört der Edekaladen!»

«Ach so, ja. Nee, ohne seinen Kittel hab ich den nicht erkannt.»

Herr Wiegand ist ein schmales Männlein, das so aussieht, als würde es jeden Moment aus den Latschen kippen. Er hat einen eiförmigen Kopf und leidet unter nervösen Störungen. Ununterbrochen kneift er die Augen zusammen und zieht dabei die Mundwinkel hoch oder fasst sich ins Gesicht. Voll die spastischen Zuckungen. Ich muss an Herrn Langwerner denken, der ist aber ein anderes Kaliber und würde nach Feierabend sicher nicht in einer Kneipe rumhängen.

«Sterben musst du sowieso, schneller geht's mit Marlboro.»

Manfred raucht seit neuestem Marlboro und bringt die ganze Zeit Sprüche, die er irgendwo aufgeschnappt hat.

«Wissen ist Macht. Nichts wissen macht nichts.»

Pause.

«Einmal mucken, Zähne spucken.»

Pause.

«Lieber Rotwein als tot sein.»

Pause.

«Es gibt viel zu tun – lassen wir es liegen.»

Das geht eine ganze Weile so. Irgendwann schraubt sich Herr Wiegand aus seinem Hocker und wankt sturzbetrunken zum Ausgang. Uwe ruft ihm hinterher: «Tschüs, Peter, komm heil nach Hause.» Die beiden Bauern bleiben wie angewurzelt sitzen. Sie haben noch kein einziges Wort miteinander gewechselt. Verstehe ich nicht. Die Scharfe Ecke habe ich mir anders vorgestellt. Wein, Weib, Gesang, so was in der Art. Eine Jukebox gibt's auch keine und einen Plattenspieler oder Radio auch nicht. Totenstille. Es ist gerade mal eben zehn. Wo sind bloß die ganzen Todtglüsinger hin? Dass von denen irgendjemand in Tostedt oder anderswo ist, kann ich mir nicht vorstellen. Wozu auch? Von Holzapfels weiß ich, dass sie nur zweimal im Jahr ins Kaufhaus Bader fahren. Und in den Urlaub fahren die nie. Herr Huhn zahlt schweigend, steht auf und torkelt raus, ohne noch irgendjemanden eines Blickes zu würdigen. Als er weg ist, dreht sich Herr Ristoff zu uns um. Ich wusste es!

«Was macht ihr denn hier? Seid ihr ausgebüxt oder was? Trinkt doch noch mal was, komm, ich geb einen aus.»

Man merkt, wie Manfred mit sich ringt. Eigentlich müsste er sich ja solidarisch mit seinem Vater erklären. Man sieht, wie es in seinem Spatzenhirn tackert und er sich eine Eselsbrücke zu bauen versucht, von wegen, er hätte Herrn Ristoff Geld aus dem Kreuz geleiert und ihm damit eine Niederlage beigebracht oder so was. Uwe guckt wie ein Auto. Der will auch nur Umsatz machen, ist schließlich sein gutes Recht.

«Danke, Herr Ristoff, einen nehmen wir noch. Zwei Weißwein, bitte.»

Ich will protestieren, aber bevor ich mich hier komplett lächerlich mache, sage ich besser nichts. Ich brauch ja nur nippen, fällt eh keinem auf. Uwe schenkt die geriffelten Weißweinschoppen randvoll.

«Was ist denn das für einer?», fragt Manfred altklug. Ist das peinlich, wie der sich hier aufspielt. «Mosel», sagt Uwe verächtlich und verzieht sich wieder hinter seinen Tresen, wo er einzelne Fächer der Tippgemeinschaft kontrolliert. Ich kann mir nicht recht vorstellen, dass sich genügend Todtglüsinger für eine Tippgemeinschaft finden. Wahrscheinlich sind die Fächer seit Jahren leer.

«Prost», macht Herr Ristoff. «Prost», machen wir, wobei ich eine leichte Verbeugung andeute, wie ich es bei meinem Großvater gelernt habe. Anstatt dass er uns wie befürchtet in Beschlag nimmt, belatschert er Uwe:

«Lieber 'ne Taube auf'm Dach als 'ne Blinde im Bett.»

Jetzt geht das bei dem auch noch los mit Sprüchen. Ich kann nicht mehr.

«Lieber ein erregter Bekannter als ein unbekannter Erreger.»

Null Reaktion bei Uwe.

«Lieber Sydne Rome als Paris-Dakar.»

Nix.

Manfred ist hellwach geworden. Er versucht, sich die Sprüche einzuprägen, da ist ja einiges für ihn dabei. Die werde ich in Zukunft noch öfter zu hören bekommen! Herr Ristoff haut sich auf seinen dicken Kugelbauch.

«Solang de Buk in die West noch passt, wird keine Arbeit angefasst, passt de Buk in die West nicht mehr, lang mal die Arbeit her. Harharhar.»

Plattdeutsch. Versteh ich nicht. «Ich geh kaputt, gehst du mit?», das ist der einzige, der *mir* einfällt.

«Sag mal, Uwe, war eigentlich die Kette zu lang, oder wie bist du aus der Küche rausgekommen? Harharharhar.»

«Lass mal gut sein, Adolf.»

«Wieso das denn, was ist denn los mit dir? Du kannst lieber mal einen ausgeben.»

Ausgeben, denke ich, wovon denn, der hat doch am ganzen Abend höchstens vierzig Mark eingenommen. Und Uwe wird jetzt auch deutlicher.

«Entweder du lässt jetzt gut sein, oder es heißt tschüs. Ich kenn dich doch. Mach bloß keinen Zoff jetzt noch kurz vor Feierabend.»

Pause.

«Zahlen.»

«Alles?»

«Alles. Auch für die Eddels da. Was die hatten insgesamt?»

«12 Dollar 70.»

«Was soll denn das mit den Dollar?», flüstere ich.

«Das macht der schon seit immer. Soll witzig sein.»

«Ach so.»

Ob Herr Ristoff gleich Terz mit seiner Frau bekommt?

«Danke noch mal, Herr Ristoff.»

«Nachdurst ist schlimmer als Heimweh.»

«Ach so.»

Die Wirkung vom Wein ist echt gut, natürlich nicht so gut wie die Tropfen, aber auch gut. Ich freu mich schon auf zu Hause, wenn ich im Wohnzimmer «Made in Japan» über Kopfhörer höre. Vor Emmi hab ich keine Angst, sie hat auch keine schwache Blase oder so, dass sie nachts rausmuss, sonst würde ich hier sicher nicht sitzen.

«So, Jungs, dann seht mal zu, dass ihr auch langsam mal nach Hause kommt, hier ist jetzt Zapfenstreich.»

«Tschüs, Uwe, bis zum nächsten Mal», macht Manfred. Ich finde es ganz schön dreist, dass er den einfach mit Vornamen anspricht. Na ja, Dorf. Er will sich wohl als Stammgast empfehlen und mich gleich mit. Als wir am Edekaladen vorbeikommen, grölt er: «Ey, Herr Wiegand, mach mal auf, wir wolln was einkaufen!»

Das darf doch nicht wahr sein! Vollkommen außer Rand und Band, haut er gegen die Scheibe. Jetzt holt wirklich gleich einer die Polypen! Doch dann das Unglaubliche: Als er an der Tür ruckelt, geht die auf! Herr Wiegand ist wohl so mit den Nerven fertig, dass er vergessen hat abzusperren. So was kann aber auch nur in Todtglüsingen passieren! Manfred schaut sich nach allen Seiten um und macht das Psssst-Zeichen. Ich fass es nicht.

«Willst du da jetzt etwa rein?»

«Was glaubst du denn? So 'ne Chance kriegt man im Leben original nur einmal.»

«Aber das ist Einbruch.»

«Das ist original kein Einbruch. Der will das doch, der hat doch niemals vergessen abzuschließen.»

«Wieso will der, dass jemand seinen Laden ausräumt? Natürlich hat der das vergessen.»

«Das ist Versicherungsbetrug. Der will sich den Schaden von der Versicherung bezahlen lassen.»

Ich komm mit meinem dunen Kopp nicht gegen diese Logik an. Aber ich hätte es wissen müssen: Züge zerstören, Tiere erschießen, jetzt eben Alkohol und Einbrüche. Manfred packt mich am Arm und zieht mich einfach mit rein. Was soll ich bloß machen? Spätestens jetzt hab ich mich strafbar gemacht, und dass Manfred bei der Polizei die Wahrheit sagt, von wegen, dass es seine Idee war und er der Rädelsführer, kann man sich ja wohl abschminken.

«Und jetzt? Was willst du denn überhaupt?»

«Bist du bescheuert? Glaubst du, ich hol hier das Klopapier raus? Was für 'ne blöde Frage.»

Lustige Vorstellung, wie wir mit fünfzig Rollen Toilettenpapier nachts durch Todtglüsingen tapern. Wir packen so viel Alkohol und Zigaretten in Plastiktüten, wie wir tragen können, und dann nehmen wir auch noch ein paar Tafeln Schokolade mit, weil wir Hunger haben. Manfred hat fast den ganzen Zigarettenständer abgeräumt. Die Tüten sind so schwer, dass wir auf dem Nachhauseweg alle naslang absetzen müssen. Schließlich verstauen wir das Zeug in Onkel Horsts Garage. Manfred hat immer noch nicht genug.

«Darauf einen Dujardin.»

«Hä?»

«Komm, darauf trinken wir noch einen.»

Er lässt eine Flasche Henkell-Sekt knallen, der Pfropfen fliegt als Querschläger durch die Garage. Tölpel. Wenn Dachsi nun anschlägt? Manfred nestelt ungeschickt an einer Schachtel Juno ohne Filter und bietet mir eine an. Hab ich noch nie geraucht. Schmeckt aber gut, mit Filter kann ich sowieso nicht mehr ab. Wenigstens sind wir in Sicherheit, versuche ich mich zu beruhigen. Wir nehmen abwechselnd jeder einen Schluck, Manfred einen großen, ich einen kleinen, wobei ich so tu, als würde ich auch einen großen nehmen.

«Nicht die ganze Flasche vollsabbern, Meister!»

«Wieso, ich sabber überhaupt nicht.»

«'türlich. Du saugst voll dran. Einfach reinlaufen, gib mal her hier.»

Er setzt den Flaschenhals an die Unterlippe und lässt bei geöffnetem Mund reingluckern.

«So macht man das.»

«Jaja.»

«Jaja heißt leck mich am Arsch.»

«Ich hab's ja geschnallt.»

«Ich muss jetzt auch los. Morgen Mittag komm ich vorbei, und wehe, da fehlt was. Ich weiß genau, wie viel das ist.»

«Bist du bescheuert? Also bis morgen.»

Ein Glück ist er weg. Das geht nicht mehr lange gut mit uns, ich spüre es. Wie spät es wohl ist? Keine Ahnung. Egal, endlich Musik hören! Bei «Highway Star» versteht man von den Strophen kein Wort, sondern nur den Refrain: «I am a Highway Star». Dafür versteht man «Lazy» umso besser. «You're lazy, you stay in bed, you're lazy, you stay in bed, you don't want no money and you want no bread.» Genau.

DIE WALDHÜTTE

«Mathias.»

Erschreck. Was will Oma Emmi denn schon wieder?! Ausgerechnet jetzt, wo ich gerade damit beschäftigt bin, das Diebesgut zu sortieren. Obwohl sie die Garage so gut wie nie betritt, heißt es Safety first.

«Was ist denn?»

«Deine Mutti ist am Apparat. Sie möchte dich sprechen.»

Hä? Die ruft doch sonst nie an. Bestimmt irgendwas Schlimmes, es kann nur was Schlimmes sein. Alles krampft sich schon wieder in mir zusammen. Ich laufe zum Telefon. Ohne Umschweife kommt sie zur Sache:

«Mathias, halt dich fest.»

«Was ist?»

«Wir ziehen um!»

«Was? Wohin? Wieso das denn?»

«Ich habe eine Wohnung für uns gefunden, gleich um die Ecke, in Hanhoopsfeld im mittleren Hochhaus.»

«Und warum?»

«Warum, warum, stell doch nicht immer so dusselige Fragen. Wir können doch nicht bis zum Sankt-Nimmerleins-Tag bei Oma und Opa wohnen. Die wollen schließlich auch mal ihren Ruhestand genießen.»

Das wüsste ich aber! So ein Quatsch. Dann darf sich Oma nur noch den ganzen Tag mit Opa und Frau Klippstein rumplagen und sich von Frau Marek tyrannisieren lassen. Mutter spürt, dass ich überhaupt nicht begeistert bin.

«Es war doch ausgemachte Sache, dass wir als kleine Familie zusammenwohnen wollen», sagt sie beleidigt.

Ausgemachte Sache ist was anderes. Dann hätte sie ihren «Bundesgenossen» ja vorher mal informieren können. Und kleine Familie? Wie das schon wieder klingt. Bescheuert.

«Du hättest ja wenigstens mal fragen können.»

«Sag mal, Mathias, was ist denn los mit dir. Freust du dich denn gar nicht?»

«Doch. In welchen Stock denn?»

«Im zwölften. Was hätte ich dich denn großartig fragen sollen. Das hat sich kurzfristig ergeben, und da musste ich zugreifen.»

«Wann geht's denn los?»

«Der Umzug ist heute in einer Woche.»

«WAAAS? Ich dachte, nächstes Jahr.»

«So, jetzt reicht's aber. Sonntag spätestens bist du bitte wieder zu Hause, besser wäre Samstag. Du musst schließlich deinen Kram noch packen, oder glaubst du, ich mache das? Ein bisschen muss mein Herr Sohn schon auch mithelfen.»

«Ja, ist gut. Bis Sonntag dann. Tschüs, Mutti.»

«Auf Wiederhören, Mathias.»

Oje! Und dann? Zwölfter Stock. Das ist schwindelerregend hoch. Allein beim Gedanken daran zieht's mir in den Beinen. Mit Mutter auf engstem Raum, dann gibt es ja überhaupt keinen Puffer mehr zwischen uns. Und die

Woche drauf ist auch noch Schulanfang. Trübe Aussichten.

Mit Martin treffe ich mich seit dem missglückten Überfall kaum noch, und unsere Kindergang gehört endgültig der Vergangenheit an, noch nicht mal mehr Heike kommt nachmittags raus. Die hat sich sowieso total verändert, von der wilden Hummel zum stillen Schwan. Rasant schnell ging das, wenn man bedenkt, dass ihre Eltern sie noch vor einem halben Jahr zur Abreibung in ein Erziehungsheim gesteckt haben, weil die Pferde mit ihr durchzugehen drohten. Dauernd war schon was mit Jungen, und die Schule hat sie auch geschwänzt, und als sie dann noch in der PRO beim Klauen erwischt wurde, war endgültig Feierabend.

Während ihres Heimaufenthalts hat sie wohl einen Volker kennengelernt, der ist aber ein anderes Kaliber als die Jungen hier! Er wohnt in Hamburg-Wandsbek, und einmal, als er Heike nach Hause brachte, hatte Axel sie, neugierig wie ein Fisch, alles Mögliche gefragt. Als ob er es geahnt hätte, ist Volker noch mal zurückgekommen, von wegen, was Axel von Heike wollte. Sagt die doofe Kuh doch glatt, er hätte sie «ausgefragt». Ausgefragt! So ein Schwachsinn. Daraufhin hat Volker Axel aufgefordert, den «ersten Schlag» zu setzen. Axel wusste natürlich wieder nicht, was los ist, und Volker hat ihm ansatzlos aufs Maul gehauen, mit der Faust direkt ins Gesicht, das hat geblutet wie Schwein. Ein Wunder, dass Axel keinen Zahn verloren hat oder Nasenbeinbruch oder so was. Ich war starr vor Schreck, weil ich dachte, dass ich als Nächster dran wäre, aber der wollte nur ein Exempel statuieren und ist dann abgeschoben. Und was sagt Heike?

«Kannst von Glück sagen, dass er keinen Schlagring draufgehabt hat.»

Das war vor einem halben Jahr. Und jetzt ist es so, als hätte man ihr die Luft rausgelassen. Sie ist praktisch genauso geworden wie ihr Bruder Jochen, der, obwohl bereits einundzwanzig, den ganzen Tag auf seinem Zimmer gluckt und darauf wartet, zur Bundeswehr eingezogen zu werden. Jochen bei der Bundeswehr, ausgerechnet. Dort wird er garantiert zerquetscht wie eine Fliege. Rätselhaft, dass es bei Heike jetzt genauso ist. Beide hat es mit dreizehn erwischt. Ich kann's zwar nicht beweisen, aber ich vermute, dass die Mutter Schuld hat. Irgendetwas Unheimliches geht von ihr aus, denn auch ihr Mann ist nur noch ein Schatten seiner selbst.

Uwe musste, wie nicht anders zu erwarten war, auf die Hauptschule, und Axel ist mit seinen Eltern nach Harburg-Heimfeld gezogen, mit dem Bus zweimal umsteigen, da hat keiner Bock drauf, aus den Augen, aus dem Sinn, so traurig das ist. Norbert schließlich hat sich total abgekapselt, er hält sich jetzt endgültig für was Besseres und träumt von einer Karriere als Berufsfußballer. Träum weiter, Junge.

Oma Emmi und ich sitzen beim Essen, als Manfred ohne zu klingeln reinkommt und sich einfach zu uns gesellt. Es gibt mal wieder Kotelett mit Mischgemüse und Salzkartoffeln. Er beäugt mich misstrauisch, als wollte er in meinem Gesicht ablesen, ob ich den Vormittag dazu genutzt habe,

Teile des Diebesguts beiseitezuschaffen. Während Emmi abwäscht, geht's in die Garage zur Bestandsaufnahme: 45 Schachteln Zigaretten, sieben Flaschen Wein und Sekt und 11 Flaschen Spirituosen und Liköre. Manfreds Misstrauen versiegt trotzdem nicht.

«Ist das wirklich alles?»

«Was glaubst du denn? Wie viel soll das denn sonst sein? Glaubst du etwa, ich bescheiß dich?»

«Würde ich dir auch nicht raten.»

Ein Glück geht es Sonntag nach Hause, Manfreds ganze Art wächst mir langsam über den Kopf. Ich bin mir sicher, dass er nur noch nach einer Gelegenheit sucht, mir eine reinzuhauen. Über kurz oder lang wird er mich zwingen, in der Scharfen Ecke Alkohol zu trinken und vielleicht noch mehr Einbrüche zu verüben. Und wer weiß, was er sonst noch so im Schilde führt. Als ich erzähle, dass ich wegen des Umzugs schon Sonntag losmuss, guckt er dumm aus der Wäsche:

«Und was wird aus der Waldhütte? Dann hat das ja gar nicht gelohnt.»

«Kann ich ja nix dafür. Was soll ich denn machen?»

«Pass auf, du Eddel, wir übernachten da in der Nacht von Samstag auf Sonntag. Wir nehmen richtig was zu rauchen und zu saufen mit, sollst mal sehen, wie geil das wird. Maik kommt auch mit.»

Maik?

«Wer ist denn Maik?»

«Der wohnt in Tostedt. Kollege von mir.»

Kollege. Was für ein Kollege denn? Manfred arbeitet

doch noch gar nicht! Und wann hat er den überhaupt kennengelernt? Mir schwant nichts Gutes. Manfred plant unverdrossen weiter:

«Wir machen Lagerfeuer und kochen uns Nudeln. Und Kassettenrecorder nehmen wir auch mit. Ich hab schon ein paar Mischkassetten fertig.»

«Da muss ich erst mal Oma Emmi fragen.»

Ich werde ihm einfach sagen, dass sie es verbietet.

«Die können wir ja jetzt gleich fragen.»

«Nee, das geht jetzt nicht, die ist am Abwaschen.»

Bescheuerte Ausrede. Manfred riecht Lunte mit seiner Bauernschläue. In der Küche sieht es furchtbar aus, der Schmutz hat sich regelrecht eingefräst, und das Geschirr räumt Oma Emmi auch nicht mehr richtig weg. Ihr wachsen die Dinge langsam über den Kopf. Sie schaut aus der Küche heraus wie ein Insekt, das nach einem heißen Sommer in den letzten Zügen liegt. Ihre Augen haben die Farbe verloren und sich in flache graue Kiesel verwandelt. Und hier bereitet sie nun jeden Tag unser Essen zu. Furchtbar. Selbst vor Manfred ist mir das peinlich, obwohl der von zu Hause sicher einiges gewohnt ist.

«Frau Beuger, kann Mathias am Samstag mit in der Waldhütte übernachten?»

Oma Emmi guckt erschöpft aus der Wäsche und nickt.

«Aber nicht so spät ins Bett gehen. Wie macht ihr das denn mit dem Schlafen?»

«Luftmatratzen.»

«Na denn mal to.»

So eine Scheiße. Ich hab ein ganz schlechtes Gefühl.

In den kommenden Tagen sehe ich Manfred kaum. Angeblich muss er seinem Vater bei der Ernte helfen. Warum fragt er *mich* nicht, ob ich mithelfen kann, ich habe das doch immer gerne gemacht und bin zudem eine billige Arbeitskraft. Außerdem ist noch gar keine Erntezeit, das stimmt doch alles vorn und hinten nicht. Wenn ich diesen Maik vorher wenigstens einmal kennenlernen könnte! Ich habe jetzt schon Angst vor ihm. Wenn er so ein Kaliber ist wie Manfred, dann gute Nacht. Ich befürchte, dass sie vorhaben, mich zu ihrem Sklaven zu machen. Ich gehe viel mit Dachsi spazieren und überlege, wie ich zur Not aus der Waldhütte entkommen könnte. Freitagnachmittag kommt überraschend Manfred vorbei, aber nur, um an die Verabredung zu erinnern:

«Morgen Nachmittag um vier bei mir.»

«Um vier schon? Ich dachte, erst abends.»

«Wir müssen noch alles vorbereiten. Um vier bist du da.»

Und haut wieder ab. Was gibt's da denn vorzubereiten? Der spinnt doch. Bestimmt ist das schon wieder irgendein Trick.

Ich bin so aufgeregt, dass Samstag die Nacht für mich bereits um sechs Uhr vorbei ist. Tagesanbruch – Stunde der Hinrichtungen, denke ich noch.

Maik sieht noch fieser aus, als ich ihn mir vorgestellt habe. Ein rotfleckiger Fettklops mit Schweinsohren, die Ränder haben, als hätte sich mal jemand darin verbissen. Er trägt eine Hochwasser-Manchesterhose, mit einem langen Riss am Arsch, weil er so fett ist. Eine Witzfigur, aber gefährlich. Zur Begrüßung tut er so, als ob ich Luft wäre, er gibt mir noch nicht mal die Hand. Das kann ja heiter werden. Manfred hat einen Bollerwagen organisiert, auf dem unser Proviant und die Luftmatratzen Platz finden. Außerdem hat er zwei Töpfe und eine Pfanne eingepackt.

«Wofür brauchen wir denn das ganze Kochzeug?»

«Wegen der Nudeln, du Eumel.»

Maik sagt den ganzen Weg über keinen Ton. Auf der Eisenbahnbrücke eiert uns ein nasser Hund entgegen. Wo kommt der denn her? Nie gesehen. Ich trotte mit hängenden Armen wie ein Roboter hinter ihnen her, mit jedem Schritt verstärken sich meine düsteren Vorahnungen. Warum habe ich nicht einfach eine Krankheit vorgeschoben? Dann hätte ich mich den Rest der Zeit in Oma Emmis Bett verschanzt, und zum Bahnhof wäre ich den Umweg über Todtglüsingen gegangen, damit ich keine Gefahr laufe, dass Manfred mir auflauert. Stattdessen heißt es jetzt beten.

Auspacken dauert ewig. Stabtaschenlampen, Bücher, Taschenmesser, Hängematte und anderer unnötiger Kram.

«Ich hab tierisch Hunger, lass mal was kochen.»

Maiks allererster Satz. Er hat eine hohe, sägende Schwuchtelstimme. Kein Wunder, dass er lieber das Maul hält bei dem Organ. Als Manfred fragt, wer kocht, melde ich mich. Wenn ich fürs leibliche Wohl sorge, so mein Kalkül, gerate ich erst mal aus der Schusslinie. Weil das Holz so nass ist, dauert es ewig, bis das Feuer brennt. Manfred hilft mit Unmengen Spiritus nach, bald stinkt die ganze

Hütte danach. Dann schichtet er zwei Stapel Mauersteine auf und tut den Topf darauf. Während wir warten, dass das Wasser heiß wird, rauchen wir wie die Weltmeister. Dazu schenkt Manfred den ersten Scharlachberg-Cola aus. Wie wollen die denn durchhalten, wenn sie jetzt schon mit Alkohol anfangen? Und dann gleich Weinbrand. «In Scharlachberg Meisterbrand ist der Geist des Weines», fällt mir ein. Das Nudelwasser will und will nicht kochen.

«Was ist denn das für eine Scheiße hier. Ich hab voll Hunger», sagt Maik. Dabei könnte es ihm echt nicht schaden, wenn er mal eine Mahlzeit auslassen würde. Wie lange der wohl nicht essen dürfte, bis er wieder halbwegs normal aussieht? Ich schätze Minimum zwei Monate. Und zwar keinen einzigen Bissen. Als Beilage gibt's Ketchup, und Manfred hat von zu Hause noch gekochten Schinken organisiert. Maik ist von dem einen Glas schon angetüddert:

«Los, gib mal was von dem Schinken.»

«Wir haben aber nicht so viel davon. Den brauchen wir für die Nudeln.»

«Los, gib her jetzt.»

Widerwillig händigt Manfred ihm den Schinken aus. Das ist ja interessant. Maik ist also der Oberchef hier, weil er offenbar noch stärker ist als Manfred. Die beiden haben sich bestimmt schon gebeult, denn einfach nur aus Nettigkeit gibt Manfred seine Lebensmittel sicher nicht her. Maik verschmiert Ketchup auf den Schinkenscheiben, rollt sie auf und vertilgt eine Rolle nach der andern. Da hat uns Manfred ja den Richtigen ins Nest gesetzt. Endlich, endlich, endlich, der Topf ist schon schwarz vom Ruß, kocht das Wasser. Ich tu zwei Pakete Nudeln hinein.

«Wie lange muss das denn überhaupt kochen?», frage ich.

«Halbe Stunde.»

«So lange? Ich dachte, Nudeln gehen schneller.»

«Logisch brauchen die so lange.»

Nach einer halben Stunde ist das Wasser vollständig verkocht, und die Spaghetti sind zu einer Art Brei geworden.

«Wie sieht das denn aus? Voll ätzend.»

«Das ess ich nicht.»

«Logisch isst du das, ich schwör's dir. Der Hunger treibt's rein.»

Wir füllen die Pampe auf die Teller, dann Ketchup drauf, und Manfred bröselt noch den Rest des Schinkens darüber. Nach dem ersten Bissen verzieht er angeekelt das Gesicht.

«Äh, wie schmeckt das denn?»

«Da ist ja voll kein Salz dran», fistelt Maik.

Stimmt. Salz hab ich vor lauter Aufregung ganz vergessen. Wenigstens ist die Pampe heiß, und mit so viel Hunger kann es einem fast schon egal sein, ob es gewürzt ist oder nicht. Mein erstes selbst zubereitetes Essen, aber das sag ich lieber nicht so laut, sonst gibt's was. Maik verzieht zwar ununterbrochen das Gesicht, aber seinen Teller macht er trotzdem brav leer. Manfred entkorkt eine Flasche Weißwein:

«Hier. Zum Essen trinkt man Wein.»

Der Wein ist total sauer und schmeckt ekelhaft. Trotzdem stürzen die beiden das Zeug in sich hinein, als ob's Wasser wäre. Ich trinke wieder nur winzige Alibischlucke. Gleich, stelle ich mir vor, hält mir Manfred mit Gewalt den Mund auf, und Maik schüttet die ganze Flasche in mich rein. Aber die haben schon derart einen im Tee, dass sie nicht mehr richtig kontrollieren können, ob ich austrinke. Wenn die nachher vollkommen breit sind, hab ich noch meine sieben Sinne zusammen und kann fliehen, falls das nötig ist.

«Nach dem Essen sollst du rauchen oder eine Frau gebrauchen. Kannst du beides nicht ergattern, lass die Handmaschine rattern.»

Handmaschine? Ich brauche ein Weilchen, bis ich begreife, was gemeint ist. Maik lacht wie eine Schrottpresse. Der wichst bestimmt schon. Ich weiß nicht, was ich sagen soll. Ich weiß nicht, was erlaubt ist und wann ich lachen darf und wann lieber nicht.

«Wer wäscht ab? Freiwillige vor!»

«Wieso denn Freiwillige? Dafür haben wir doch unseren Sklaven.»

Ich hab's gewusst! Maik, die fiese Sau. Genau so hatte ich's mir vorgestellt. Was soll ich jetzt bloß machen? Erst mal weg.

«O. K. Ich geh dann mal zum Bach, abwaschen.»

«Nix! Hiergeblieben, Sklave. Das kannst du auch morgen erledigen oder nachher, wenn's richtig dunkel ist. Oder willst du dich etwa aus dem Staub machen?»

«Wie kommst du denn darauf?»

Statt einer Antwort verabreicht mir Maik einen Monkey. So nennen sie bei uns einen Pferdekuss. Es tut tierisch weh. Manfred versucht zu schlichten.

«Lass unseren Sklaven erst mal in Ruhe. Den brauchen wir noch. Komm, gib dem Sklaven was zu saufen, damit er sich erholt.»

Doch Maik hat Blut geleckt. Er hat das Kommando übernommen, und Manfred traut sich nicht zu widersprechen. Ich versteh das nicht. Ein Schlag von Manfred, und Maik ist platt. So seh ich das jedenfalls. Manfred macht den Kassettenrecorder an. «Easy Livin'» von Uriah Heep.

«Jetzt noch ein paar Weiber wär geil.»

«Wozu denn? Wir haben doch unseren Sklaven.»

Maik nimmt mich in den Schwitzkasten und zählt bis sechzig. Mir wird schwarz vor Augen, und ich seh Glühwürmchen.

«Lass den mal jetzt in Ruhe, der hat genug. Alter, du bringst den doch um.»

Maik wäre das völlig egal. Er würde mich, ohne mit der Wimper zu zucken, abschlachten und dann hier verscharren. Zum Glück hat er auf einmal keinen Bock mehr und lässt los.

«Hast recht, wir wollen ja noch was von ihm haben. Schenk noch mal einen ein hier.»

Er hält Manfred seinen Becher hin, der ihn diesmal randvoll mit Jägermeister macht.

«Ich trinke Jägermeister, weil ich endlich die Wüste Gabi hinter mich gebracht habe.»

«Hast du eine Schwester, dürr und mager, bekommst du niemals einen Schwager.»

«Wer nicht röhren will, muss fühlen.»

Die beiden quatschen sich in Rage.

«Jeder Mensch hat seinen Glauben. Ich glaube, ich trinke noch einen.»

«Ist die Birne erst mal hohl, ist mehr Platz für Alkohol.»

«Alkohol ist nicht die Antwort, aber man vergisst die Frage.»

«Ich bin so glücklich wie ein Schwuli im U-Boot.»

Nur noch Sprüche in der Richtung. Ich weiß schon, worauf das hinausläuft! Man sieht richtig, wie es in Maiks Bakterienhirn arbeitet. Der brütet was aus. Plötzlich springt er wie von der Tarantel gestochen auf.

«Halt mal den Sklaven fest.»

«Was ist denn nun schon wieder? Lass ihn leben, Alter.»

«Festhalten, hab ich gesagt. Und runterdrücken.»

Manfred drückt mich zu Boden, und Maik setzt sich mit seinem Glibberarsch voll auf mein Gesicht. Dann lässt er einen ziehen. So was Ekliges hab ich überhaupt noch nie gerochen, voll verwest. Der ist so besoffen, dass er echt nicht mehr weiß, wo die Grenze ist. Mich überfällt Todesangst. Mit der Kraft der Verzweiflung gelingt es mir, ihn abzuwerfen. Ich stürze aus dem Zelt und übergebe mich. Drinnen schütten sich die beiden Schweine vor Lachen aus.

«Sollen wir ihn holen?»

«Ach was, der kommt schon wieder, wenn ihm kalt wird. Lass ihn ruhig mal abkühlen, das hat er sich verdient.»

«Hahahaha.»

Es ist mittlerweile so duster, dass man kaum mehr die Hand vor Augen sieht. Unter diesen Umständen zu fliehen, hat keinen Sinn. Ich wüsste auch gar nicht, in welche

Richtung ich laufen sollte. Ich blicke zum Himmel auf, zu den klaren Sternbildern, sehr schön, nützt mir im Moment leider nichts. Langsam wird's tatsächlich ziemlich kühl. Ich fange an zu zittern. Aber wenn ich reingehe, gibt's wieder Folter. Eine ausweglose Situation. Dann höre ich ein Scharren und Schaben und Schnüffeln. Langsam, aber sicher kommt es näher. Ich bin starr vor Schreck. Was ist das denn nun schon wieder für eine Scheiße? Aus der Dunkelheit schälen sich Umrisse, bis ich schließlich ein Wildschwein mit seinen Jungen erkenne. Dass Wildschweine sehr ungemütlich werden können, wenn man ihrer Brut zu nahe kommt, weiß jeder.

«HILFE!»

«Hörst du auch, was ich höre? Der Sklave hat Probleme.»

Ich löse mich aus meiner Erstarrung, fliehe in die Hütte und halte hinter mir die Tür zu.

«Kannst du nicht anklopfen, Sklave? Das wird leider nicht ungestraft bleiben.»

«Dadraußen sind Wildschweine!»

«Ach, du bist doch nicht ganz dicht. Jetzt lügt er auch noch. Ich geh nachgucken, aber wehe, du hast gelogen.»

Maik geht nach draußen. Eine Minute verstreicht. Er ruft:

«Der Sklave hat voll gelogen. Da ist überhaupt nichts.»

Dann hören wir Rascheln, Quieken und einen markerschütternden Schrei:

«HILFE, HILFE, WARUM HILFT MIR DENN NIEMAND?»

Manfred erstarrt zur Salzsäule. Maik schreit und schreit immer lauter. Die Wildsau nimmt ihn offenbar richtig ran. Was die wohl alles mit ihm veranstaltet? Mitleid hab ich keins. Der Typ wird in seinem ganzen Leben nichts weiter hinkriegen, als Schrecken zu verbreiten. Es gibt Menschen, ohne die die Welt einfach besser dran ist.

Schließlich kehrt Ruhe ein, nur noch leises Stöhnen ist zu hören. Nachdem wir noch eine Ewigkeit mit angehaltenem Atem ausgeharrt haben, wagen wir uns raus. Der Fettklops liegt verdreht wie eine Unfallleiche auf dem Boden und wimmert leise vor sich hin. Wir ziehen ihn mit vereinten Kräften in die Hütte.

«Ich kann nichts mehr sehen», winselt er mit seiner hohen tuntigen Stimme. «Ich kann nichts mehr sehen!»

Selbst bei Kerzenlicht ist zu erkennen, dass sein eines Auge Matsch ist. Manfreds Stimme zittert.

«Der muss sofort ins Krankenhaus.»

«Aber wenn das Wildschwein noch da ist? Vielleicht sind das auch mehrere.»

«Wenn Maik stirbt, sind wir schuld.»

«Meinst du?»

«Los jetzt, wir bringen ihn weg. Die Sachen holen wir morgen nach.»

Halb kann Maik gehen, halb ziehen wir ihn hinter uns her. Sein Atem geht hastig und stoßweise, zwischendurch sackt er zusammen, und es dauert immer ewig, bis wir ihn wieder auf die Beine gestellt haben. Vielleicht macht er sich auch nur schwer, weil er mit dem Leben abgeschlossen hat. Total zerschunden und zerschreddert.

«Lasst mich einfach liegen.»

Heul doch. Endlich kann ich meinen Frust ablassen.

«Ja, komm, lass liegen, tritt sich fest. Das gibt 'nen schönen Fettfleck.»

Jetzt hat Manfred auf einmal keinen Humor mehr.

«Sag mal, bist du nicht ganz dicht?»

«Stimmt, geht nicht. Das ist nämlich Umweltverschmutzung, wenn der Fettkloß ausläuft und die giftige Schmiere dann im Erdboden versickert. Also lass weiter.»

Was soll Manfred schon machen? Mich zusammenschlagen? Eben. Morgen bin ich weg, und zwar auf Nimmerwiedersehen. Dann können die sich von mir aus gegenseitig versklaven oder sonst wen. Endlich erreichen wir den Holzapfelhof. Manfred klingelt Sturm. Herr Holzapfel ruft sofort den Notarzt. Zeit, mich vom Acker zu machen.

«Ich geh dann mal.»

Keine Reaktion.

«Ich muss los.»

Nichts.

«Also dann.»

Wieder nichts.

«Ich geh zu Oma Emmi rüber.»

Ich hab mal gehört, dass man dreimal was sagen muss, und wenn dann noch keine Reaktion kommt, kann man gehen, zum Beispiel im Restaurant, ohne zu zahlen.

Einen Schlüssel hab ich nicht dabei, und ich muss die arme Oma Emmi wach klingeln. Dachsi benimmt sich, als wäre ich der Leibhaftige. Ich rieche derart nach Kotze, dass

Emmi von meiner Fahne nichts mitbekommt, schätze ich. Sie meckert auch nicht großartig, es ist, als hätte sie mit so was gerechnet.

Sonntag verschanze ich mich bis zum Nachmittag im Haus und gehe wie geplant über den Ortskern zum Bahnhof. Die ganze Zeit habe ich Angst, dass mir Manfred und der Einäugige auflauern, aber ich begegne auf dem lieben langen Weg keiner Menschenseele. Wo sind die bloß immer alle? Ein erbärmlicher Abschied ist das, ohne «Die Leute von der Shiloh Ranch». Ich beschließe, nie wieder nach Todtglüsingen zurückzukehren.

ZWÖLFTER STOCK

Nun wohnen wir also im Hochhaus, in einer Zweizimmerwohnung für 342 Mark Monatsmiete. Küche und Bad sind frisch renoviert, und mein Zimmer ist fast doppelt so groß wie das im Reihenhaus. Nur auf den Balkon traue ich mich nicht, allein schon, wenn ich in seine Nähe komme, ziehen meine Beine bis in die Magengrube, am liebsten würde ich aufs Geländer steigen und runterspringen, damit es endlich vorbei ist. Ich glaube zwar nicht, dass ich es wirklich täte, aber man weiß ja nie, deshalb bleibe ich sicherheitshalber drinnen. Nach einer Woche sind wir immer noch damit beschäftigt, die Wohnung einzurichten, das heißt,

Mutter verrückt noch dauernd Möbel, obwohl die meiner Meinung nach alle schon am ersten Tag optimal standen. Das nervt, aber wenn ich was sage, gibt's doch nur wieder Ärger. Es ist praktisch unmöglich, ihr aus dem Weg zu gehen.

Noch drei Tage bis zum Schulbeginn, ein Glück, dann hält hoffentlich der Alltag Einzug. Am Wochenende fährt Mutter ihre Freundin Tante Maria in Reinbek besuchen, das ist eine halbe Weltreise, wie sie immer sagt. Aber statt alleine in der Wohnung bleiben zu dürfen, muss ich zu den Großeltern, wie ein Kleinkind.

Obwohl Opa immer mehr abbaut, schlüpft er jeden Morgen in seinen Anzug, und der sitzt so tadellos wie früher, ohne dass Oma ihm dabei zur Hand gehen müsste. Die arme Oma, jetzt ist sie den ganzen Tag mit ihm alleine. Bald feiern sie diamantene Hochzeit, muss man sich mal vorstellen. Sonst hat Oma niemanden mehr, mit dem sie sprechen könnte, selbst Frau Klippstein nicht, die hat irgendwann auch nicht mehr angerufen. Wahrscheinlich musste sie ins Altersheim, oder sie ist gestorben. Und jetzt würde sich Oma wohl selbst über Telefonate mit Frau Klippstein freuen. Was für eine Schnapsidee von Mutter, auszuziehen und sie im Stich zu lassen. Ganz schön egoistisch. Opa ist jetzt 91, und ich kann mir nicht vorstellen, dass er 100 wird.

Seit neuestem kommen sonntags zum Mittagessen immer zwei Mormonen. Die sind von ihrer Glaubensgemeinschaft für ein Jahr nach Deutschland versetzt worden, um für ihre Überzeugungen zu werben, und waren eines schönen Tages auch in unserer Siedlung Klinken putzen. Sie sind fast überall abgewiesen worden, schließlich gelten Mormonen als Sektenangehörige, nur Oma war so freundlich, sie hereinzubitten. War ja klar. Beide Männer sind sehr groß gewachsen und dem ermordeten Präsidenten John F. Kennedy wie aus dem Gesicht geschnitten. Sie haben dieses typisch amerikanische kantig-doofe Nussknackergesicht. Ansonsten sind sie nett und erleichtert darüber, einmal nicht auf Ablehnung zu stoßen. Da Oma es mit der Nächstenliebe sehr ernst nimmt, sitzen Mr. Gordon und Mr. Meyer nun jeden Sonntag Punkt eins ausgehungert an unserer Mittagstafel und freuen sich auf das Essen, das Oma ihnen serviert. Insgeheim ist Oma froh, dass jemand ihre Kochkünste zu würdigen weiß, wir Familienmitglieder schlingen unsere Mahlzeiten nämlich meist achtlos herunter, ich finde höchstens mal bei Sauerbraten ein paar lobende Worte. Die Mormonen bringen ihrer betagten Gastgeberin immer ein Sträußchen mit, allerdings nur aus Blumen, die sie am Wegesrand gepflückt haben. Das geht nun schon seit zwei Monaten, und langsam werde ich sauer, weil sie die Gutmütigkeit meiner Oma ausnutzen, ohne auf die Idee zu kommen, mal eine Gegenleistung zu erbringen. Wenn's nach ihnen ginge, würden sie sich wahrscheinlich noch bis zum Sankt-Nimmerleins-Tag beköstigen lassen. Spachtel. Opa weiß wahrscheinlich gar nicht, wer da jeden Sonntag zum Essen anrückt, und Oma hat von ihren Besuchern auch recht wenig, da sie ja praktisch kein Wort Englisch spricht. Den Übersetzer markieren mach ich schon aus Prinzip nicht, außerdem will ich in Ruhe essen. Die Mormonen grinsen wie die Honigkuchenpferde und radebrechen nur am Anfang ein paar Brocken Deutsch. Ganz schön frech, sich bei uns so einzunisten, stumm wie die Fische Rouladen oder Schmorbraten zu vertilgen und nach einer Stunde zu verschwinden, wie sie gekommen sind. Sie stammen aus dem US-Bundesstaat Wyoming, wo auch «Die Leute von der Shiloh Ranch» gedreht werden.

Von einem Tag auf den anderen war der Spuk allerdings vorbei: Mormonen sind nämlich strikte Antialkoholiker, ihr Glauben verbietet es ihnen, auch nur einen Tropfen anzurühren. An dem besagten Sonntag gab es Putengeschnetzeltes mit gedünstetem Obst und Reis und einer Zwiebelsoße, die Oma immer mit einem Schuss Weißwein veredelt. Als die Mormonen mit ihrem Riesenappetit schon fast den ganzen Teller leergeputzt hatten, rückte Oma mit der Sprache raus und erklärte mit Händen und Füßen, dass sie gerade Alkohol zu sich nehmen. Die Männer erstarrten und schoben die Teller von sich. Aus Höflichkeit sind sie noch ein paar Minuten geblieben und haben sich dann verpieselt. Auf Nimmerwiedersehen, wie sich herausstellen sollte. Hatten wohl Angst, von meiner Oma vergiftet zu werden! Kanns' mal sehen, obwohl sie so brav und harmlos tun mit ihren Betonhaarschnitten und Anzügen, sind sie doch durch und durch fanatisch. Vielleicht glauben sie, dass sie jetzt nicht mehr ins Paradies kommen oder so was, die armen Irren.

Wir sind in unserer Klasse zweiundzwanzig Mädchen bei nur sechs Jungen. Unser Klassenlehrer Herr Klöppel trägt die Haare halblang und hat einen Spitzbart, einen typischen Lehrerbart, wie Mutter sagt. Er unterrichtet uns in Mathe und Chemie. Oft ist es ziemlich laut während des Unterrichts. Herr Klöppel schaut sich das immer eine Weile an, bevor er dann ausrastet. Er bekommt einen hochroten Kopf und brüllt, unser Betragen sei eine «Unverfrorenheit». Er ist der einzige mir bekannte Mensch, der diese Vokabel benutzt. In Mathe bin ich zwar immer noch schlecht, aber es ist nicht mehr eine solche Katastrophe wie auf dem Gymnasium. Eigentlich liegt es an mir, ob ich mitkomme oder nicht. Wenn ich mich richtig auf den Hosenboden setze, komme ich aus eigener Kraft ungefähr auf eine Vier oder Vier minus, das reicht ja.

In der großen Pause gehen wir entweder in die Pausenhalle oder ins EKZ, beim Bäcker Negerkussbrötchen besorgen. Und natürlich rauchen alle wie die Schlote. Ich bin jetzt schon so weit, dass ich in jeder kleinen Pause eine barzen geh. Ich dreh nach wie vor selber, während Heiko Voss eine Drehmaschine benutzt, aber mit der Maschine werden die Kippen viel zu fest und sind dann nicht stark genug. Mit Martin, der wie ich nach der Beobachtungsstufe auf die Realschule gekommen ist, treffe ich mich eigentlich nur während der Schulzeit. Seine Eltern haben ihm die wüstesten Strafen angedroht, falls er sich über ihr Verbot, mich zu sehen, hinwegsetzen sollte.

Zur Konfirmation habe ich endlich einen Fernseher geschenkt bekommen, da kann ich gucken, was und wie lange ich will. Meine Mutter hat mir zwar verboten, mehr als zwei Stunden täglich zu glotzen, aber sie kann es ja schlecht die ganze Zeit kontrollieren, und jetzt schaue ich mir jeden Quatsch an, von Sendebeginn bis Sendeschluss. Endlich kann ich in der Schule mitreden. Meine Lieblingsserie ist «Kung Fu» mit David Carradine als Shaolin-Mönch. Höhepunkt jeder Folge ist eine Kampfszene, in der der kleine drahtige Mönch mit bloßen Händen und Füßen eine ganze Horde Gangster umnietet. Boing. Der Rest ist meist sterbenslangweilig, aber allein für die Kämpferei am Ende lohnt es sich auszuharren. Ich würde mir drei, vier Kämpfe pro Folge wünschen, aber wahrscheinlich dosieren die das extra so sparsam, damit man am Ball bleibt. Ich würde im Kino auch gerne «Zwei wie Pech und Schwefel» sehen, aber Mutter vertritt den Standpunkt, jetzt, wo ich den Fernseher hätte, bräuchte ich nicht noch für teuer Geld ins «Lichtspieltheater». Außerdem sind Bud-Spencer-Filme zu gewalttätig. Wahnsinn! Was soll denn an diesen Kinderkloppereien bitte schön gewalttätig sein? Das sieht ja ein Blinder mit Krückstock, wie die absichtlich danebenhauen! Harmloser können Schlägereien nun wirklich nicht sein, außer vielleicht in Zeichentrickfilmen.

Ich könnte mir in den Arsch beißen, dass «Der Exorzist» erst ab achtzehn freigegeben ist, da komme ich im Leben nicht rein. Angeblich der härteste Film der Welt, die meisten Zuschauer müssen mit Schock und Nervenzusammenbruch vorzeitig die Vorstellung verlassen und sind teilweise noch Tage später nicht ansprechbar. Erst konnte ich mir das nicht vorstellen, aber dann haben sie in der Hörzu ein paar Bilder aus dem Film veröffentlicht, und da hab ich's auch geglaubt. Ich glaube, ich würde es auch nicht aushalten. Trotzdem wünsche ich mir nichts sehnlicher. «Ein Mann sieht rot» soll auch tierisch sein. Beide Filme laufen in unserem Programmkino «Kurbel» bestimmt ewig, die guck ich mir dann an, wenn ich achtzehn bin.

Gefallen tut mir auch die neue Serie «Unser Walter». Erzählt wird das Schicksal eines mongoloiden Jungen und seiner Familie. Das Leben mit einem behinderten Kind gestaltet sich schwierig. Kindergärten und Schulen lehnen den Jungen ab, und Walter muss privat unterrichtet werden. Die Mutter kann nicht mehr im Familiengeschäft arbeiten, weil sie sich um ihren Sohn kümmern muss. Der Vater ist gezwungen, den Laden aufzugeben, die andere Tochter Sabine fühlt sich vernachlässigt usw. So was gab's im Fernsehen noch nie zu sehen.

«Raumschiff Enterprise» und «Columbo» werden auch gern gesehen, die Renner und Hauptgesprächsthemen auf dem Schulhof sind aber «Kojak» und «Die Straßen von San Francisco». Inspektor Heller alias Michael Douglas finden eigentlich alle Mädchen süß, sie sind mehr oder weniger ausnahmslos verliebt in ihn. Aber am tierischsten sind die «Otto-Shows» im ersten Programm, die allerdings nur einmal jährlich ausgestrahlt werden. Schon Wochen vorher fiebere ich auf das Ereignis hin. Die nächste Show werde ich mit dem Kassettenrecorder mitschneiden, damit ich nicht einen Gag vergesse. Die ersten beiden Otto-Platten höre ich auch rauf und runter. Und jetzt kommt's: Im Oktober besucht er unsere Schule! Frau Mertens, die Deutschlehrerin unserer Parallelklasse, kennt ihn angeblich und hat es arrangiert. Woher Frau Mertens jemanden wie Otto kennt, ist mir komplett schleierhaft, aber nachdem es anfangs alle für eine Ente gehalten haben, scheint es wirklich zu stimmen. Für eine ganze Schulstunde kommt Otto Waalkes nach Hanhoopsfeld!

Statt des Jesusbildes ziert jetzt das Deep-Purple-Poster aus dem Hamburger Abendblatt meine Wand. Ich hätte niemals für möglich gehalten, dass ausgerechnet das Hamburger Abendblatt ein Poster von Deep Purple rausbringen würde, und noch dazu das beste, was es gibt, finde ich. Ganz vorne steht Bassist Roger Glover, der wie Ian Paice die Arme verschränkt hält. Ian Gillan trägt nur ein blaues Unterhemd. Jon Lord hinten in zweiter Reihe sieht mit den Haaren und dem Bart selbst aus wie Jesus, während Ian Gillan, Ian Paice und Ritchie Blackmore glatt rasiert sind. Es gehen Gerüchte, dass sie nächstes Jahr in Hamburg auftreten sollen, im CCH, Saal 1.

Zu den Jungen aus meiner Klasse habe ich nur wenig Kontakt. Frank und Andreas scheiden schon mal aus, weil sie die ganze Zeit zusammenglucken, man kommt bei denen nicht dazwischen. Sie beschießen sich und andere die ganze Zeit mit Kartoffelpistolen und giggeln ohne Unterlass. Außerdem unterhalten sie sich die ganze Zeit in ihrer total behinderten Comic-Geheimsprache: «Ich so stratz weg.» – «Er so brems ab.» – «Sie so schreck auf.» Und so weiter. Sie sind fanatische HSV-Fans und besuchen jedes

Heimspiel. WESTKURVE, BLOCK E prangt in riesigen Lettern auf ihren Jeansjacken.

Peter Dankwart ist die totale Nervensäge, mit seinem Holzkopf und der meckernden Lache. Ein Außenseiter aus Überzeugung, er scheint an nichts anderem interessiert zu sein als an seinem Chemiebaukasten und lebt in seiner eigenen Welt. Sein größter Wunsch ist, sich nächstes Jahr, mit fünfzehn, eine Mofa zuzulegen. Aber keine Zündapp oder Starflite, sondern eine Mars, aus dem Quellekatalog! Dauernd posaunt er herum, wie «fahrgeil» er *jetzt* schon ist. Wenn man ihn auf seinem Bonanzarad mit Hirschgeweihlenker und Bananensattel sieht, wie ein Behinderter ständig die Hand an der Dreigangschaltung, kann man sich schon vorstellen, was nächstes Jahr los ist.

Andreas Janischewski ist der einzige Junge, der freiwillig ganz vorn sitzt und statt Jeans immer Stoffhose und Rolli trägt. Er ist sehr drahtig und hat wulstige Lippen. Normalerweise werden alle Jungs, die Andreas heißen, Andy gerufen, er aber nicht. Andreas kommt aus asozialen Verhältnissen und gilt als Schläger. Angeblich kann er jeden umnieten, den er will. Hier in der Klasse könnte es sowieso niemand mit ihm aufnehmen. «Ich such Gegner, keine Opfer», sagt er mit mitleidigem Blick in die Runde. Ich schätze, dass er spätestens zum Ende des Schuljahrs klebenbleibt, sowieso völlig schleierhaft, wie er es bis in die Neunte geschafft hat.

Dann gibt es noch Reno Krabbendaal, der hat einen blonden Lockenkopf und bewegt sich wie ’ne Alte. Es heißt, er wäre ein Schwuli. Er behauptet zwar, er habe eine Freundin, die hat aber noch kein Mensch auf der Welt gesehen. Außerdem ist er total altklug und lässt dauernd irgendwelche Schwachsinnssprüche vom Stapel: «Der Kluge bemerkt alles, der Dumme macht über alles eine Bemerkung.» Es geht noch schlimmer: «Wer Schmetterlinge lachen hört, der weiß, wie Wolken schmecken.» Das mit dem Schwulsein kann man ihm zwar nicht beweisen, aber wir warten darauf, dass ihm auf einem Klassenfest oder der nächsten Klassenreise die Pferde durchgehen und er irgendjemanden anschwult.

OTTO

Mutter will Opa ins Heim geben. Ich finde das ziemlich mitleidslos, noch dazu kann's ihr ja egal sein, denn die Plackerei hat ausschließlich Oma, also sollte es nach Adam Riese auch ihre Entscheidung sein. Ich habe Mutter im Verdacht, dass sie sich an Opa rächen will für das, was er ihr angeblich in ihrer Jugend angetan hat. Bei den geringsten Verfehlungen soll er sie blutig geschlagen haben, wenn sie beispielsweise nicht ordentlich Klavier geübt hat. Da ich mir das kaum vorstellen konnte, habe ich Oma gefragt:

«Stimmt es, dass Opa Mutti früher regelmäßig verdroschen hat?»

«Ach, Mathias.»

«Nee, sag mal.»
«Ach, nun lass doch.»
«Also stimmt das nicht?»
«Ach, mein Junge.»
Und so weiter.

Um Oma einzuschüchtern, entwirft Mutter regelrechte Horrorszenarien. Detailliert beschreibt sie ihr, wie die Oma von Schultes ihre Zimmerwände regelmäßig mit Kacke beschmiert, sich büschelweise die Haare ausreißt und einmal sogar eine tote Maus mit Haut und Haaren verspeist hat. Seit zwei Jahren sei das Leben der Schultes die Hölle, aber sie gingen lieber vor die Hunde, als dass sie ihre Oma ins Heim gäben. Dabei ist die wirklich jenseits von Gut und Böse und merkt nicht mehr, wo und bei wem sie ist. Eine Gemeinheit, Opa mit der alten Frau Schulte zu vergleichen. Noch zeigt sich Oma wehrhaft, aber ich befürchte, dass sie Mutters Bombardement über kurz oder lang nicht wird standhalten können.

Seitdem wir umgezogen sind, ufern die abendlichen Schularbeitenkontrollen immer mehr aus. Nach dem Abendbrot immer Minimum eine, oft zwei Stunden, der bisherige Rekord liegt bei fast drei. Obwohl ich versuche, Mutter so weit wie möglich aus dem Weg zu gehen, kommt es fast jeden Tag zu bösem Streit. Bei einem Telefonat mit ihrer Freundin Maria aus Reinbek, das ich belauscht habe, nannte sie mich verstockt und unberechenbar, das läge aber an der Pubertät. Unberechenbar! Wer hier wohl unberechenbar ist! Und wenn ich schon Pubertät höre. Das blödeste Argument von allen! Läuft irgendwas schief, ist unter Garantie die Pubertät dran schuld. Eckhard Todt rasiert sich jeden Tag wie ein Geisteskranker, weil durch stetige Rasur der Bart angeblich von selbst zu sprießen anfängt. Schab, schab. Sein älterer Bruder ist im Käfer-Cabrio-Fanclub, den Rest kann man sich ja denken. Angeblich soll Eckhard auch wichsen, Thomas Leppin hat ihn laut eigenen Angaben mal in der Umkleide dabei erwischt. Es würde niemand niemals zugeben, dass er wichst, Wichsen ist das Allerletzte überhaupt. Aber ich bin mir sicher, dass es fast alle machen, vielleicht nicht gleich mit der Hand, aber an der Matratze schuppern, es gibt da ja verschiedene Methoden. Ich mach es auch ein- bis zweimal die Woche, meist, wenn ich bei den Hausaufgaben sitze und einfach nicht auf die Lösung komme. Dann übermannt mich eine ohnmächtige Verzweiflung, ich lege mich auf die Matratze und reibe mich so lange, bis sich dieses unbeschreibliche Gefühl einstellt. Danach bin ich erst mal erleichtert und kann mich wieder mit halbwegs klarem Kopf meinen Hausaufgaben widmen. Für mich ist das allerdings nur ein Übergang. Wenn ich die Schule endgültig in den Griff bekommen habe, höre ich damit auch wieder auf.

Zu einem riesengroßen Problem hat sich Bernd Kloppstock entwickelt, der eine über mir geht. Kloppstock, der Name ist Programm. Er ist der einzige richtig Dicke an der ganzen Schule und der Inbegriff von Brutalität. So wie Maik, nur dass Bernd auch noch aussieht wie ein Vogel, aber einer von der fluguntüchtigen Sorte. Er ist dauernd hinter den Mädchen her und lässt keine Gelegenheit aus, sich ihnen zu nähern, meist beim Spiel *Mädchen die Jungen* bzw. *Jungen die Mädchen*, bei dem es darum geht, dass die eine Gruppe der anderen habhaft wird. Wenn alle Mädchen oder alle Jungen gefangen sind, ist das Spiel vorbei. Es geht im Grunde genommen ausschließlich darum, die Mädchen unter dem Deckmantel des Spiels zu befummeln. Ganz wichtig dabei ist, dass die Mädchen wie verrückt kreischen und sich mit Händen und Füßen wehren. Wenn sie das nicht tun, ist es nämlich witzlos. Simone Behrbaum hat Heiko Voss einmal voll auflaufen lassen. Als er ihr zwischen die Beine gegangen ist, ist sie ganz ruhig stehen geblieben und hat ihn gefragt, ob es Spaß macht. Da hat er seine Hand aber ganz schnell weggezogen, so schnell konnte man gar nicht gucken. Bernd Kloppstock jedenfalls fasst die Mädchen unsittlich an und lacht die ganze Zeit wie ein armer Irrer, als ob alles ein riesengroßer Spaß wäre, dabei ist es bitterer Ernst. Das wissen natürlich alle, und Bernd weiß auch, dass ihn alle durchschauen, er ist ja nicht völlig behämmert. Bloß zu sagen traut sich niemand was, aus Angst vor Prügel. Weil er so grob und dumm und hässlich ist und keinen Plan hat, wie er sich Mädchen auf vernünftige Weise nähern könnte, ist er auf eine ganz seltsame Masche gekommen: Wenn er eine besonders gut findet, stellt er ihr ein Bein. Knall hin. Man fragt sich, was er damit bezweckt, denn die legen sich zum Teil richtig auf die Fresse und fangen an zu heulen und alles, aber der blöde Idi findet einfach keine andere Methode, um auf sich aufmerksam zu machen. Vielleicht glaubt er in seinem

Spatzenhirn am Ende sogar, die Mädchen würden schon schnallen, dass er sie in Wahrheit gut findet, was weiß ich. Wenn man so fett und scheiße ist wie Bernd Kloppstock, kann nichts mehr schön oder zart oder romantisch sein. Nichts. Nie. Ich stelle mir vor, wie er jeden Morgen bereits schäumend vor Wut aufwacht und dieser Zorn im Verlauf des Tages nur noch wächst. Der Hass haut ihn fast aus den Socken.

Auf jeden Fall war ich mit Andreas und Frank in der kleinen Pause eine rauchen und hab abgelästert, wie mongomäßig bescheuert Bernd ist, als der plötzlich um die Ecke gebogen kam. Seitdem hab ich nichts mehr zu lachen. Er weiß zum Beispiel ganz genau, was für einen Stress ich mit meiner Mutter habe, und nimmt mir deshalb ständig mein Fahrrad ab. Er fährt damit dann stundenlang um den Pudding, obwohl er gar keine Lust dazu hat, er macht es nur, um mich zu quälen. Ich flehe ihn nach jeder Umkreisung an, mir das Rad zurückzugeben, aber er grinst nur fies und zieht die nächste Schleife. Es bereitet ihm diabolisches Vergnügen zu sehen, wie sich meine Verzweiflung Runde um Runde steigert. Wenn ich einfach nach oben ginge, würde er mein Fahrrad in die nächste Ecke pfeffern, und es würde sofort geklaut, und dann frage nicht nach Sonnenschein. Also muss ich so lange warten, bis er keinen Bock mehr hat und mir das Rad freiwillig aushändigt. Ich hab ihm schon Geld geboten und mein Mikroskop, aber das interessiert ihn alles nicht. Ihm geht es mit seinem ganzen Hass nur darum, mich zu unterdrücken.

Meine einzige Hoffnung ist, dass Bernd jemand anderen auf den Kieker nimmt, und ich überlege schon immer krampfhaft, was man da tun könnte. Es gibt nämlich meiner Meinung nach viel bessere Folteropfer, zum Beispiel Dirk Schmidt. Der hat Schuppenflechte, dünne, fettige Haare und abartig knallrote Wulstlippen, voll die Mutation. Die Krönung ist, dass er dreimal die Woche zum orthopädischen Turnen muss, weshalb er sowieso schon andauernd gefoltert wird. Manchmal binden sie ihn nach Schulschluss an den Fahrradständer und lassen ihn dort einfach liegen. Irgendwann fängt er an zu blöken wie ein verlassenes Kalb in der Wüste Gobi, bis er vom Hausmeister gefunden wird. Da alle dichthalten, ist bisher nichts rausgekommen, und Dirk hält auch die Klappe. Sollte er auch nur einen Mucks sagen, dann gnade ihm Gott. Ab und zu binden sie ihm in der großen Pause eine Leine um und führen ihn durchs Schulgelände wie einen Hund. Auf der einen Seite tut er mir leid, auf der anderen Seite ist er wirklich eklig und noch dazu strohdoof und kein Stück sympathisch. Da kann er meine Folter auch noch mit übernehmen.

Morgen kommt Otto Waalkes! Vielleicht gefällt es ihm ja so gut, dass er länger bleibt als vorgesehen und auch noch *unsere* Klasse besucht. Einen Blick auf ihn aus der Nähe zu erhaschen sollte auf jeden Fall drin sein. Vielleicht bekomme ich sogar Gelegenheit, ihm die Hand zu schütteln. Wie es wohl wäre, wenn Deep Purple an unsere Schule kämen? Wahnsinn. Wenn ich ihre Musik höre, schließe ich die Augen und stelle mir vor, Ian Gillan und Ritchie Blackmore in einer Person zu sein. Ich stehe, nur mit Jeans und Unterhemd bekleidet, vor dem Gesangsmikro und spiele zusätzlich noch die Gitarrensoli.

Aber heute geht's erst mal mit der ganzen Klasse zur Köhlbrandbrücke. Bevor die nämlich nächste Woche für den Autoverkehr freigegeben wird, darf sie drei Tage begangen werden. Bundeskanzler Schmidt und Bundespräsident Scheel sollen angeblich auch kommen. Kann ich mir zwar nicht vorstellen, aber man wird spätestens heute Abend in der Tagesschau Genaueres erfahren. Einerseits habe ich keinen Bock, andererseits ist das ja sozusagen schulfrei. Direkt vor mir geht Karsten Petermann, wie immer mit Kippe im Maul, Plateauschuhen und Veddelhose mit extrabreitem Gürtel. Er geht in die Zehnte und ist der abgefahrenste Typ der ganzen Schule, fast als Einzigster darf er sich die Haare wachsen lassen, so lang, wie er will, und nicht so wie wir mit unseren Pottschnitten. Seit neuestem trinkt er den Orangenfruchtsaft «Appelsin», und zwar mit Strohhalm! Niemand außer ihm würde auf die Idee kommen, irgendwas mit Strohhalm zu trinken, das ist ja nur was für Kinder. Und bei jedem anderen würde es auch voll behindert aussehen. Bei ihm aber nicht. Appelsin hat vorher auch keiner getrunken, ich wusste noch nicht einmal, dass es die Marke gibt. Ich hab sie mir sofort gekauft, weil ich dachte, die schmeckt vielleicht besser als Bluna oder andere Limonaden, stimmt aber nicht. Es ist wahrscheinlich so wie mit Navy Cut, die raucht man schließlich auch nicht, weil sie so gut schmecken, und die Chemieplörre schmeckt eben auch nicht. Schütt weg. Karsten bewegt sich extra langsam, wie eine Schnecke, aber ich weiß, dass er jeden Moment explodieren und jeden zusammenschlagen könnte, wenn er wollte, selbst Andreas Janischewski. Ich war mal Zeuge, wie er Hassan fertiggemacht hat. Hassan ist neunzehn und Türke, schon voll der Schrank und so lang wie breit. Beim Autoscooter hat er Karsten gerammt, da hatte der gar keinen Bock drauf. Er hat ihn insgesamt dreimal verwarnt, doch Hassan ist ihm immer wieder volles Rohr in die Seite gefahren. Als die Runde vorbei war, ist Karsten zu Hassan hin und hat sich, ohne ein Wort zu sagen, vor ihm aufgebaut. Im Verhältnis zu Hassan ist er voll der Hänfling. Die beiden haben sich angeschaut, und man konnte schon an den Blicken erkennen, wer den Kürzeren ziehen wird. Hassan hat nämlich Schiss gehabt, ich hab's genau gesehen. Und dann, wie aus dem Nichts, hat Karsten abgezogen und Hassan mit derartiger Wucht in die Fresse gehauen, dass der sofort zu Boden gegangen ist. Anstatt zurückzuschlagen, hat Hassan nur eine abwehrende Armbewegung gemacht und ist regelrecht weggekrochen. Erst nach zwanzig Metern hat er sich getraut, aufzustehen. Als er außer Reichweite war, hat er wüst rumkrakeelt, aber das hat natürlich keiner mehr ernst genommen. Es ist nämlich der Wille, der den Unterschied ausmacht. Und Karsten *wollte* es eben.

Das Erste, was ich mit achtzehn mache, ist, mir eine Veddelhose zuzulegen. Der einzige Typ, der sonst noch Veddelhose tragen darf, ist Oliver Büscher, der kennt angeblich welche von den Hells Angels. Das Problem bei Veddelhosen ist, dass die als absolute Rockerhosen verschrien sind. Ich hatte mal kurz bei meiner Mutter vorgefühlt, weil ich dachte, dass sie weltfremd genug ist, über Veddelhosen nicht Bescheid zu wissen, aber da hatte ich mich leider geschnitten.

Es herrscht ein totales Gedrängel auf der Brücke, halb Hamburg ist unterwegs, und zwischendurch schwankt alles, dass ich es mit der Angst zu tun bekomme und echt froh bin, als wir wieder runter sind. Alleine wäre ich niemals auf die Idee gekommen, die Brücke zu besteigen.

Otto ist viel kleiner, als ich gedacht hätte. Es ist seltsam, jemanden, den man nur aus dem Fernsehen kennt, plötzlich inmitten von ganz normalen Menschen zu sehen, so als wäre er einer von ihnen. Zwischen ihm und den anderen besteht aber ein himmelweiter Unterschied. Von wegen, alle Menschen sind gleich! Sind sie eben nicht. Es gibt nichts Ungleicheres als Menschen. Mäuse sind von mir aus gleich oder Würmer oder Spatzen. Aber Menschen nicht. Eigentlich hätte ich erwartet, dass Otto von einer Schar Leibwächter eskortiert würde. Aber er kommt einfach in Begleitung eines Freundes angelatscht, der nach allem anderen aussieht, nur nicht nach Personenschützer. Ich beobachte ihn von der Pausenhalle aus, es liegen gerade mal zehn Meter Luftlinie zwischen uns. Wenn er jetzt zu mir rüberschauen würde, wie geil wäre das! Ein Zug des Erkennens huscht über sein Gesicht, er lässt alles stehen und liegen und begrüßt mich wie einen alten Freund. Da würde meinen Mitschülern alles aus dem Gesicht fallen. Ich habe mir schon tausendmal ausgemalt, wie es wäre, ihm das

Leben zu retten: Otto geht eine einsame Straße entlang, plötzlich brechen Gestalten aus den Büschen und überwältigen ihn. Jetzt gibt es verschiedene Möglichkeiten:

A) Ich erschieße die Leute.
B) Ich schlage sie zusammen, und sie flüchten.
C) Ich bringe den schwerverletzten Otto ins Krankenhaus und rette ihm so das Leben. Weil er mir auf ewig dankbar ist, macht er mich zu seinem besten Freund.

Die Pausenglocke läutet und holt mich in die Realität zurück. Ich muss langsam mal ins Klassenzimmer. Bio bei Herrn Soetje, der kein Wort darüber verliert, wer im Stockwerk über uns gerade zu Gast ist. Nur durch eine lächerliche Decke getrennt, steht Otto Waalkes jetzt der R8b Rede und Antwort. Wie der wohl so ist? Viel ernster wahrscheinlich, als man glaubt. Der hat bestimmt keine Lust, den ganzen Tag auch noch privat den Kasper zu spielen. Herr Soetje zieht unverdrossen sein Ding durch: «Welches sind Beispiele für bedingte Reflexe?»

Ein Insekt fliegt Richtung Auge – ich schließe das Auge. Ich rieche den Duft eines Brathähnchens – das Wasser läuft mir im Mund zusammen. Es juckt mich am Hals – ich kratze mich.

Schlaf ein.

Als es endlich läutet, wollen alle sofort nach draußen stürmen, um einen Blick auf Otto zu erhaschen, doch Herr Soetje hält uns zurück.

«Nun beruhigt euch mal wieder, Otto rennt ja nicht gleich weg.»

Ach ja? Woher will denn ausgerechnet der das wissen? Als Herr Soetje aus der Tür heraustritt, rasselt er fast mit Otto zusammen. Otto lächelt freundlich und gibt dem Pauker die Hand. Herr Soetje erwidert das Lächeln und geht seiner Wege, ohne eine Miene zu verziehen. Muss man sich mal vorstellen! Lässt der sich extra nichts anmerken? Oder interessiert es ihn wirklich nicht, wem er da gerade über den Weg gelaufen ist? Ich drängele mich vor, soweit ich kann, aber ich habe keine Chance, Otto näher zu kommen, es sind mindestens zwanzig Leute dazwischen. Otto geht durch das Schultor Richtung EKZ. Dann verliere ich ihn aus den Augen.

ROCK YOUR BABY

Ich habe mich mit meiner Klassenkameradin Sonja angefreundet. Mehr oder weniger zufällig, ich hätte nie gedacht, dass sie mich auch nur *nett* findet. Es ist ein richtiges kleines Wunder. Sie ist schon ziemlich entwickelt, hat einen Atombusen wie Sonja Holzapfel und ein gebärfreudiges Becken. Wir treffen uns mehrmals in der Woche nachmittags, entweder in ihrer Wohnung oder draußen auf dem Spielplatz. Als sie mich neulich als ihren besten Freund vorstellte, hat mich das echt stolz gemacht. Ich wusste nämlich gar nicht, dass sie das so sieht. Für mich ist es auch so, aber nie im Leben hätte ich mich getraut, das auszusprechen. Da sie mit ihrer Mutter und ihrer Schwester ebenfalls in einem der drei Hochhäuser wohnt, sind wir gewissermaßen Nachbarn. Gelegentlich spricht sie mich auch so an.

«Guten Tag, Herr Nachbar.»

«Ach, einen recht schönen guten Tag wünsche ich, Frau Nachbarin!»

Sonja hat schon einen festen Freund, Stefan, der ist sechzehn und will langsam mal mit ihr intim werden. Und ausgerechnet mich hat sie deswegen interviewt. Wir haben ausführlich darüber gesprochen und das Für und Wider hin- und hergewälzt. Ich könnte mir sogar vorstellen, dass ich der Einzige überhaupt bin, mit dem sie darüber gesprochen hat. Ein Grund mehr, sich was darauf einzubilden. Meiner Meinung nach will dieser Stefan sie nur ausnutzen, aber das kann ich so nicht sagen, weshalb ich es über versteckte Hinweise versucht habe. Zum Beispiel die Sache mit dem Mofa, das er bei ihr im Keller unterstellt, weil er von seinen Eltern aus keins haben darf. Die Starflite ist weder versichert, noch zahlt er Steuern, und Sonja ist gerade gut genug dafür, ihm den Keller aufzuschließen, damit er stundenlang in der Gegend rumpesen kann. Den Krümmer hat er auch abgesägt, das Teil macht an die achtzig Sachen. Ich habe schon überlegt, den Polypen einen Tipp zu geben, denn ich kenne Stefans Strecke. Wenn die ihn erwischen, gibt's richtig Ärger. Vielleicht muss er sogar ins Heim, und mit Sonja wäre dann Schluss, da bin ich tausendpro sicher.

Sie hat mir erzählt, dass er ihr fast immer unter die Bluse geht und mächtig Druck macht, weil ihm das auf Dauer zu wenig ist. Bald hat er sie so weit, ich seh's schon kommen.

Sonja tat zwar so, als sei sie an meiner Meinung interessiert, aber das war nur alibimäßig. Sie interessierte sich in Wahrheit nur für die Gründe, die *dafür* sprechen. Immer wenn ich ein Argument dagegen genannt habe, hat sie ihn verbissen verteidigt, und die Geschichte mit dem Mofa war ihr auch egal. Eigentlich braucht sie mich dann auch erst gar nicht zu fragen. Aber die Dinge ändern sich gerade von allein, denn Stefans Vater soll nach Nürnberg versetzt werden, und bei der Entfernung lässt sich die Beziehung natürlich nicht aufrechterhalten. Ich war ganz erstaunt, wie vernünftig Sonja plötzlich war, vor ein paar Wochen hätte sie sich wegen dem die Pulsadern aufgeschnitten. Aber wahrscheinlich hat sie jetzt schon einen Neuen im Visier. Versteh einer die Weiber.

Und ich sollte recht behalten! Sie hat sich aber nicht irgendeinen ausgeguckt, sondern ausgerechnet Martin! Ich bin selber schuld, denn ich hab's eingefädelt, ohne zu merken, was für eine vereumelte Scheißaktion das wird. Es hatte sich nach der Schule so ergeben, dass wir zu viert noch im EKZ rumhingen, Sonja, Martin, Ina Steffens und ich. Martin hat aus einer Laune heraus vorgeschlagen, zusammenzuschmeißen und bei der PRO eine Flasche Apfelwein zu holen. Unser Geld reichte dann sogar für zwei Flaschen. Wir sind zur Obstplantage gegangen, auch Obsti genannt. Die heißt so, weil da früher wohl mal Obstbäume standen, jetzt steht da kein einziger mehr, es ist einfach nur eine ganz normale Wiese mit ein paar mickrigen Sträuchern, aber die heißt trotzdem noch so. Und daraus entwickelte sich dann der ungefähr beste Nachmittag, den ich je erlebt habe. Wir haben uns vor Lachen beömmelt wie die Weltmeister, und keiner wusste genau, warum, wegen dem Alkohol natürlich. Ich hab die ganze Zeit meine Sätze nicht zu Ende gebracht und immer wieder neue angefangen, die ich auch nicht zu Ende brachte. Die Witze und Sprüche wurden im Laufe des Nachmittags auch immer versauter. Gerade Ina hätte ich das nie im Leben zugetraut:

«Was ist die Steigerung von imposant? Im Hintern Steine, im Arsch Geröll.»

Oder: «Nimm deine Hand aus meiner Hose! Ich zähle bis tausend!»

Oder: «Willst du wirkungsvoll verhüten, nimm Melitta Filtertüten.»

Wahnsinn, was für eine Wirkung Apfelwein hat. Ich war jedenfalls tierisch gut drauf, bis Sonja und Martin plötzlich anfingen rumzuknutschen. Einfach so, aus dem Nichts. Ina und mir war das sehr unangenehm, wir wussten gar nicht, wo wir hingucken sollten, und schlagartig war es vorbei mit der guten Laune. Wir haben den Rest vom Apfelwein gesoffen und gehofft, dass die vielleicht auch mal irgendwann fertig sind, aber im Gegenteil, Sonja hat angefangen, voll rumzustöhnen, und Martin auch. Als ob wir Luft wären. Das konnte ich mir nicht länger mit angucken. Ich möchte weder Sonja noch Martin in einer solchen Situation erleben, dann hat das mit uns nämlich keinen Wert mehr. Vielleicht dachten die ja, dass Ina und ich auch einsteigen, aber auf die Idee wären wir nie im Leben gekommen, da hätte Ina schon den ersten Schritt tun müssen, was sie natürlich niemals gemacht hätte, und wenn, dann sicher nicht mit mir. Das wäre mir auch zu viel geworden. Ich hab mir das zwar schon oft vorgestellt, eigentlich mit fast allen Mädchen aus meiner Klasse, auch den hässlichen, aber es ist doch ein gewaltiger Unterschied, es sich nur vorzustellen oder es tatsächlich zu machen.

Nicht mal zwei Wochen später hat Martin mit Sonja Schluss gemacht. Vollkommen grundlos. Dabei hatte er mir am Wochenende noch vorgeschwärmt, wie es war, als Sonja ihm in die Hose gegangen ist. Das wäre das Beste überhaupt. Er hat auch erzählt, wie umgekehrt er ihr auf dem Spielplatz in die Hose gegangen ist und sie total drauf abfuhr. Er hätte sie «nach allen Regeln der Kunst *durchgeorgelt*». Diese Formulierung fand ich total eklig, ich wollte das alles eigentlich gar nicht wissen, aber den Mund konnte ich ihm ja schlecht verbieten. Und jetzt macht der Idiot einfach Schluss. Auf meine Frage nach dem Grund hat er nur «keinen Bock mehr» gesagt. Ganz schön schwach, aber mehr fiel ihm dazu nicht ein. Wahrscheinlich ist er einfach nicht verknallt. Wenn ich mir im Vergleich dazu vorstelle, wie lange ich in Heike verliebt war, und zwar ohne jegliche Hintergedanken! Aber jetzt ist es sowieso zu spät mit Heike, da wird nie mehr was draus, abgesehen davon, dass sie noch mal stiller geworden ist, als ob sie endgültig gebrochen wäre. Und selbst wenn sie noch wäre wie früher, dann würde sie garantiert mit Karsten Petermann oder einem ähnlichen Kaliber gehen. Sonja ist natürlich total fertig. Da darf Martin innerhalb einer Woche alles mit ihr machen, was sie Stefan monatelang verweigert hat, und er lässt sie fallen wie eine heiße Kartoffel! Zwischen uns ist es auch nicht mehr so wie früher, nach allem, was ich weiß, und sie weiß ja auch, dass ich es weiß, vertrackte Situation.

Am 17. November ist Opa ins Heim gekommen. Mutter hat sich am Ende gegen Oma durchgesetzt. Das Fass zum Überlaufen brachte, dass er ausgebüxt ist und erst nachts um drei von der Polizei an einer Bushaltestelle aufgelesen wurde. Da saß er in Schlips und Kragen wie ein vergessener Regenschirm und fror sich einen ab. Er hat den Polizisten freundlich die Hand geschüttelt und seinen Hut gelupft. Sie brachten ihn dann nach Hause, und am nächsten Tag ist die Entscheidung gefallen. Seitdem geht es noch schneller abwärts mit ihm. Seit er im Heim ist, muss er sogar Windeln tragen.

Am Nachmittag des Heiligen Abend haben wir ihn besucht, und es hat mir fast das Herz gebrochen, wie er da in käsigem Licht einsam und allein mit schrägem Kopf und halb geöffneten Lippen zwischen den anderen Tattergreisen saß, die schief und krumm Weihnachtslieder sangen oder einfach nur noch ihre Münder stumm auf- und zumachten oder tonlos vor sich hin pfiffen. Glück kann es an solchen Orten nicht mehr geben. Opa war schlecht rasiert, eine große Schramme lief ihm über die linke Backe bis zum

Hals. Da wurde mir auf einmal klar, dass er die ganze Zeit schon auf Vorrat gewartet hatte. Er wohnte im Keller und wartete auf den Tod.

Sein Anzug ist Totenhemd, Totenanzug und Totenmantel zugleich. Da war nichts mehr übrig vom leitenden Ingenieur, nach dessen Pfeife einmal mehr als hundert Leute getanzt haben. Zum Glück scheint er selber kaum noch etwas mitzukriegen. Er lächelt so mongomäßig viel wie in seinem ganzen früheren Leben nicht. So saßen wir zwei Stunden bedröppelt herum, und keiner wusste so recht, was er sagen sollte, selbst Mutter nicht, der ich ihr schlechtes Gewissen angesehen habe.

Als wir dann wieder zu Hause waren, gab es kein Halten mehr. Oma hat geweint wie noch nie, wenigstens einmal in ihrem Leben hat sie keine Rücksicht auf andere genommen und ihren Tränen freien Lauf gelassen. Ein trauriges Häuflein Rumpffamilie hockte stumm um den Weihnachtsbaum, und alle hatten die Bilder von früher im Kopf: Onkel Otto und Tante Mariechen, der Kirchgang, Opa als Weihnachtsmann, die Bescherung, das gemeinsame Singen und Musizieren und das Mondauto. Als Oma auch noch die Gans verkohlt ist und wir die wegschmeißen mussten, war es endgültig vorbei mit der Beherrschung. Auch Mutter konnte sich nicht mehr länger zusammenreißen und hat hemmungslos geschluchzt. Die ganze Familie saß da wie eingefroren, und ich fühlte mich, als wäre ich bis oben voll mit Kleister. Ungefähr das traurigste Weihnachtsfest, das sich vorstellen lässt.

Oma fährt jeden einzelnen Tag mit dem Bus ins Heim,

zweimal umsteigen muss sie, aber sie nimmt den beschwerlichen Weg bei Wind und Wetter auf sich.

«Bin ich eine gute Ehefrau, oder bin ich keine gute Ehefrau?», sagt sie, wenn Mutter fragt, ob es ihr nicht zu viel wird.

Februar ist ein denkbar ungeeigneter Monat für ein Klassenfest, finde ich, finden alle. Einziger Vorteil einer Klassenfeier im Februar ist, dass es bereits um sechs dunkel ist. Herrn Klöppels Frau ist mit von der Partie. Sie heißt Sabine Klöppel und arbeitet beim Einwohnermeldeamt. Irgendwie sehen die beiden mehr aus wie Geschwister als wie ein Paar. Ist mir schon häufiger aufgefallen, dass die meisten Eheleute wirken, als wären sie miteinander verwandt. Vielleicht gleichen sich die Gesichter mit den Jahren an, würde mich nicht wundern. Oma und Opa sehen sich auch ziemlich ähnlich, zwei dünne, knochige Alte, die im gleichen Tempo geschrumpft sind.

Sonja und ich haben auf der Toilette zwei Flaschen Asti Spumante gebunkert. Sie hat einen neuen Freund, Andreas Schneider, der hat angeblich auch schon mal in Hahnöfersand gesessen, er fährt eine frisierte Zündapp Watercooled, die über hundert Sachen macht. Wahrscheinlich hat sie nur wegen ihm die Hot Pants an, sie sieht damit aus wie eine Nutte. Ich glaube, dass sie mit ihm geschlafen hat. Im Dezember ist sie fünfzehn geworden, und sie hat mal gesagt, dass fünfzehn für sie die Schallgrenze ist. Wenn die Fete um zehn zu Ende ist, kommt er sie abholen, und sie übernachtet angeblich bei ihm. Ich weiß nicht, ob ich ihr das glauben soll, ihre Mutter ist ja ziemlich streng. Sonjas Schwester ist schon siebzehn, und die muss sogar am Wochenende um halb zehn zu Hause sein. Aber vielleicht wird Sonja als Zweitgeborene auch bevorzugt, Nachzügler haben es ja durch die Bank leichter.

Da ich der einzige Deep-Purple-Fan in der ganzen Klasse bin, kann ich warten, bis ich schwarz werde, die werden noch nicht mal «Woman from Tokyo» oder «Black Night» spielen, obwohl man dazu gut tanzen kann. Sonja schwärmt für Mike Oldfield, sie hört «Tubular Bells» rauf und runter. Ich finde es auch ganz schön heftig, dass Mike Oldfield in seinem Alter über zwanzig Instrumente beherrscht, aber das ändert nichts an der Tatsache, dass die Stücke allesamt zum Einschlafen sind, bis auf den Part, den sie für die Filmmusik beim Exorzisten genommen haben. Sonjas andere Lieblingsband ist Ougenweide, die, genau wie Mike Oldfield, ihre Musik mit möglichst vielen selbstgebastelten Instrumenten aufnimmt, nur eben so auf Mittelalter getrimmt. Ich finde beide scheiße.

Um sieben gehen Sonja und ich das erste Mal zum Schlucken auf die Toilette. Es ist zwar lange nicht so wie damals in der Obsti, knallt aber trotzdem. Sonja trinkt doppelt so schnell wie ich; wenn ihr Freund sie nachher abholt, ist sie bestimmt schon besoffen. Wir machen immer einen großen Bogen um Herrn Klöppel und seine Frau. Mich würde mal interessieren, ob wir die Einzigen sind, die was trinken.

Simone und Thorsten sind das einzige richtige Paar in

unserer ganzen Klasse. Einmal ist Simone fremdgegangen, und er hat ihr daraufhin gedroht, dass bei dreimal Schluss ist. Und Fremdgehen heißt bei ihm schon knutschen. Todde hat eine tiefe, kehlige Stimme, und wenn er spricht, riecht sein Atem nach Fäkalien. Keine Ahnung, wie Simone das beim Küssen aushält. Es ist meiner Ansicht nach nur noch eine Frage der Zeit, bis sie mit ihm Schluss macht, vielleicht lässt sie sich auch extra noch zweimal erwischen.

Der Asti wirkt jetzt ganz schön strong, und zusammen mit der Musik krieg ich langsam Gefühle. Mir kommt es vor, als würden vor allem lahme Titel gespielt. «Seasons in the Sun», «Angie». Abklatschen und dann ausnahmsweise zwei schnelle Titel. «Teenage Rampage» und «Kung Fu Fighting». So ziemlich alle singen mit: «Everybody was Kung Fu Fighting.» Reno Krabbendaal tanzt voll schwul, außerdem fordert er ein Mädchen nach dem anderen auf, das ist ja wohl ein ganz klares Zeichen. Wenn er nicht schwul wäre, würde er sich das gar nicht trauen. Dann kommt mein heimlicher Lieblingssong: «Rock Your Baby». Plötzlich tickt mir Heike von hinten auf die Schulter und fordert mich auf!

Ich bin total baff, denn seit einer Ewigkeit reden wir kaum ein Wort miteinander. Bisher hat sie nur in der Ecke gesessen, ich hab's genau gesehen. Und jetzt Engtanz! Ich umfasse ihre Hüften und sie meine Schultern, sie schmiegt sich richtig eng an mich. Damit hätte ich im Leben nicht gerechnet. *Woman, take me in your arms, rock your baby.* Mir ist schwindlig vor Glück, kaum zu glauben, dass da noch so viele Gefühle für sie übrig sind, ich hatte das nur verdrängt. Eigentlich bin ich schon seit über einem Jahr nicht mehr in sie verliebt, aber jetzt kommt alles wieder hoch. Hoffentlich spielen sie noch einen Engtanz hinterher. Aber als Nächstes kommt das bescheuerte «Waterloo», und die Stimmung ist hinüber. Heike ist genauso verlegen wie ich und setzt sich wieder. Ich lauere auf eine Gelegenheit, sie aufzufordern, aber entweder unterhält sie sich, oder die Musik passt nicht, oder ich bin mit Sonja auf dem Klo. So eine Scheiße. Jetzt mit Heike knutschen! Als Sonja und ich mal wieder ein Schlückchen nehmen, wird sie auf einmal ganz bleich.

«Ey, mir ist voll schlecht. Ich glaub, ich muss kotzen.»

«Steck dir 'nen Finger in den Hals, dann hast du's hinter dir.»

Sie verschwindet in einer Kabine, aber man hört nichts. Wahrscheinlich traut sie sich nicht, denn auf Ansage kotzen ist leichter gesagt als getan. Schon halb zehn. Nun mach doch! Wenn sie sich nicht endlich einen Finger in den Hals steckt, kann ich's mit Heike vergessen. Aber Sonja jetzt alleinlassen kommt auch nicht in Frage, schließlich bin ich immer noch ihr bester Freund, trotz all dem Trara. Nach einer Ewigkeit geht die Klotür auf:

«Geht nicht.»

«Dann trink doch wenigstens Wasser.»

«Keinen Durst.»

«Und jetzt?»

«Geh doch zurück. Ich hau ab, wahrscheinlich wartet Andreas sowieso schon.»

Ich gehe wieder ins Klassenzimmer, doch von Heike keine Spur. War ja klar. Wahrscheinlich hat sie die ganze Zeit auf mich gewartet und ist vor einer Sekunde abgezogen. Mir ist schwindlig. Ich setze mich erst mal und bleibe benommen hocken, bis Herr Klöppel die Ansage für das letzte Stück macht. Noch mal «Kung Fu Fighting», das lief heute Abend viermal. Bei den letzten Takten schummele ich mich weg. Das war's dann wohl, so nah werde ich Heike im Leben nicht mehr kommen.

JUNGE RETTET FREUND AUS TEICH

Ende Februar gab es noch einen Wintereinbruch, und der Außenmühlenteich hat sich nach zehn Tagen Dauerfrost in eine schneebedeckte Eisfläche verwandelt. Heute ist eine der seltenen Gelegenheiten, an denen Martin und ich uns mal außerhalb der Schule treffen. Immer noch heimlich, aber irgendwann müssten seine Eltern doch mal einlenken; aus meiner Sicht ist das Delikt jedenfalls verjährt. Aber selbst wenn, wird er nicht mehr so viel Zeit für mich haben wie früher, weil er nämlich schon wieder eine neue Freundin am Start hat. Ist ja klar, was nachmittags dann bei ihm so abgeht. Noch nicht mal vorgestellt hat er sie mir. Traurig.

Martin möchte unbedingt Schlittschuh laufen, was bei mir nun ganz schlecht ist. Ich kann es nämlich nicht, und ich habe auch nicht vor, es in diesem Leben noch zu lernen. Ebenso wenig wie Skilaufen und andere Sportarten, für die man jede Menge Gleichgewichtssinn und Koordination benötigt. Das Allerschlimmste ist Geräteturnen, beim Bockspringen pack ich mich regelmäßig hin. «Steif wie ein Bock», sagt mein Sportlehrer verächtlich. Recht hat er. Dafür bin ich im Fußball gut, und Volleyball geht auch. Schuster, bleib bei deinen Leisten.

Ein Schild warnt eindringlich davor, sich auf das angeblich noch viel zu dünne Eis zu wagen. Martin lässt sich davon jedoch nicht beirren: «Ist doch alles Quatsch. Natürlich sagen die das. Die müssen das ja, denn wenn wirklich mal was passiert, sind die schuld, wenn sie vorher nicht gewarnt haben.» Begründung auf dünnem Eise. Aber wenn er unbedingt will, komme ich eben mit. Wir laufen am Freibad Außenmühle vorbei. Aus den beiden Becken ist das Wasser abgelassen, das Gelände wirkt verwaist. In anderen Freibädern laufen bissige Hunde rum, aber hier nicht, die Außenmühle verfällt zusehends und ist mittlerweile ein richtiger Schandfleck. Vor zwei Jahren wurde im Nichtschwimmerbecken irgendein Gift gefunden, in einer Dosis, die für Kleinkinder tödlich sein kann. Von dem Skandal hat sich das Bad nie mehr erholt, die Besucherzahlen sind eingebrochen, und jetzt ziehen nur noch ein paar Unermüdliche im Sommer ihre Bahnen, meist Rentner, die zu alt sind, um sich noch um irgendwelche Gifte zu scheren. Mich würde es nicht wundern, wenn das Freibad nach der nächsten Saison endgültig seine Pforten schließt, der Betrieb *kann* sich ja gar nicht lohnen. Alles geht den Bach runter.

Bauer Rolff hat sein Lebensziel erreicht: Das Langenbeker Feld ist zu Bauland erklärt worden. Drei Millionen hat er angeblich dafür bekommen. Mit den Vorarbeiten wurde schon begonnen, im Frühjahr geht es richtig los. Der Bach existiert schon nicht mehr, zugeschüttet, überall stehen Baumaschinen rum. Mutter hat noch schnell ein paar Erinnerungsfotos gemacht. In ein paar Jahren kann sich kein Mensch mehr vorstellen, wie es hier ursprünglich mal ausgesehen hat. Den Fußballplatz gibt's auch nicht mehr. Die Tore sind irgendwann in den Dutt gegangen, und keiner hat sie mehr ersetzt. Mir ist aufgefallen, dass es in den nachfolgenden Jahrgängen viel weniger Kinder gibt. Oder täuscht das, und die gehen bloß nicht mehr so viel raus? Am Garagenplatz hat schon ewig keiner mehr Fußball gespielt, und durch Kreide markierte Spielfelder auf der Straße gibt's auch keine mehr. Ob Frau Rusche noch lebt? Ihr Garten sieht schrottig aus wie immer, also wahrscheinlich ja.

Es ist mir rätselhaft, wieso trotz des herrlichen Winterwetters nur so wenige Spaziergänger unterwegs sind.

«Willst du nicht lieber bis zum Wochenende warten?», frage ich Martin. «Dann wird die Außenmühle bestimmt freigegeben.»

«Bist du nicht ganz dicht? Ich komm doch nicht extra hierher, um gleich wieder abzuhauen.»

War ja klar. Schlittschuh an und los. Zunächst stakst er nur vorsichtig herum, er hat jetzt wohl doch ein bisschen Schiss bekommen. Vielleicht dreht er ja auch gleich wieder um. Hoffentlich. Ich steck mir erst mal eine an. Doch Martin überwindet seine Angst erstaunlich schnell und schlittert bald wie Hans-Jürgen Bäumler über den Teich. Er kann das echt gut, das muss ich schon sagen. Mit jeder Minute gewinnt er an Sicherheit, er traut sich immer weiter raus. Ein Mann, der seinen Schäferhund Gassi führt, reckt wütend eine Faust in die Luft.

«Komm sofort da runter!!»

Martin tut, als hätte er es nicht gehört. Was geht das den Typ auch an, ist schließlich Martins Risiko.

«HÖRST DU NICHT? DU SOLLST RUNTERKOMMEN!»

Der Mann ist fett wie Oskar, der würde garantiert sofort einbrechen. Martin schaltet auf Durchzug. Großartig sich aufregen bringt nichts, also ziehen Mann und Hund weiter. Vom Rumstehen wird mir langsam kalt. Martin ist jetzt schon eine halbe Stunde am Pirouettendrehen, langsam könnte er mal eine Pause einlegen und sich zur Abwechslung mal um seinen alten Kumpel kümmern. Von wegen. Unverdrossen zieht er seine Kreise. Kippe Nummer vier.

Mein BIC-Feuerzeug klickt, und gleichzeitig höre ich ein hässliches Krachen und Splittern. Ohne hinzuschauen, weiß ich, was los ist: Martin ist eingebrochen. Ach du Scheiße! Er hängt halb drin im Eis und rudert wie wild mit den Armen. Die Stelle ist mindestens fünfzig Meter entfernt; bis ich ihn erreicht habe, ist er längst abgegluckert, und wenn ich dann noch mit einbreche, war's das für uns *beide*. Und wenn er jetzt von der Strömung unters Eis gezogen wird? Mir fallen wieder die Zwillinge ein, die im

Pril ertrunken sind. Das war damals exakt die gleiche Entfernung wie jetzt. So gefährlich. Aber ich kann ja schlecht stehen bleiben und Martin absaufen lassen.

«HILFE, HILFE!»

Ich überwinde meine Erstarrung und tappe wie ferngesteuert aufs Eis. Die letzten Meter lass ich mich fallen und robbe bäuchlings zum Eisloch. Martin ist in Todesangst, so was hab ich noch nie gesehen. Die Augen sind ins Weiße verdreht, und sein Kiefer klappert, als würde er jeden Moment aus den Scharnieren springen.

«Gib mir deine Hand.»

Nichts. Er zappelt nur panisch vor sich hin. Kälteschock, schätze ich. Ich wiederhole meinen Befehl.

«LOS, DEINE HAND. MACH SCHON. MACH SCHON, MANN!»

Im Fernsehen sehen solche Situationen immer so easy aus, aber die Wirklichkeit ist eben anders. Nachdem Martins Hand ein paarmal aus meiner gerutscht ist, bekomme ich sie endlich zu fassen, ich habe aber keine Kraft mehr, ihn rauszuziehen. Martin ist sowieso am Ende und kann nicht mithelfen. Wer weiß, wie lange ich ihn noch so festhalten kann, und dann war's das.

Jemand schubst mich zur Seite. Hinter mir kniet ein Mann, der sich nach vorn beugt und Martin mit einem einzigen Ruck aus dem Wasser zieht. Er nimmt ihn auf den Arm und trägt ihn ans Ufer. Ich folge ihnen. Der Mann geht weiter zum großen Parkplatz, wo sein Auto steht. Ich darf mit einsteigen. In nicht mal zehn Minuten erreichen wir das AK Harburg. Diagnose: schwere Unterkühlung, Martin muss zur Beobachtung über Nacht bleiben. Der Mann bietet an, mich nach Hause zu fahren. Er hat eine Glatze wie Kojak, ich könnte mir gut vorstellen, dass er bei der Polizei ist oder beim Bundesgrenzschutz.

«Soll ich nicht besser mitkommen und deinen Eltern alles erklären?»

«Vielen Dank, aber das ist nicht nötig. Meine Mutter ist sowieso noch auf der Arbeit, und einen Vater habe ich nicht, ich bin unehelich.»

Peinlich, das hätte man auch anders sagen können. Der Mann guckt betreten.

«Du hast deinem Freund das Leben gerettet. Das hast du nicht umsonst getan.»

«Ach so. Ja.»

«Ich würde vorschlagen, wir tauschen Namen, Adresse und Telefonnummer aus, und wenn's irgendwas Neues gibt, rufen wir uns an. Einverstanden?»

«Ist gut. Danke fürs Bringen.»

Krüger heißt er.

Mutter erzähle ich nichts, um mir die endlosen Diskussionen zu ersparen, die garantiert auf dem Fuße folgen würden.

Als ich am nächsten Tag von der Schule zurück bin, wartet ein Mann vor unserer Tür. Herr Matthiesen von den Harburger Anzeigen und Nachrichten, ein dürrer, grauer Typ, der aussieht wie gerupft. Die Adresse habe er von Herrn Krüger, sie wären befreundet, sagt er. Er riecht wie ein voller Aschenbecher, seine Zähne sind dunkelgelb.

Ich stelle mir vor, wie eklig es sein muss, ihn zu küssen. «Strahlerküsse schmecken besser, Strahlerküsse schmecken gut.» Der raucht bestimmt auch im Auto, denke ich. Hetzt den ganzen Tag von einem Termin zum anderen und barzt, als ob's kein Morgen gäbe. Er kommt mit in unsere Wohnung und fängt an, mir Fragen zu stellen, die ich alle beantworte. Warum auch nicht. Dann geht er erst mal auf den Balkon, eine rauchen. Höhenangst kennt der jedenfalls nicht. Zum Schluss möchte er noch ein Foto von mir machen. Von Rechts wegen bräuchte ich das Einverständnis meiner Mutter, aber egal, ich komme mir unglaublich wichtig vor. Herr Matthiesen schießt bestimmt dreißig Fotos, morgen schon soll der Artikel im Lokalteil erscheinen. Kann ich mir gar nicht vorstellen, in der Zeitung, die ich seit Jahr und Tag lese, selber vorzukommen. Vielleicht wird der Bericht aber auch in letzter Sekunde gestrichen, weil Ereignisse der Weltpolitik oder eine Katastrophe allen Platz beanspruchen.

Als Herr Matthiesen weg ist, spiele ich die möglichen Folgen durch. Oma ist bestimmt stolz darüber, dass ihr Enkel in der Zeitung steht, und noch dazu mit so was. Bei Mutter sieht die Sache schon ganz anders aus. Ich habe zwar einem Menschen das Leben gerettet, aber dadurch, dass ich ihr den Vorfall verschwiegen habe, wieder mal unter Beweis gestellt, wie wenig Vertrauen ich zu ihr habe. Ich höre sie schon wieder die ewig gleiche Leier runterspulen: wie enttäuscht sie sei, weil sie uns doch für Bundesgenossen gehalten habe, die gemeinsam durch dick und dünn gehen und als Mutter-Sohn-Gespann zusammenhalten und so weiter und so weiter und so weiter und so fort. Schnarch.

Den *richtigen* Ärger hat natürlich Martin zu erwarten. Nicht nur, weil er sich trotz aller Warnungen auf die Außenmühle gewagt hat, sondern vor allem, mit *wem*. Wenn seine Eltern davon Wind kriegen, war's das, und zwar endgültig. Dass meine Heldentat ihr Bild von mir korrigiert, glaube ich nämlich nicht. Herr Schipanski ist der felsenfesten Überzeugung, dass in mir «enorme kriminelle Energie» steckt, so hat er sich einmal ausgedrückt. Aus seiner Sicht gerate ich über kurz oder lang richtig auf die schiefe Bahn, wenn ich es nicht schon bin.

JUNGE RETTET FREUND AUS TEICH

Teich. Wie das klingt. Da hätten sie auch gleich Tümpel schreiben können oder Pfütze. Der Außenmühlenteich ist fast so groß wie die Alster! Die Meldung erscheint auf Seite 13, genau 49 Worte und ein Foto von mir, auf dem ich noch bescheuerter als normal aussehe. Was, wenn es das erste und letzte Mal ist, dass ich in der Zeitung stehe? Mehr passiert im Leben nicht mehr. Trauriger Gedanke schon wieder.

Als Mutter vom Unterricht zurückkehrt, fuchtelt sie schon beim Reinkommen mit der Zeitung herum. Frau Bugenhagen habe sie darauf aufmerksam gemacht. Warum um alles in der Welt ich nichts gesagt hätte? Und wie ich darauf käme, auf brüchigem Eis Schlittschuh zu laufen?

«Wieso, ich hab doch die ganze Zeit nur am Ufer gestanden und aufgepasst.»

«Und das soll ich dir jetzt noch glauben?»

«Ja, ich schwör. Ich *kann* doch außerdem kein Schlittschuh laufen.»

«So ein Quatsch, natürlich kannst du. Und geh mal nicht so leichtfertig mit deinen Schwüren um. Wenn du selber nicht auf dem Eis warst, warum hast du es mir dann verschwiegen? Welchen Grund soll es geben? Kannst du mir das vielleicht mal sagen?»

Dastehen und schweigen. Wenn sie jetzt noch *ein* falsches Wort sagt, kriegt sie alles zurück: von wegen Bundesgenossen! Sie ist eine total beknackte, durchgedrehte, humorlose Kuh, für die ich mich schäme bis ins Mark und mit der ich bis zu meinem achtzehnten Geburtstag so wenig wie möglich zu tun haben möchte. Dann packe ich Punkt null Uhr meine Sachen und ziehe aus, und zwar auf Nimmerwiedersehen. Und falls wir uns in diesem Leben noch mal zufällig begegnen, werde ich sie mit dem Arsch nicht angucken. Und ich verfluche sie dafür, wie viel Macht sie über mich hat.

Na ja. Irgendwann ist es so weit.

«Aha, wieder mal keine Antwort. Hab ich also recht. Manchmal weiß ich wirklich nicht, wie es weitergehen soll, Mathias.»

Ich auch nicht, echt nicht.

Wie durch ein Wunder haben Schipanskis nichts von dem Artikel mitbekommen. Die im Krankenhaus haben ihnen gesagt, dass Martin von einem gewissen Herrn Krüger eingeliefert wurde, mich haben sie mit keinem Wort erwähnt. Es bleibt also alles beim Alten. Wenn ich mir weiterhin nichts zuschulden kommen lasse, werde ich eines Tages vielleicht doch noch rehabilitiert. Das liegt ja auch ein bisschen an Martin. Wenn er regelmäßig Positives über mich berichtet, *muss* es irgendwann Wirkung zeigen. Und in der Schule bin ich ja wirklich besser geworden, und so eine Scheiße wie Einbruch oder Diebstahl würde ich wirklich nicht noch mal machen.

Einige Zeit später hat Martin dann am Wochenende sturmfreie Bude, weil die ganze Familie zur Hochzeit seines einen Onkels ins Sauerland gedüst ist. Martin musste nicht mit, weil er sich den Knöchel verstaucht hat. Von Samstag auf Sonntag übernachte ich bei ihm. Wir liegen auf seinem Bett und gucken den ganzen Abend fern, herrlich. Links Süßigkeiten, rechts Brause. Um Viertel nach acht «Einer wird gewinnen» mit Kuli, und nach dem «Wort zum Sonntag», darauf freue ich mich schon seit Tagen, kommt der Horrorfilm «Formicula»: In der Wüste findet man die grausam verstümmelten Leichen zweier Toter. Die Polizei steht vor einem Rätsel und zieht deshalb einen Wissenschaftler hinzu, der feststellt, dass die Körper bis oben hin mit Ameisensäure gefüllt sind. In den folgenden Tagen kommen immer mehr Todesopfer hinzu. Die Erklärung: In der Nähe befindet sich ein Testgelände für Atomwaffen. Durch die Strahlung sind einige Ameisen zu Riesenmonstern von der Größe von Elefanten mutiert. Die Armee wird eingesetzt und vernichtet das Nest, aber zwei Königinnen können entkommen. Die müssen unbedingt gefunden werden, bevor sie neue Staaten gründen können und die Menschheit vernichten. Nach fieberhafter Suche wird schließlich in der Kanalisation von Los Angeles ein monströser Ameisenhaufen gefunden und mit Bomben und Flammenwerfern vernichtet.

Wir sind so aufgekratzt, dass wir nicht schlafen können, auch um zwei Uhr nachts noch nicht. Martin hat auf einmal die Idee, wir könnten uns ja am Weinkeller seiner Eltern gütlich tun, der ist so groß, dass sie gar nicht merken, wenn ein paar Flaschen fehlen. Nachdem wir den ersten Wein vernichtet haben, passiert etwas Unerwartetes. Martin kriegt einen Steifen. In der Schlafanzughose zeichnet sich die Beule deutlich ab, und er gibt sich auch gar keine Mühe, sie zu verstecken, im Gegenteil. Ich hab dann wie auf Kommando auch einen Ständer. Und plötzlich, ich weiß gar nicht mehr genau, wie es gekommen ist, küssen wir uns. Es ist mein erster Zungenkuss überhaupt. Im ersten Moment ist es eklig, es schmeckt nach Zahnpasta und Rotwein und fühlt sich pelzig und metallen an. Aber das komische Gefühl ist schnell verflogen, und als Nächstes liegen wir aufeinander, und es geht immer weiter und weiter. Es ist, als ob alles, was jemals zwischen uns war, positiv und negativ, sich Bahn gebrochen hätte und in dieser halben Stunde, länger war es nie und nimmer, explodiert wäre.

Plötzlich fange ich am ganzen Körper an zu zittern. Ein entsetzliches Gefühl der Scham befällt mich. Habe ich mich je im Leben so elend gefühlt? Martin geht es offenbar ähnlich, das spüre ich, und so schnell, wie der Spuk begann, ist er auch wieder vorbei. Ohne ein Wort verschwindet Martin im Schlafzimmer seiner Eltern. Ich sitze da, weiß nicht, was ich tun soll, und fange zum ersten Mal seit langem wieder an zu beten. Ich bete, dass, wenn ich aufwache, gar nichts passiert ist.

Von wegen. Als es hell wird, ist alles noch da. Ich schleiche mich aus der Wohnung, und es ist völlig klar, dass er mich gehört hat, wahrscheinlich ist er heilfroh, dass ich endlich weg bin. Mutter wundert sich, als ich viel früher als erwartet zu Hause angetrottet komme. Gereizt sage ich, dass Martin sich nicht gut fühlt.

Seitdem gehen wir uns aus dem Weg. Nur einmal, als niemand in der Nähe ist, nimmt er mich beiseite und erklärt mir, er wäre nicht schwul. Als ob *ich* jetzt schwul wäre! Mongo. Dann sagt er noch, ich soll mit niemandem darüber reden. So ein Idiot, als ob ich freiwillig was ausplaudern würde! Ich weiß selber, dass wir nicht schwul sind. Hätten wir es bloß seinlassen! Jetzt haben wir die Quittung, denn es wird nie wieder so zwischen uns, wie es einmal war.

Mit der Wichserei wird es immer ärger. Meist pumpe ich mich schon morgens nach dem Aufwachen ab. Doch das hält nicht lange vor, schon auf dem Weg zur Schule werde ich wieder rallig. In der großen Pause verziehe ich mich oft hinter den Lehrerparkplatz, von hier aus kann ich meine Klassenkameradinnen auf dem Schulhof beobachten, ohne selber gesehen zu werden. Petra! Sabine! Und Maria, die Halbspanierin. Manchmal frage ich mich, wo die Miezen bloß alle herkommen mit ihren Röcken und Hosen und Beinen und Mündern. Es pocht und bubbert und puckert. Ich kann nach der Schule gar nicht schnell genug nach Hause kommen. Wenn meine Mutter schon zum Unterricht ist, stürze ich in mein Zimmer, ziehe mich splitterfasernackt aus und lege mich bäuchlings aufs Bett.

Ich stöhne die Namen: Petra, Sabine, Maria und wie sie alle heißen. Ich lass mir richtig Zeit, mit der Zunge lecke ich das Kopfkissen. Manchmal stell ich mir vor, wie es mit einem Jungen und einem Mädchen gleichzeitig wäre. Oder zwei Jungen. Oder drei Mädchen. Es gibt so einiges, was ich mir vorstelle. Wenn es endlich so weit ist, hechte ich zum Schreibtisch und greife mir ein Tempo, es peitscht mich auf, wenn ich es nicht rechtzeitig schaffe und was danebengeht. Keuchend bleibe ich ein paar Minuten liegen. Das war gut.

Ich gehe in die Küche, um was zu essen. Mutter hat Königsberger Klopse vorbereitet, die muss ich nur noch aufwärmen. Ich habe einen Riesenhunger und stelle mir vor, wie ekelhaft es sein muss, mich beim Essen zu beobachten, wie ich den noch halbkalten Kram hinunterschlinge und danach meine Kleidung mit Soße und Kapern vollgesaut ist. Zwischendurch spucke ich in ein Trinkglas. Ich schlucke meinen Speichel nicht hinunter, sondern sabber ins Glas. Es bereitet mir irres Vergnügen, an dem Blasen werfenden, säuerlichen Speichel zu riechen. Erst wenn das Glas randvoll ist, schütte ich es langsam in die Spüle. Ist das abartig.

Dann geht's zurück ins Zimmer, Hausaufgaben machen. Es geht immer los mit Mathe. Ich starre abwechselnd ins Schulbuch und auf meine Finger mit den abgekauten, entzündeten Nägeln. Meine Güte, ist das schon wieder schwer. Meistens kapiere ich noch nicht mal die Aufgabenstellung, so wie früher bei Herrn Dierks. Je öfter ich mich verrechne, desto aufgeregter werde ich. Die Erregung wandert in die Lenden, wieder beginnt es zu zucken und zu pochern und zu puckern. Mit der einen Hand krakele ich noch, mit der anderen öffne ich meinen Hosenstall und drücke und zwicke und knete. Ich halte es kaum noch aus und presse meinen Unterleib an den Schreibtisch. Was soll das überhaupt bedeuten, Kurvendiskussion! Was gibt's da zu diskutieren, die sind doch alle schwachsinnig geworden! Manchmal mache ich Geräusche wie ein Frosch, quak, quak, quak, quak, quak, ich weiß auch nicht, warum. Dann wieder bäuchlings auf die Matratze. «Petra», «Sabine», «Maria». Ich küsse das Kissen, das Gesicht von Maria, meine Hände umklammern die Matratze. Diesmal geht die Ladung direkt ins Bettzeug, egal, kommt eh kaum noch was.

Zurück an den Schreibtisch. Es hat einfach keinen Zweck, nächstes Fach, Deutsch, da kann ich wenigstens *irgendwas* schreiben. Kritzel. So geht's den Nachmittag zwischen Schreibtisch und Matratze hin und her. Irgendwas kann da nicht stimmen. Wo kommt das bloß alles her? Gegen halb sieben höre ich die Haustür gehen, und ich schleiche mit einem Berg ungemachter Hausaufgaben in die Küche, wo Mutter das Abendessen zubereitet. Wir sitzen schweigend am Küchentisch und essen. Mutter liest die FAZ oder starrt aus dem Fenster oder sonst wohin.

Dann der Showdown: Hausaufgabenkontrolle. Mutter schaut sich kopfschüttelnd an, was für einen unvorstellbaren Schwachsinn ich mir aus den entzündeten Fingern gesogen habe. Mein Gott, jetzt verbringt sie ihre Jahre damit, jeden Abend mit einem sabbernden Kretin am Küchentisch zu sitzen. Das Leben ist so entsetzlich! Meins auch. Das Pochen im Unterleib ist schon wieder unerträglich. Es ist nach zehn, als sie aufgibt und mich endlich auf mein Zimmer entlässt.

Der April ist schon längst da, aber der Winter will einfach nicht zu Ende gehen. Der Außenmühlenteich wurde offiziell zum Eislaufen freigegeben, das hat es seit zwanzig Jahren nicht mehr gegeben. Mit Mutter ist irgendwas Unheimliches im Gange. Sie ist irgendwie ängstlich und nur noch ein Schatten ihrer selbst. Nach dem Unterricht wirkt sie meist so erschöpft, dass sie sich gleich nach dem Abendbrot auf ihr Zimmer zurückzieht, sie guckt nicht mal mehr die Tagesschau. Klavier oder Flöte übt sie auch kaum noch, und morgens findet sie nur schwer aus dem Bett. So komme ich zwar um die vermaledeite Hausaufgabenkontrolle herum, aber trotzdem mache ich mir ernsthaft Sorgen, schließlich ist sie ja immer noch meine Mutter.

Hinzu kommt das schlechte Gewissen wegen Oma Emmi. Die fragt regelmäßig nach, wann ich sie mal wieder besuche. Ich sehe sie mutterseelenallein in dem viel zu großen Haus glucken, als einzige Gesellschaft Dachsi und Frau Donath, wenn die überhaupt noch lebt. Oma Emmi ruft immer bei Oma an. Mich direkt zu fragen, traut sie sich nicht, weil sie mir nicht auf die Nerven gehen will, schließlich bin ich in der Pubertät und habe andere Sachen zu tun, als am Wochenende aufs Dorf zu fahren. Denkt sie.

Opa besuche ich auch so gut wie nie, weil ich das Elend im Heim nicht aushalte. Außerdem reicht's, wenn Oma täglich hinzuckelt. Sie bringt es nicht fertig, auch nur *einen* Tag mal nicht hinzugurken, obwohl sie langsam, aber sicher auf dem letzten Loch pfeift. Manchmal bin ich richtiggehend sauer auf Opa. Der hat doch von den Besuchen eh nichts mehr. Mit jeder weiteren Woche, die vergeht, quält er sich und andere mehr. Mein Gott, warum kann er nicht endlich sterben! Ich schäme mich bei dem Gedanken, aber was soll ich machen. Mein arme Oma mit ihrem reinen und gütigen Herzen. Sie besteht aus nichts als Sorgen und muss sich noch dazu von Frau Marek schikanieren lassen. Oma hat jetzt schon Angst vor dem Frühling, wenn sie den Garten besorgen muss, mit siebenundachtzig! Hark, feg. Aber mehr als sie alle zwei, drei Tage besuchen und schwere Sachen tragen schaff ich auch nicht.

Am nächsten Wochenende will Mutter zu einem Seminar fahren, das vom «Marburger Kreis» veranstaltet wird, einer sogenannten charismatischen christlichen Bewegung. Mutter verspricht sich davon, mal so richtig aufzutanken und endlich wieder etwas Lebensfreude zu gewinnen. Ich habe ein schlechtes Gefühl bei der Sache. Was *genau* da veranstaltet wird, wusste sie nämlich auch nicht. Gruppen- und Einzelgespräche, Gottesdienste, was weiß ich, Ringelpiez mit Anfassen. Geld kostet der Spaß auch noch, und zwar nicht zu knapp. Aber vielleicht hilft's ja wirklich.

Von wegen. Als sie am Sonntagabend zurückkehrt, ist sie völlig am Ende. Sie zittert am ganzen Körper, ihr Gesicht ist eine Granitmaske, ich rieche den kalten Schweiß auf ihrem Körper. So habe ich sie noch nie gesehen. Ich habe überhaupt noch nie einen Menschen so gesehen.

Angst habe sie, eine ganz schreckliche Angst. Ob ich es seltsam fände, dass sie während der gesamten Zugfahrt laut gebetet habe? Nein, antworte ich, was soll ich sonst sagen. Angst ist ansteckend, ich merke, wie sie überspringt und mir den Mund austrocknet. Wir setzen uns aufs Sofa, und sie versucht, ganz tief und ruhig zu atmen, wie sie es beim autogenen Training gelernt hat. Doch sie steht unter einem solch ungeheuren inneren Druck, dass es sie nicht lange im Sessel hält. Ziellos läuft sie durch die Wohnung. Plötzlich springt sie wie angestochen hoch und hängt sich mit ihrem ganzen Gewicht an das Hufeisen, das als Glücksbringer im Flur angebracht ist. Sie reißt und zieht und zerrt, bis es krachend aus der Verankerung bricht und

Mutter mitsamt Hufeisen keuchend zu Boden geht. Ein Zeichen des Teufels sei das, es gehöre vernichtet, wie alle heidnischen Symbole. Dann wechselt sie abrupt das Thema. Ob ich ihr alles, was sie mir angetan habe, verzeihen könne. Sie habe mich so unendlich lieb und komme nicht darüber hinweg, wie sie sich so an mir versündigen konnte.

«Vergib alles, was ich seit dem Tage deiner Geburt getan habe», sagt sie.

Es ist grauenhaft. Sie erzählt, dass sie beim «Marburger Kreis» gefragt worden wäre, ob sie Kontakt zu außerirdischen Wesen habe. Aha, Gehirnwäsche, habe ich es mir doch gedacht. Immer mehr steigert sie sich da rein, bis sie mich irgendwann völlig erschöpft bittet, vor dem Schlafengehen mit ihr gemeinsam zu beten und danach der h-Moll-Messe von Johann Sebastian Bach zu lauschen. Ja, sage ich, aber erst einmal hören wir ein Stück von *mir*. Endlich ist die Gelegenheit gekommen, ihr was von Deep Purple vorzuspielen. «When a Blind Man Cries». Das Stück ist so schön, dass wir beide weinen müssen. Endlich mal. Wenn ich mich doch nur in Tränen auflösen könnte.

Ich finde in der Nacht kaum Schlaf und hoffe inständig, dass Mutter am nächsten Morgen wieder normal ist. Obwohl ich schon ahne, dass das nicht der Fall sein wird. Ihre Hände sind kalt wie ein Stück Huhn, das man gerade aus dem Kühlschrank genommen hat, ihre Lippen rau und aufgesprungen. Wie soll ich das nur aushalten? Und wie hält sie das aus? Das hält doch kein Mensch aus, da fällt man doch einfach um und ist tot. Und dann noch das trübe, kalte Wetter. Überall grauer, schmutziger Schnee, es ist echt zum Kotzen.

Die Tage verstreichen, Dauerfrost, und es ist mir ein völliges Rätsel, wie meine Mutter überhaupt noch den Unterricht durchsteht. Einmal erzählt sie, nachts würden um ihr Bett Haie schwimmen und nach ihr schnappen, sie könne den Attacken nur mit Mühe ausweichen. Dann verkündet sie, sie persönlich trage die Verantwortung für *sämtliches* Leid, das in der Welt geschieht. Sie glaubt es wirklich.

«Herr, mein Gott, wie schlecht es mir geht! Herr, mein Gott, wie schlecht es mir geht!»

Als sie von mir wissen will, ob ich eigentlich ein Mensch bin oder der Teufel, schließe ich mich nachts in meinem Zimmer ein, aus Angst, dass sie endgültig durchdrehen und mir etwas antun könnte. Wer weiß, welche Befehle sie aus ihrer Wahnwelt empfängt. Meine komplette Vampir-Horror-Sammlung hat sie auch weggeschmissen: «Rebellion der Regenwürmer», «Der geschuppte Tod», «Sanatorium der Menschenschlangen», «Der Leichenacker», «In der Gewalt der Käfermenschen», «Die Todesglocke», «Die Stunde des Blutvogels», «Im Schatten des Fallbeils».

Die Frühjahrsferien beginnen, doch vom Frühling weit und breit keine Spur. Draußen liegt die Welt winterstarr, Mensch und Natur geht langsam die Puste aus. Vielleicht ist auch das ein Grund für Mutters Niedergang. Eines Nachts bin ich davon aufgewacht, dass sie laut geschrien hat. Erst konnte ich sie noch verstehen.

«Jesus Christus, deine Türen öffnen und schließen sich.» Immer wieder, dreihundertmal oder noch öfter. Dann:

«Ich will ihnen gern verzeihen und wünsche mir, dass auch mir verziehen wird.»

Zu welchem furchtbaren Gott sie da wohl schreit und betet? Sie schreit für jedes Jahr ihres Lebens. Irgendwann kamen nur noch Töne. Keine Wörter mehr, nur noch Töne.

Laut Wetterbericht ist nächste Woche der Umschwung zu erwarten, und der Frühling wird Einzug halten. Dann geht es bestimmt auch mit meiner Mutter wieder bergauf. Müsste eigentlich.

Oma Emmi ist gestorben. Allein in ihrem Haus, und wenn Dachsi nicht zwei Tage durchgekläfft hätte, würde sie wahrscheinlich immer noch dort liegen. Sie wird in Tostedt beigesetzt, Oma geht es so sterbenselend, dass sie es nicht zur Beerdigung schafft, und Emmis Sohn ist gerade mal wieder auf Geschäftsreise. Ich kann hier auch nicht weg, eine Schande ist das.

Ob wenigstens Holzapfels kommen? Oder Donaths? Aus Dankbarkeit dafür, dass Oma Emmi sich so viele Jahre gekümmert hat? Das wäre doch das mindeste. Dachsi wurde eingeschläfert, wer will schon einen bissigen alten Kurzhaardackel haben. Um mich zu trösten, sagt Oma, dass Emmi im Himmel bei den Engeln ist. Alle sind dort glücklich und lächeln immerzu, weil sie sich keine Sorgen mehr zu machen brauchen.

Mutters Freundin Maria aus Reinbek war zu Besuch, und das in ihrem Zustand: Sie hat schwere Arthrose und noch dazu einen Herzfehler. Die Fahrt in öffentlichen Verkehrsmitteln von Reinbek nach Harburg ist schon für normale Menschen anstrengend, aber für Tante Maria eine Tortur. Der Nachmittag verlief ganz und gar schrecklich. Zunächst hat sich Mutter wie immer über ihr Leben beklagt. Was sie hätte werden können, ist sie nicht geworden, sie wird keine Spuren hinterlassen usw. Als sie damit durch war, ging es mit ihren Wahnideen weiter. Am Ende warf sie Tante Maria vor, mit «denen» unter einer Decke zu stecken. Keine Ahnung genau, wer mit «denen» gemeint ist, wahrscheinlich irgendwelche Dämonen oder am besten gleich der Teufel persönlich. Maria hatte irgendwann keine Kraft mehr und musste erschöpft die Segel streichen. Bei der Verabschiedung hat sie mich beiseitegenommen und gemeint, dass es so nicht weiterginge. Das weiß ich doch auch, Menschenskinder! Mutter hat ihr noch hinterhergerufen, sie will sie niemals im Leben wiedersehen.

Ein paar Tage später, ohne erkennbaren Anlass, hat Mutter ihre Flöte rausgeholt und bestimmt zwei Stunden am Stück geübt. Und danach noch eine Stunde Klavier. Endlich! Ihr Gesichtsausdruck war verändert, Angst und Spannung schienen sich etwas gelöst zu haben. Zum ersten Mal seit einer Ewigkeit hat sie wieder gelächelt und gemeint, der Frühling stünde kurz bevor, bald schon würde es warm werden und die Natur zum Leben erwachen, und man würde endlich auch wieder etwas riechen. In den tollsten

Farben hat sie das ausgemalt, richtig ansteckend war es. Sie hat mich fest gedrückt und mir eine gute Nacht gewünscht. Ich hatte mich also nicht getäuscht! Mein Herz schlug Kapriolen, das erste Mal seit langer Zeit ging ich sorglos ins Bett, ich schloss auch mein Zimmer nicht ab und schlief wie ein Stein.

Am nächsten Morgen war Mutter verschwunden. Das Fenster stand offen, und die Luft war ganz mild. Siehe da, der Frühling hatte Einzug gehalten! Sonnenlicht fiel warm durch die Fenster. Mutter hatte recht behalten, der Winter war zu Ende. Sie hatte all ihre Kraft zusammengenommen und war tatsächlich fortgeflogen, hinaus in die Freiheit.

MIX
Papier aus verantwortungsvollen Quellen
FSC® C083411

Das für dieses Buch verwendete FSC®-zertifizierte Papier *Schleipen Werkdruck* liefert Cordier, Deutschland.